Arena-Taschenbuch
51230

Weitere Bücher dieser Reihe:
Arlo Finch. »Im Bann des Mondsees« (Band 2)
Arlo Finch. »Im Königreich der Schatten« (Band 3)

Über die Schrift

Dieser Text wurde in **Garamond** gesetzt, einer Schriftart, die auf den Entwürfen des französischen Typografen Claude Garamond aus dem sechzehnten Jahrhundert basiert. Sie gilt heute als eine der beliebtesten Schriften und wird für so gut wie alle Druckerzeugnisse verwendet: von Romanen über Schulbücher bis hin zu Flurbüchern. Dank ihrer klaren Linien und ihrem ebenmäßigen Schriftbild ist sie perfekt geeignet, um mit der Taschenlampe unter der Bettdecke gelesen zu werden.

John August, geboren 1970 in Colorado, ist ein US-amerikanischer Drehbuchautor und Journalist. Zu seinen bekanntesten Drehbüchern gehören – teils in Zusammenarbeit mit Tim Burton – die Kinoadaption von »Big Fish«, die Neuverfilmung von »Charlie und die Schokoladenfabrik« sowie »Corpse Bride« und »Frankenweenie«. »Arlo Finch« ist John Augusts Kinderbuchdebüt. Der Autor lebt mit Mann und Tochter in L. A.
johnaugust.com

Im Tal des Feuers

Aus dem amerikanischen Englisch
von Wieland Freund und Andrea Wandel

Mit Illustrationen von
Helge Vogt

Ein Verlag in der *westermann* GRUPPE

Die Originalausgabe erschien 2018 unter dem Titel »Arlo Finch in the Valley of Fire« bei Roaring Brook Press, zugehörig zu Holtzbrinck Publishing Holdings Ltd. Partnership, New York.

1. Auflage im Arena-Taschenbuch 2021

Rottendorfer Straße 16, 97074 Würzburg

Dieses Werk wurde vermittelt durch die Literarische Agentur Thomas Schlück GmbH, 30161 Hannover
Aus dem Englischen von Wieland Freund und Andrea Wandel
Umschlag und Illustrationen: Helge Vogt
Umschlaggestaltung: Johannes Wiebel | punchdesign
Umschlagtypografie: Sibylle Bader
Gesamtherstellung: Westermann Druck, Zwickau GmbH
ISSN 0518-4002
ISBN 978-3-401-51230-3

Besuche den Arena Verlag im Netz:
www.arena-verlag.de

Weisheit beginnt mit Staunen.

SOKRATES, vermutlich

PINE MOUNTAIN

Es sah überhaupt nicht aus wie ein Haus.

Klar, es gab viele Dinge, die man bei einem Haus erwartet – Schindeln, Fenster, Ziegel –, aber sie schienen nicht wie bei einem Haus angeordnet zu sein. Stattdessen sackte das Gebäude gegen den bewaldeten Berghang wie ein Haufen Schutt, der von richtigen Häusern übrig geblieben war.

Links hing eine Tür anderthalb Meter über dem Boden, darunter keine Stufen. Im Obergeschoss wehte eine blaue Plastikplane im Herbstwind und gewährte einen Blick auf das hölzerne Skelett eines verlassenen Raums. Die Haustür lag versteckt im Schatten einer durchhängenden Veranda.

Vom Rücksitz des Wagens seiner Mutter registrierte Arlo Finch im Stillen sämtliche erkennbaren Gefahren.

Seine Schwester Jaycee brachte es auf den Punkt: »Sieht aus wie ein Mörderhaus.«

Ihre Mutter schaltete den Motor aus und löste den Gurt. Arlo wusste, dass sie innerlich bis drei zählte. Mom zählte in diesen Tagen oft bis drei. »Wir sollten dankbar sein, dass es ein Haus ist.«

»Ich bin nicht sicher, ob es eins ist«, antwortete Arlo.

Sie waren sechs Stunden lang gefahren – genau wie die drei Tage zuvor –, jetzt war es wenigstens ein gutes Gefühl, auszusteigen und sich zu strecken. Die helle Sonne und die kühle Brise taten gut. Als würde man in einen Pool springen, nur ohne nass zu werden.

Der Duft, der in der Luft hing, erinnerte Arlo an das Jahr in Philadelphia, als sie sich auf dem leeren Grundstück neben der Tankstelle einen Weihnachtsbaum geholt hatten. Hier, hoch in den Bergen Colorados, gab es, egal, wo er hinblickte, überall Weihnachtsbäume, nur viel, viel größere. Sie schwankten vor dem hellblauen Himmel.

Ihre Mutter machte den Mietanhänger hinter dem Wagen auf.

»Ich muss pinkeln«, verkündete Jaycee.

»Ich auch«, sagte Arlo.

»Na, dann geht rein«, sagte ihre Mutter. »Euer Onkel erwartet uns.«

Arlo folgte seiner Schwester zu der knarrenden Veranda, vorbei an einem rostigen Metallzaun und ein paar Haufen mit Flechten überwachsener Felsen.

Jaycee war fünfzehn und kräftig, gebaut wie eine Kugelstoßerin bei Olympia. In Philadelphia und Chicago hatte sie die meisten Tage damit verbracht, in ihrem Zimmer auf dem Computer Videos zu gucken und ihr Haar in verschiedenen Farben zu färben. Nur zu den Mahlzeiten war sie mit einem theatralischen Seufzen aufgetaucht.

Arlo Finch war gerade zwölf geworden, aber er sah jünger aus. Er war klein und hatte dunkles Haar, das nie richtig lag. Sein linkes Auge war braun, aber sein rechtes war smaragdgrün. *Heterochromica iridis* lautete der medizinische Fachbegriff, der es wie einen Zauberspruch oder eine Krankheit klingen ließ, aber es war weder das eine noch das andere. *Es ist eben, wie es ist,* sagte seine Mutter. *Manche Leute haben eben grüne und andere braune Augen. Du hast von jedem eins.* Einige Lehrer vermuteten, dass seine verschiedenfarbigen Augen der Grund dafür waren, dass Arlo das Lesen so schwerfiel, aber die Ärzte behaupteten, seine Sehkraft wäre normal. Es war nur Arlos Gehirn, das manchmal Probleme mit Wörtern hatte.

Dennoch konnte er das Schild an der Haustür lesen:

ANWÄLTE WERDEN ERSCHOSSEN
UND AUSGESTOPFT!

Jaycee klopfte. Die Tür ging langsam auf. Sie war nicht verschlossen gewesen.

»Onkel Wade?«, rief sie mit gedämpfter Stimme.

Keine Antwort. »Hallo?«, sagte Arlo, kein bisschen lauter.

Das Haus hinter der Tür wirkte unordentlich, aber nicht mördermäßig. Von der Veranda aus konnten sie eine Treppe sehen, die ins Obergeschoss führte, jede Stufe war zugemüllt mit Büchern und Kisten und Metallschrott. Im Wohnzimmer links von ihnen befanden sich drei durchgesessene Sofas und ein auf den Kopf gestellter Schaukelstuhl. Der Tisch im Esszimmer rechts von ihnen war vollgepackt mit fünfzehn Tieren. Keine knuffigen Kuscheltiere, die man einem Kind geben würde, sondern solche, die tatsächlich mal gelebt hatten. Ausgestopfte Tiere, wie man sie auf Wandertagen im naturhistorischen Museum sieht. Arlo erkannte Adler und Füchse und Waschbären, alle mitten in der Bewegung eingefroren. Bei genauerem Hinsehen war das Haus doch ein bisschen mördermäßig. Aber Jaycee ging geradewegs hinein.

»Das ist unbefugtes Betreten«, warnte Arlo flüsternd.

»Mom gehört das Haus«, antwortete sie, durchquerte das Esszimmer und drückte sich durch eine Schwingtür.

Arlo vermutete, dass Jaycee eigentlich recht hatte. Laut ihrer Mutter war das Haus nach dem Tod der Großeltern an sie übergegangen. Aber Onkel Wade wohnte hier und hatte immer hier gewohnt. Sein Name stand an der Tür und seine toten Tiere standen auf dem Tisch. Es schien der falsche Zeitpunkt, um über Erbansprüche zu reden.

Außerdem musste Arlo immer noch pinkeln. Er folgte Jaycee durch die Schwingtür.

Die Küche war dunkel und unaufgeräumt, auf der Arbeitsplatte standen fünf geöffnete Cornflakespackungen in einer Reihe. Eine tote Pflanze hing über der Spüle. Das Geschirr stapelte sich in einer zentimeterhohen Brühe.

Zum Badezimmer ging es eine Stufe runter durch einen Flur, der aussah, als hätte er früher außerhalb des Hauses gelegen. Arlo stand an der Badezimmertür, trat von einem Fuß auf den anderen und wartete ungeduldig darauf, dass Jaycee fertig wurde.

Dann hörte er das Knarren.

Schwere Schritte kamen die Holztreppe runter. Als wäre er plötzlich mit einem Röntgenblick ausgestattet, konnte Arlo sich genau vorstellen, wo die Füße aufsetzten. Das Geräusch veränderte sich, als die donnernden Schritte langsam das Esszimmer durchquerten. Und dann schwang, genau wie Arlo es geahnt hatte, die Esszimmertür auf.

Was er dann sah, hätte Arlo allerdings niemals ahnen können.

Der Mann, zu dem die Schritte gehörten, sah nicht wie ein Mensch aus, sondern eher wie ein Bär mit abgenutztem Pelz. Er trug eine dicke Brille, eine Jogginghose und ein riesiges T-Shirt mit einem Fleck, der die Form von Wisconsin hatte. (In Geografie kannte Arlo sich aus.)

Obwohl er ihn nie kennengelernt hatte, war Arlo sich sicher, dass das sein Onkel Wade sein musste. Auf seinem Kopf erkannte er dasselbe verstrubbelte rotblonde Haar, das er von den Fotos aus dem Album seiner Mutter kannte.

So, wie sein Onkel blinzelte, war Arlo sich nicht sicher, ob er ihn überhaupt bemerkt hatte. Aber dann murmelte der Bär-Mensch: »Guten Morgen.«

»Es ist drei Uhr nachmittags.« Arlo wollte zuvorkommend sein, fürchtete jedoch, dass er vorlaut klang.

Onkel Wade zeigte auf die Badezimmertür. »Wer ist dadrin? Celeste?«

Celeste war ihre Mutter. Arlo schüttelte den Kopf. »Jaycee.«

»Du bist Arlo.«

Arlo nickte. Er konnte die Toilettenspülung hören. Wasser lief ins Waschbecken.

»Verstehst du dich mit deiner Schwester?«, wollte sein Onkel wissen.

»Meistens.«

»Da hast du Glück. Meine Schwester treibt mich in den Wahnsinn. Immer schon.«

Onkel Wade hatte nur eine Schwester, er sprach also über Arlos Mom. Das schien kein vielversprechender Anfang zu sein.

Die Badezimmertür ging auf. Wade scheuchte Jaycee hinaus und schloss die Tür hinter sich. Arlo würde noch ein bisschen länger warten müssen, bis er pinkeln konnte.

Das Haus hatte nur das eine Badezimmer, aber oben gab es dafür eine Menge Schlafzimmer. Jaycee erklärte ein Zimmer im hinteren Teil des Hauses zu ihrem. Es war dunkel und roch feucht, aber die Tür hatte ein funktionierendes Schloss.

Arlos Zimmer lag im vorderen Teil des Hauses und war einmal Moms Kinderzimmer gewesen. Die Blumen auf der Tapete waren so stark verblasst, dass sie wie staubige Schneeflocken aussahen. Die Bettfedern quietschten, aber die Matratze war viel weicher als die, die Arlo in Chicago oder im Schrankbett in Philadelphia gehabt hatte.

Die Fenster gingen auf die bekieste Auffahrt, die Bäume und die zerklüfteten, schneebedeckten Bergen in der Ferne hinaus. Doch der Ausblick war nicht der Grund, warum Arlo sich für das Zimmer entschieden hatte.

Er nahm an, dass diese Fenster ihm den besten Fluchtweg boten. Wenn das Haus plötzlich zusammenstürzte oder Feuer ausbrach oder ein Puma durch den unheimlichen, halb fertigen Raum am Ende des Flurs hereinkäme, könnte er schnell fliehen. Er würde einfach ein Seil an die Heizung binden und sich zum Boden runtergleiten lassen. Sogar einen Sprung würde er wahrscheinlich mit nicht mehr als einem gebrochenen Knöchel überleben.

Eine Schulpsychologin hatte Arlo einmal gefragt, warum er sich so oft unwahrscheinliche Szenarien ausdachte, zum Beispiel eine Flutwelle auf dem Lake Michigan oder eine plötzliche Umkehrung der Schwerkraft. Fürchtete er ernsthaft, dass so was passieren würde? *Nein,* sagte Arlo, *ich will bloß vorbereitet sein.*

Er fürchtete nur, nicht vorbereitet zu sein.

Arlos Vater war genauso, immer auf alle Eventualitäten und Überraschungen vorbereitet. *Wenn du keinen Plan B hast, hast du gar keinen Plan.* Aber seit sein Dad weggegangen war – eine Hetzjagd zum Flughafen, keine Zeit für einen richtigen Abschied –, war es das Unvorstellbare, das Arlo nachts nicht schlafen ließ, die vage Angst vor schrecklichen Gefahren, die er niemals kommen sehen würde.

Er wollte nicht, dass seine Mutter und seine Schwester sich Sorgen machten, also sorgte er sich an ihrer Stelle. Er nahm seine Aufgabe ernst.

Arlo beschloss, dass er die besten Knoten würde lernen müssen, um aus den Bettlaken ein provisorisches Seil knüpfen zu können und sich, wenn möglich, eine Pfeife oder ein Drucklufthorn zu besorgen, um den Rest der Familie vor dem Felsrutsch zu warnen. (Ging man von der Anzahl der gelben Schilder mit der Aufschrift STEINSCHLAG aus, an denen sie auf der Straße nach Pine Mountain vorbeigekommen waren, schien ihm ein Felsrutsch die größte mögliche Gefahr zu sein.)

Die Sonne ging langsam unter und warf lange Schatten in sein Zimmer. Die Schneeflockenblumen auf der Tapete glitzerten ein bisschen im rosaroten Abendlicht.

Arlo fragte sich, ob er den Bereich direkt unter seinem Fenster ausreichend inspiziert hatte. Was, wenn da unten rostige Nägel oder Glasscherben lagen? Er beugte sich vorsichtig über die Fensterbank und schaute geradewegs nach unten. Er war froh, dass er es getan hatte. Knapp fünf Meter unter dem Fenster wuchs ein dorniger Busch. Es war kein Kaktus wie der, in den er in Carlsbad gefallen war, oder die Yucca in Yuma, aber er sah definitiv aus, als würde er wehtun. Arlo ging runter, um ihn sich näher anzusehen.

Seine Mutter war losgefahren, um den Anhänger zur Autovermietung zurückzubringen. Seine Schwester hatte sich in ihrem Zimmer eingeschlossen, packte aus und hörte Musik. Sein Onkel Wade war in seine Werkstatt geflüchtet.

Arlo war also allein, als er die stachelige Pflanze unter seinem Fenster begutachtete. Jedenfalls so lange, bis er merkte, dass er es nicht war.

Fünfzehn Meter entfernt, am Rand der bekiesten Auffahrt, beobachtete ihn ein Hund. Arlo nahm an, dass es ein Hund war und kein Kojote oder Wolf, obwohl er weder das eine noch das andere je in echt gesehen hatte. Das Wesen hatte ein Halsband, was zumindest bedeutete, dass es jemandem gehörte.

Arlo wusste, dass man bei fremden Hunden vorsichtig sein musste, aber dieser schien nicht bedrohlich, nur neugierig.

Die Hände gut sichtbar nach unten gestreckt, ging Arlo langsam auf ihn zu. Der Hund neigte den Kopf. Er wedelte mit dem Schwanz. Doch als Arlo eine unsichtbare Linie übertreten hatte, wich der Hund zurück.

»Alles gut«, sagte Arlo. »Du musst keine Angst haben.« Er kniete sich hin und deutete dem Hund an, näher zu kommen.

Plötzlich richtete der Hund seine Aufmerksamkeit in Richtung eines leeren Punkts auf der Straße und ignorierte Arlo

komplett. Es schien, als starrte er auf eine unsichtbare Gefahr. Er hockte sich auf sein Hinterteil und zeigte die Zähne.

Der Hund bellte, gab aber keinen Ton von sich. Es war, als hätte jemand einen Fernseher auf stumm gestellt. Dass er bellte, erkannte Arlo nur am Zittern der Hundebrust und den Bewegungen des Mauls.

Arlo wusste, dass es ägyptische Hunderassen gab, die nicht bellten, hatte sich die aber immer ganz anders vorgestellt.

Plötzlich rannte der Hund auf die unsichtbare Gefahr zu und Arlo kniete allein im Kies.

Arlo entdeckte seinen Onkel, der gerade dabei war, die Werkstatt abzuschließen, und fragte ihn nach dem Namen des Hundes.

»Was für ein Hund?«, fragte Onkel Wade verwirrt zurück.

Arlo beschrieb den Hund, das stumme Bellen und wie er in den Wald gelaufen war.

»Oh, das ist Cooper. Du hast ihn gesehen? Er war lange nicht hier.«

»Wem gehört er?«, wollte Arlo wissen.

»Er gehörte uns, aber das ist Jahre her.«

»Ist er weggelaufen?«

»Nee, er ist gestorben«, sagte Onkel Wade. »Er war ziemlich alt und Hunde, na ja, die leben nicht so lang.«

Arlo überlegte eine Weile, um sicherzugehen, dass er richtig gehört hatte. Er musterte das Gesicht seines Onkels, suchte nach der Spur eines Lächelns, irgendeinem Hinweis, dass er einen Scherz machte.

»Wenn er tot ist, wie kann es dann sein, dass ich ihn gesehen habe?«

Onkel Wade befestigte den Schlüsselbund wieder an seinem Gürtel. »Deine Mom hat dir nichts davon erzählt?«

Arlo schüttelte den Kopf.

»Wahrscheinlich erinnert sie sich nicht. In den Bergen laufen die Dinge anders. Nicht schlecht, nicht gut, bloß anders. Wirst eine Weile brauchen, dich daran zu gewöhnen, nehme ich an. Aber du kriegst das schon hin.«

Als sie Reifen im Kies hörten, drehten sich Arlo und sein Onkel um und sahen den Kombi zurückkehren, diesmal ohne den Anhänger. Das Licht der Scheinwerfer glitt über sie hinweg.

Onkel Wade fuhr fort. »Ist wahrscheinlich am besten, wenn du dich erst mal vom Wald fernhältst. Nur für den Fall.«

Arlos Mom stieg aus. »Hilfst du mir, die Einkäufe reinzutragen?«, rief sie.

Arlo fragte seinen Onkel, was im Wald war.

»Noch mal, es ist nicht schlecht, es ist nicht gut. Und gefährlich ist es nur, wenn du noch nicht so weit bist.«

LOGISCHE FRAGEN

Das Essen an diesem Abend bestand aus Spaghetti mit Fertigsoße aus dem Glas, Arlos Lieblingssorte.

Obwohl er eine Plastikgabel benutzen musste, weil Onkel Wade nur drei richtige Gabeln besaß, und obwohl die Milch aus einer dicken Glasflasche statt aus einer Packung kam, war Arlo dankbar, dass wenigstens das Essen vertraut schmeckte.

Sie aßen am Esszimmertisch, während Onkel Wades taxidermische Tiere sie vom Boden aus beobachteten.

Taxidermisch war ein Wort, das Arlo an jenem Abend lernte. Es bedeutete, ein totes Tier lebendig aussehen zu lassen, indem man Sägemehl hineinstopfte und es wieder zusammennähte. Es war das, womit Onkel Wade sein Geld verdiente, bedeutete für ihn gleichzeitig aber auch eine große Leidenschaft und Kunst – und es war der Grund, warum Arlo und Jaycee niemals in seine Werkstatt gehen durften. Dadrinnen befänden sich gefährliche Chemikalien, erklärte Onkel Wade, und scharfe Messer und Elektrowerkzeuge. Jaycee und Arlo versprachen beide, nicht hineinzugehen.

Jaycee fragte nach dem Passwort für das WLAN. Onkel

Wade sagte, dass es im Haus kein Internet gäbe. Sie seien zu weit weg von der Stadt, als dass Kabel gelegt worden wären, und er hätte dieses Internetding ohnehin nie richtig kapiert.

Arlo hatte einmal einen Film mit einem Monster namens Medusa gesehen, das einen Mensch allein durch seinen Blick in Stein verwandeln konnte. Mit einem solchen Blick starrte Jaycee Onkel Wade an, als er sagte, dass es kein Internet gäbe. Anders als im Film verwandelte sich Onkel Wade jedoch nicht. Er nahm sich einfach noch mehr Spaghetti und ignorierte Jaycees versteinernden Blick.

Frustriert wandte Jaycee sich an ihre Mutter.

»Es tut mir leid, Jaycee«, sagte die. »So ist es eben. Vielleicht kannst du dein Handy benutzen.«

»Aber Handys gehen auch nicht! Es gibt keinen Empfang. Das sind diese dämlichen Berge.«

Onkel Wade deutete auf ein altmodisches Telefon an der Küchenwand, so eins, bei dem ein geringeltes Kabel am Hörer hängt.

»Da haben wir ein Telefon, das hervorragend funktioniert. Sieh nur zu, dass du unter fünf Minuten bleibst, für den Fall dass jemand wegen einer Bestellung anruft.«

Jaycee sah aus, als würde sie gleich heulen oder explodieren oder beides.

Mom versuchte, sie zu beruhigen. »In der Stadt hast du Empfang. Ich habe es eben im Lebensmittelgeschäft versucht und hatte drei Striche. Außerdem bin ich mir sicher, dass es in der Schule Internet gibt.«

»Wir haben auch Lexika«, sagte Onkel Wade. »Die guten mit Goldschnitt. Das mit M hat zwei Bände, aber einer fehlt – ich glaube, der zweite. Wenn du also ein Referat über Montana halten musst, hast du Pech gehabt. Aber bei Mississippi oder Missouri oder Michigan hast du Glück.«

Während Onkel Wade redete, hob Arlo die Hand. Er hatte eine wichtige Frage und wollte nicht, dass sie unbeantwortet blieb. Seine Mutter nickte ihm zu.

»Wie sollen wir ohne Internet mit Dad reden?«, fragte er.

Arlos und Jaycees Vater hielt sich in China auf. Er war seit drei Jahren dort, seit dem Tag, als das FBI in sein Büro in Philadelphia gekommen war, um ihn festzunehmen. Sie hatten keinen Erfolg gehabt, weil er da schon in einem Flugzeug saß. Die Regierung behauptete, ihr Vater habe das Gesetz gebrochen, weil er mithilfe von Computern Geheimzahlen geknackt hatte. Viele Leute sagten, dass das, was Arlos Vater getan hatte, kein Verbrechen sei, aber er konnte nicht riskieren, in die Vereinigten Staaten zurückzukehren und verhaftet zu werden.

Also war er auf *unbestimmte Zeit* in China, eine Formulierung, die die Leute, das hatte Arlo gelernt, dann verwendeten, wenn sie »mehr oder weniger für immer« meinten.

Und so fühlte es sich auch an: sowohl endlos als auch nicht von Dauer.

Arlos Familie war oft umgezogen, doch seit sein Vater weg war, häuften sich die Umzüge noch mehr. Zuerst Philadelphia, dann Chicago – eine Reihe winziger Apartments und Häuser, die man sich mit Fremden teilen musste. An seiner dritten Schule hatte er aufgegeben, neue Freundschaften zu schließen. Er wusste, es war nicht wahrscheinlich, dass er lange genug bleiben würde, als dass es sich lohnen würde.

Bei alldem waren die Telefonate mit Dad die einzige Konstante. Jeden Sonntagmorgen unterhielten sie sich per Videochat am Computer mit ihrem Vater. Er trug seinen Laptop ans Fenster seines winzigen Apartments in Guangzhou, um ihnen die Lichter der Stadt zu zeigen – dort war Nacht –, erzählte Arlo von den seltsamen Dingen, die er gegessen hatte, und erkundigte sich, wie es in der Schule lief. Sein Dad brachte ihm chinesische Ausdrücke bei, darunter angeblich auch Schimpfwörter.

Wie konnten sie ohne Internet ihre wöchentlichen Anrufe bei Dad machen?

»Wir lassen uns was einfallen«, sagte seine Mom.

Genau in diesem Moment flackerten die Lichter, bevor sie schließlich ganz ausgingen. Abgesehen vom schwachen Mondlicht, das durch die gläserne Schiebetür schien, war es dunkel im Zimmer.

»Das ist nur der Wind«, sagte Onkel Wade. »Gleich haben wir wieder Strom.«

Arlo begann, leise zu zählen. Er konnte hören, wie die Gabel seines Onkels Spaghetti auf dem Teller drehte. Er konnte Jaycee atmen und den Stuhl seiner Mutter quietschen hören. Und über alldem hörte er den Wind an den Fenstern rütteln.

Arlo kam bis fünfzig, bevor er aufhörte. Die Lichter waren nicht wieder angegangen.

»Wartet einen Moment«, sagte Onkel Wade und schob seinen Stuhl vom Tisch zurück. »Ich hole Taschenlampen.«

Jaycee und Arlo erledigten den Abwasch beim Licht einer batteriebetriebenen Laterne.

»Mom zerreißt es gleich«, sagte Jaycee, während sie die Seifenblasen abspülte.

»Nein, tut es nicht«, sagte Arlo. Ihre Mutter konnte gar

nicht zerreißen, weil Jaycee schon in Chicago gesagt hatte, dass es sie zerreißt, und das war vor acht Tagen gewesen. Wenn es einen einmal zerrissen hat, kann man nicht noch mal zerreißen.

Arlo wusste nicht mal genau, was mit dem »es« gemeint war, aber es hatte damit zu tun, dass ihre Mom einen Stuhl durch ein Fenster geworfen hatte. Oder gegen ein Fenster. Er wusste, dass ein Stuhl eine Rolle gespielt hatte und die Sache so schlimm war, dass seine Mutter ihren Job bei der Versicherung aufgeben musste. Innerhalb von ein paar Tagen hatten sie übers Internet ihre Möbel verkauft und den Anhänger gemietet, um das, was noch übrig war, nach Colorado zu schaffen.

»Hör mal, Arlo«, sagte Jaycee mit gesenkter Stimme, was bedeutete, dass es wichtig war. »Wir werden jetzt viel mehr helfen müssen. Mom hat großen Stress und wir dürfen ihn nicht noch größer machen. Wenn also was passiert, müssen wir allein damit klarkommen und sie damit in Ruhe lassen.«

Arlo war schockiert, seine Schwester so reden zu hören, vor allem nach ihrem Ausbruch wegen des Internets vorhin. Das war doch noch dasselbe Mädchen, das Mom zweimal die Woche angeschrien hatte, hauptsächlich wegen irgendwelcher Regeln und Pflichten. Warum gab ausgerechnet sie Arlo plötzlich Lehrstunden in Hilfsbereitschaft?

»Mom möchte ganz offensichtlich nicht hier sein«, sagte Jaycee. »Wir wären schon vor Jahren hergekommen, wenn dieser Ort nicht der absolut letzte Ausweg gewesen wäre. Entweder hier oder obdachlos.«

»So schlimm ist es gar nicht«, sagte Arlo. »Dad schickt so viel Geld, wie er kann.«

»Es reicht nicht. Deshalb werde ich mir für nach der Schule einen Job suchen.«

»Und was für einen?«

»Ich weiß nicht. In einem Laden oder so.«

»Aber du hasst Menschen.«

Jaycee war nicht beleidigt. »Wir müssen alle über uns hinauswachsen. Du kannst Mom nicht mit jedem Pups kommen. Wenn die Kinder in der Schule gemein sind, dann ertrag es einfach. Wenn du wieder Stimmen hörst, dann achte einfach nicht auf sie.«

»Ich habe schon lange keine Stimmen mehr gehört.«

»Gut«, sagte Jaycee. »Weil Mom nämlich nicht noch mehr erträgt.«

Arlo war zu groß, als dass man ihn noch ins Bett bringen musste, aber er widersprach nicht, als seine Mutter mit ihm nach oben ging, um zu sehen, wie er ausgepackt hatte.

Im Licht der Taschenlampe zeigte er ihr, wie er seine Kleidung von Kopf bis Fuß sortiert hatte, die Shirts und Mützen in der obersten Schublade, Hosen in der mittleren und Socken und Unterwäsche in der ganz unten. Der Logik nach gehörte die Unterwäsche in die mittlere Schublade, aber in der Sockenschublade war mehr Platz. Abgesehen davon zog er seine Socken und Unterwäsche oft gleichzeitig an, sodass er sich auf diesem Weg das Öffnen einer weiteren Schublade sparte.

Seine Mom gab zu, dass das Sinn ergab.

»Ich habe nachgedacht, Arlo«, sagte sie. »Das Restaurant in

der Stadt hat richtig gute Pfannkuchen und ich wette, dass sie da auch WLAN haben. Vielleicht könnten wir an den Sonntagen mit dem Computer hingehen, um deinen Dad anzurufen. Es wäre so, als würde er mit uns frühstücken.«

Arlo hielt das für eine tolle Idee. Außerdem klang die Verbindung von Vergnügen (Pfannkuchen) mit etwas, das wichtig war (Dad anrufen), nach der Sorte Vorschlag, die seine Mutter früher gemacht hatte.

Warum auch immer etwas seine Mutter »zerrissen« hatte, vielleicht setzte sie sich ja langsam wieder zusammen.

Er wollte ihr von dem Hund erzählen, den er gesehen hatte – den, von dem Onkel Wade gesagt hatte, dass er tot sei –, aber gleichzeitig wollte er nichts erwähnen, was sie vielleicht beunruhigen könnte. Als er also in das beinahe-zu-weiche Bett stieg, beschloss er, stattdessen eine Frage zu stellen: »Hattest du eigentlich mal einen Hund?«

Seine Mutter saß auf der Bettkante. Nur im Mondschein, der durchs Fenster fiel, konnte Arlo sie erkennen. »Als ich im College war, hatten meine Mitbewohnerinnen und ich einen Hund. Sie hieß Rosie und war eine Streunerin, die wir gefunden hatten. Sie wurde so was wie unser Maskottchen. Wenn wir eine Party gefeiert haben, war sie nachher auf jedem Bild. Ich habe Examen gemacht und bin weggezogen, aber sie ist bei den neuen Bewohnern im Haus geblieben. Dort gehörte sie hin.«

»Und als du ein Kind warst? Hattet ihr hier draußen einen Hund?«, fragte Arlo.

»Mehr oder weniger. Er lebte draußen und kam nur bei Schneesturm rein. Und selbst dann hat er sich noch versteckt.«

»Wie hieß er?«

»Cooper«, antwortete sie.

Arlos Herz machte einen Satz. Sein Onkel hatte die Wahrheit gesagt. Es gab wirklich einen Hund namens Cooper. Das war der Hund, den er gesehen hatte.

»Warum fragst du?«

Arlo wusste nicht, was er sagen sollte, ohne zu viel zu verraten. Zum Glück redete seine Mutter schon weiter. »Meinst du, wir sollten uns einen Hund anschaffen? Das ginge schon, denke ich. Wir haben viel Platz. Aber erst mal sollten wir uns hier einrichten, was meinst du? Vielleicht zuerst ein paar Gabeln kaufen und unsere Sachen waschen?«

Arlo stimmte ihr zu.

Seine Mutter strich ihm durchs Haar. »Ich weiß, es ist unheimlich in einer neuen Stadt. Neue Schule. Neue Freunde. Aber wir sind darin ja so was wie Experten, nicht wahr?« Arlo lächelte. »Und ich habe das Gefühl, dass das hier gut wird. Ich weiß, dieses Haus sieht ziemlich wackelig aus, aber es ist solide. Es ist sicher. Es wird uns hier gut gehen.«

Sie bot ihm eine Taschenlampe an und er war glücklich darüber. Danach zu fragen, wäre ihm zu peinlich gewesen. Sie küsste ihn auf die Stirn und ging zur Tür. Arlo leuchtete ihr den Weg. Kurz bevor sie die Tür schloss, fragte er noch: »Ist der Wald sicher?«

Sie hielt einen Moment inne. »Natürlich ist er das«, antwortete sie. »Bleib einfach immer in Sichtweite vom Haus. Ich will nicht, dass du dich verirrst.«

Sie warf ihm einen Kuss zu und schloss leise die Tür.

Ein paar Sekunden später kletterte Arlo aus dem Bett und öffnete das Fenster.

Es war beinahe Vollmond. Doch so hell der Mond leuchtete, das Licht erstarb am Rand des Waldes wie an einer dunklen Wand, an die nur der Wind rührte.

In diesem Rauschen hörte Arlo seltsame Vögel singen und auf einer fernen Straße Motorengeräusche.

Der Schein der Taschenlampe beleuchtete den Bereich direkt unter dem Fenster, reichte aber nicht bis dorthin, wo er den Hund gesehen hatte. Plötzlich stellte Arlo sich vor, wie es wohl von der anderen Seite aussah, was ein Wesen aus dem Wald sehen würde: ein helles Licht im Obergeschoss, das sich langsam hin und her bewegte.

Es könnte nach einer Einladung aussehen.

Arlo machte die Taschenlampe aus, schloss das Fenster und zog die Vorhänge zu. Er stieg wieder ins Bett und schlief traumlos die ganze Nacht hindurch.

SCHULE

Die Ortschaft von Pine Mountain war so klein, dass man sich ganz dicht über die Karte beugen musste, um sie überhaupt zu finden. Hatte man es einmal geschafft, sah man lediglich einen winzigen Punkt in einem riesigen Wald, erreichbar über eine zweispurige Bergstraße, deren kurvenreicher Verlauf an die Linien einer verrückten Kreidekritzelei erinnerte.

Pine Mountain lag nicht mal an der richtigen Stelle. Ursprünglich ein Lager, das um 1850 Minen belieferte, wurde die Stadt von einer Sturzflut zerstört und später ein Stück weiter den Canyon hinauf, außerhalb der Reichweite des Big Steven River, neu aufgebaut. Der Souvenirladen, der gleichzeitig Postamt und Eissalon war, stellte das einzig echte historische Gebäude der Stadt dar. Der Rest bestand aus einer bunt zusammengewürfelten Ansammlung winziger Läden, Blechhütten und Nurdachhäuser.

In Pine Mountain gab es eine Bushaltestelle, eine Ampel und eine Schule – alles an derselben Kreuzung.

Die Schule befand sich in einem niedrigem Backsteingebäude mit einem riesigen Anker draußen vor dem Eingang. Arlo fand es seltsam, dass eine Schule, die so hoch in den Bergen lag, einen Anker als Symbol hatte. Seine Mom sagte, den habe man zu Ehren eines berühmten Admirals aufgestellt, der in der Stadt aufgewachsen war und im Zweiten Weltkrieg gekämpft hatte. Arlos Mutter war als junges Mädchen auf die Pine Mountain gegangen und hatte den Admiral tatsächlich bei der feierlichen Einweihung des Ankers kennengelernt.

Arlo versuchte, sich seine Mutter als Kind vorzustellen, aber es gelang ihm einfach nicht. Der Anker hatte Rost angesetzt. Und seine Mutter war sogar noch älter als dieser rostige Anker.

Die Schule reichte vom Kindergarten bis zur achten Klasse. Neuntklässler wie Jaycee mussten mit dem Bus ins fünfzehn Meilen entfernte Havlick fahren. Arlo war zwar froh, auf eine andere Schule zu gehen als seine Schwester, aber dennoch enttäuscht, immer noch auf die Grundschule zu müssen. In Chicago gehörte die sechste Klasse zur Mittelstufe und war in einem eigenen Gebäude untergebracht gewesen.

Während seine Mutter den Papierkram erledigte, wartete Arlo im Sekretariat. Seine Füße taten weh. Seine guten Schuhe waren ein bisschen zu klein, aber er wollte sich nicht beschweren.

Links von sich konnte er ins Krankenzimmer schauen. Dort sah er zum ersten Mal Henry Wu, der über und über mit einem leuchtend lila Glibber bedeckt war.

Arlo sollte bald herausfinden, dass Henry Wu nur deshalb Wu genannt wurde, weil es noch drei weitere Henrys in seiner Jahrgangsstufe gab. Außerdem konnte man sich Wu leicht merken.

Der Glibber klebte in Wus Haaren und Augen und Ohren

und an seinem Mund. Wenn er ausatmete, sprudelte er aus seiner Nase.

Noch seltsamer als die klebrige lila Flüssigkeit war aber das Geräusch. Jedes Mal, wenn Wu sich bewegte, löste er ein anhaltendes Glockenläuten aus. Der Ton erinnerte Arlo an Weihnachten und Windspiele und Flipperautomaten. Nur dass er von Wu kam oder genauer gesagt von dem Glibber, der ihn bedeckte.

Arlo überlegte, welche anderen Flüssigkeiten es gab, die solch ein Geräusch machten. Das Meer war laut, wenn die Wellen gegen die Felsen schlugen. Öl zischte in der Pfanne, wenn es heiß wurde.

Aber nichts klingelte wie Glocken – außer Glocken. Und dieser Glibber.

Die Krankenschwester der Schule, eine ältere Frau mit baumelnden türkisfarbenen Ohrringen, fing an, Wu mithilfe einer Spritzflasche einzusprühen, und versuchte, den lila Schleim mit einem rauen braunen Papiertuch abzurubbeln.

Arlo wusste, dass es unhöflich war zu starren, aber er konnte einfach nicht damit aufhören. Es war viel zu faszinierend.

»Mach die Augen fest zu, Herzchen«, sagte die Schwester, bevor sie Wu mitten ins Gesicht sprühte. Aus was auch immer der Glibber bestand, sie musste heftig schrubben, um ihn abzukriegen. Und bei jeder Handbewegung läuteten mehr Glocken.

Einmal öffnete Wu die Augen und entdeckte Arlo, der seine Entglibberung konzentriert beobachtete. Die Schwester folgte seinem Blick, seufzte und schloss dann die Tür zum Sekretariat, damit sie ungestört waren.

Arlo hob den Blick, als seine Mom samt einem Mann mit

Bart und Hosenträgern zurückkehrte: der Direktor. »Also dann, Arlo. Lass uns in deine Klasse gehen.«

Die Lehrerin der sechsten Klasse war Mrs Mayes. Sie trug eine Halskette aus dicken Holzperlen und ein Kleid, das aussah, als bestünde seine Vorderseite aus mindestens hundert Knöpfen.

Arlo war erleichtert, dass er sich nicht wie an manchen seiner vorherigen Schulen selbst vorstellen musste. Stattdessen sagte ihm Mrs Mayes einfach, dass er sich einen leeren Platz suchen solle, und fuhr mit der Mathestunde fort. Es ging ums Multiplizieren von Brüchen, was Arlo schon konnte.

Etwa zehn Minuten später öffnete sich die Tür zum Klassenraum und Henry Wu kam herein. Der größte Teil des lila Glibbers war verschwunden, aber an seinen Ohren sah man immer noch Spuren davon. Die Kinder johlten und lachten.

Aber niemand schien schockiert, wie Arlo feststellte. Die Kinder fanden es eher lustig als merkwürdig, was irgendwie seltsam war.

An jeder anderen Schule, auf der Arlo bisher war, hätte ein Kind mit lila Farbe im Gesicht sicher für Erstaunen gesorgt. Aber in Pine Mountains schienen alle Schüler genau zu wissen, was passiert war. Und viele von ihnen fanden das offensichtlich saukomisch.

Mrs Mayes bedachte die Klasse mit einem finsteren Blick. »Das reicht. Setz dich auf deinen Platz, Henry.« Aber das Gemurmel hörte nicht auf.

Wus Tisch lag auf der anderen Seite des Raums. Beim Gehen verursachte er schwache klingelnde Geräusche wie von einem Katzenhalsband, an dem ein Glöckchen angebracht ist. Die Kinder versuchten, ihr Lachen zu unterdrücken, aber das machte alles nur noch lustiger.

Als er schließlich an seinem Tisch angekommen war, setzte sich Wu, so leise er konnte.

Arlo saß eine Reihe hinter ihm, nahe genug, um mitzuhören, als sich ein dunkelhaariges Mädchen zu Wu hinüberbeugte und flüsterte: »Hast du das Flurbuch wirklich nicht gelesen?«

»Ich hab es gelesen«, flüsterte Wu zurück. »Ich wollte ja auch nur einen im Glas haben.«

»Man soll sie Beobachten, nicht Sammeln.« So, wie sie die Worte aussprach, da war Arlo sich ziemlich sicher, wurden sie großgeschrieben. »Nächstes Mal machst du einfach eine Zeichnung.«

»Indra«, ertönte die verärgerte Stimme der Lehrerin.

»Entschuldigung, Mrs Mayes«, bat Indra und es klang, als täte sie das öfters.

Während die Klasse sich wieder den Brüchen zuwandte, rasten die Gedanken nur so durch Arlos Kopf. Was hatte Wu in ein Glas zu stecken versucht? Was war das für ein lila Glibber? Und wann war endlich Pause?

Die Antwort auf die letzte Frage erhielt er zuerst. Als die Klasse zur Morgenpause hinausströmte, stellte Arlo sich an den Rand und beobachtete, wie einige der Jungs sich im Vorbeigehen über Wu lustig machten, ihn Klingelschlumpf oder Träubchen nannten. Es wirkte nicht besonders gemein – mehr, als wollten sie ihn necken – und Wu schien es gelassen hinzunehmen.

Einmal schüttelte Wu den Kopf wie ein Hund, um zu demonstrieren, wie viel Geklingel noch in ihm steckte.

Arlo war erleichtert, dass jemand anders im Zentrum der Aufmerksamkeit stand. Als neuer Schüler richteten sich normalerweise alle Blicke auf ihn. Aber wegen des geheimnisvollen lila Vorfalls schien niemand auf ihn zu …

»Warum bist du hergezogen?«, fragte Indra, die plötzlich neben ihm stand. »Kein Mensch zieht nach Pine Mountain. Meine Familie war die letzte, und das war vor drei Jahren und auch nur, weil die Stadt einen neuen Arzt brauchte, nachdem der alte gestorben war.«

»Wie ist er gestorben?«, fragte Arlo.

»Er hat Pilze gesammelt – du musst dich in Acht nehmen, denn die giftigen sehen genauso aus wie die guten – und wurde von einem Puma angegriffen. Er lief weg, fiel dann von einem Felsvorsprung und landete in einem eiskalten Fluss. Außerdem war er 85. Eine Kombination verschiedener Dinge also.« Während sie redete, band sie ihr dickes schwarzes Haar mit einem Gummi zusammen. »Warum also bist du hergezogen?«

»Meine Mom ist hier aufgewachsen«, antwortete Arlo. »Wir haben ein Haus an der Green Pass Road.«

»Du solltest aufpassen«, schaltete Merilee Myers sich ein, ein großes Mädchen mit langen Locken. Sie sprach in einem seltsamen Singsang, so, als ob alles, was sie sagte, Poesie wäre. »In der Green Pass Road lebt ein Verrückter. Er stopft tote Tiere aus und verkauft sie.«

Sie sprach zweifellos von Onkel Wade. »Okay« war alles, was Arlo erwiderte.

Als Wu sich zu ihnen gesellte, deutete Indra auf Arlo. »Wir haben ihn vor den Pilzen gewarnt.«

»Und vor dem Verrückten in der Green Pass Road«, ergänzte Merilee.

»Er hat seine Werkstatt hinterm Haus«, sagte Wu. »Russell Stokes ist mal hingeschlichen, um reinzugucken, und hat gesehen, wie er einen goldenen Wolpertinger ausgestopft hat.«

»Was ist ein Wolpertinger?«, fragte Arlo.

Indra, Wu und Merilee sahen ihn an, als hätte er gerade gefragt »Was ist ein Briefkasten?« oder »Wie funktioniert eine Zahnbürste?«. Arlo schämte sich. Hatte er bei seinen vielen Schulwechseln etwas Wichtiges verpasst? Wussten alle Kinder außer Arlo Finch, was ein Wolpertinger war?

»Ein Kaninchen mit Geweih«, erlöste ihn Wu.

Arlo konnte sich so ein Tier ungefähr vorstellen. Schwerer fiel ihm hingegen die Vorstellung, wie solch ein Wesen mit Geweih herumhüpfen sollte. Wie sollte es in seinen Bau passen, wenn es einen Bau hatte? Hatten Kaninchen überhaupt einen Bau? Arlo stellte fest, dass er nicht viel über normale Kaninchen wusste, geschweige denn über Kaninchen mit einem Geweih.

»Es bringt großes Pech, einen goldenen Wolpertinger zu töten«, erklärte Wu. »Ungefähr so viel, wie wenn man tausend Spiegel zerbricht.«

»Oder unter hundert Leitern durchgeht«, sagte Indra.

»Oder mit Streichhölzern spielt«, ergänzte Merilee.

Arlo fragte sich, ob das Letzte nicht eher eine schlechte Idee war, als dass es Unglück brachte. Unabhängig davon …

»Er tötet sie nicht«, entfuhr es ihm. »Er tötet überhaupt keine Tiere. Er findet nur welche, die schon tot sind, und lässt sie dann wieder lebendig aussehen.«

Indras Augen wurden schmal. »Woher weißt du das?«

»Ich habe ein Buch darüber gelesen«, sagte Arlo. (Das war eine Lüge.) »Man nennt es Taxidermie.« (Das war die Wahrheit.) Arlos Antwort schien sie zufriedenzustellen, dennoch hielt er es für klüger, das Thema zu wechseln. Er deutete auf den verbliebenen lila Glibber unter Wus Ohr. »Kommt das wieder in Ordnung bei dir?«

»Wenn ich zu Hause bin, gehe ich gleich unter die Dusche«, sagte Wu.

»Normale Seife hilft nicht«, sagte Indra. »Du wirst Regenwasser verwenden müssen oder besser noch Hirschurin. Auf Seite sechsundneunzig im Flurbuch steht ein ganzer Absatz über Feenkäfer.«

Arlo verkniff sich die Frage, was Feenkäfer waren. Aber Wu drehte sich zu ihm um. »Haben sie welche dort, wo du herkommst?«

»Natürlich haben sie welche«, antwortete Indra, bevor Arlo es tun konnte. »Feenkäfer kommen aus den Long Woods und die Long Woods reichen überallhin.«

»Nicht ins All«, sagte Wu.

»Selbstverständlich nicht ins All. Aber sonst überallhin.«

Auf jede Antwort, die er erhielt, stellten sich Arlo Finch drei weitere Fragen. Was war das Flurbuch? Was waren die Long Woods? Woher bekam man Hirschurin?

Aber da klingelte es und die Pause war vorbei. Er würde bis zum Mittagessen warten müssen.

An diesem Morgen hatte Arlo ein Truthahnsandwich, einen Apfel und ein Trinkpäckchen eingepackt – das gleiche Mittagessen, das er auch jeden Tag in Chicago dabeigehabt hatte. Doch als er sich an den langen Tisch in der Cafeteria setzte, fühlte er sich dennoch, als würde er verhungern. Er war mit seinem Sandwich fertig, bevor er auch nur den Strohhalm in sein Getränk gestochen hatte.

Ein Blick nach links und rechts verriet ihm, wie viel mehr seine Klassenkameraden zu essen mithatten. Ihr Mittagessen umfasste locker das Doppelte von seinem. Viele Kinder hatten zwei Sandwiches. Vor anderen stand eine riesige Plastikschüssel mit Nudeln oder Reis. Merilee hatte sogar einen ganzen Salatkopf und eine Flasche mit Salatdressing zum Drübergießen.

Es wurde wenig gesprochen oder herumgealbert. Alles, was er hörte, waren Auspack- und Kaugeräusche.

»Hast du keinen Hunger?«, fragte Wu und biss herzhaft in ein ganzes Grillhähnchen aus dem Supermarkt.

»Doch«, gab Arlo zu. »Warum bin ich so hungrig?«

»Es ist die Höhe«, verriet ihm Indra und verteilte eine gelbe Paste auf einem dunkelbraunen Brot mit Körnern. »Wir sind zwei Meilen über dem Meeresspiegel, also verbraucht dein Körper mehr Kalorien. Es ist, als wärest du ein Lagerfeuer. Man muss immer Holz nachlegen, damit es weiterbrennt.«

Sie bot ihm einen Bissen von ihrem seltsamen Brot an, aber Arlo lehnte ab.

»Warst du in Chicago in einem Trupp?«, fragte Wu und wedelte dabei mit einer fettigen Keule herum.

»Du meinst so was wie eine Gang? Ich war in keiner Gang. Ich war im Recycling-Club. Die meiste Zeit haben wir die blauen Tonnen durchstöbert und Papier mit Folie daran aussortiert.«

»Er meint die Ranger«, stellte Indra klar. »Warst du bei den Rangern?«

»Ich weiß nicht, was das ist.« Arlo biss in seinen Apfel und erwartete, mit seinem Unwissen erneut Bestürzung hervorzurufen.

Indra und Wu sahen sich an. Sie schienen entzückt, was für neue Möglichkeiten sich da auftaten.

»Was machst du heute Abend?«, fragte Indra.

»Keine Ahnung. Hausaufgaben?«, antwortete Arlo und kaute an einem Stück Apfel.

»Am Dienstag gibt es keine Hausaufgaben«, sagte Wu. »Es ist Ranger-Abend. Du solltest kommen.«

»Du musst kommen«, sagte Indra. »Um sieben Uhr in der Kirche.«

Arlo wollte fragen, welche Kirche und was er mitbringen musste und was Ranger eigentlich machten. Aber er wollte keine Frage riskieren, die ihn dastehen lassen würde, als wäre er dumm oder feige oder uninteressant. Stattdessen schluckte er und sagte: »Klar. Ich bin dann da.«

UNIFORM

»Sie lassen jetzt Mädchen bei den Rangern mitmachen?«, fragte Onkel Wade.

Arlo zuckte mit den Schultern.

»Du hast gesagt, dass dich ein Mädchen eingeladen hat, oder nicht? Ich nehme mal an, dass sie dich nicht gebeten hat, den Ranger-Mädchen beizutreten, sondern den richtigen Rangern, also den Ranger-Jungs, was nie so genannt wurde, weil alle wussten, dass die richtigen Ranger Jungs und die Ranger-Mädchen Mädchen waren. Wir brauchten keine zusätzlichen Erklärungen, weil die Namen für sich sprachen.«

»Ich weiß eigentlich gar nicht, was Ranger sind«, gab Arlo zu.

»Ranger sind die größte verdammte Sache auf der Welt. Zumindest waren sie das mal. Wahrscheinlich sind sie es immer noch. Ich bin nur verbohrt.«

Sie standen in dem dunklen und staubigen Keller und Onkel Wade war gerade dabei, die Schlüssel an seinem Ring durchzusehen und herauszufinden, welcher wohl die schwere Truhe vor ihren Füßen öffnen konnte.

»Ich darf also zu dem Treffen?«, fragte Arlo.

»Was sagt deine Mom?«

»Ich hab sie noch nicht gefragt. Jaycee sagt, dass ich sie mit unwichtigen Sachen nicht belästigen soll.«

»Das ist gut mitgedacht. Aber sie wird Ja sagen«, meinte Onkel Wade. »Ein Junge, der nicht bei den Rangern ist, ist ein Junge ohne Freunde.«

Wade fand den Schlüssel, der in das Schloss passte. Als er ihn umdrehte, quietschte es. Der Riegel wich zurück, der Deckel hob sich und offenbarte ein grässliches Dämonengesicht.

»Das ist nur eine Halloweenmaske«, erklärte Onkel Wade und schob sie beiseite. Die Truhe war voll mit wild durcheinandergewürfeltem Müll, von Kinderspielsachen bis hin zu neuartigen Bleistiften. Am Boden der Truhe fand Onkel Wade, wonach er gesucht hatte.

Zuerst fand er die Hose. Sie war dunkelbraun mit Cargotaschen an den Beinen. Arlo sah auf den ersten Blick, dass sie viel zu lang für ihn war.

»Du musst sie unten umnähen, damit sie nicht zu lang ist«, sagte Onkel Wade und kam so Arlos Protesten zuvor. »Am Bund wird sie auch geändert, aber so passt sie dir auch noch, wenn du ein paar Kilo zugenommen hast.«

Er warf Arlo die Hose entgegen und wühlte weiter in der Truhe. Als Nächstes kam ein großes gelbes und zu einem Dreieck geschnittenes Stück Stoff zum Vorschein. *Gleichschenkelig,* dachte Arlo, der sich an den Matheunterricht erinnerte. Es war ein dunkler Fleck darauf.

»Ist das Blut?«, fragte Arlo.

»Darauf kannst du einen lassen«, antwortete Onkel Wade. »Ein Ranger muss gelegentlich bluten. So ist das Leben in den Bergen. Das Halstuch ist immer nützlich, als Bandage, Schlinge, Druckverband. Obwohl du lernen wirst, dass du nie einen Druckverband anlegen solltest, außer du wirst von einer Kiesnatter gebissen und hast keine andere Wahl, als sonst zu Stein zu werden.«

Der Begriff *Halstuch* ließ Arlo vermuten, dass man das gelbe Dreieck um den Hals tragen sollte. Er wusste nicht, was ein Druckverband war, aber er schwor, jeder Kiesnatter aus dem Weg zu gehen und folglich nie von einer gebissen zu werden.

Das Letzte, was aus der Truhe kam, war mit Abstand das Wichtigste. Es war ein Hemd zum Knöpfen mit kunstvoll abgenähten Aufnähern, jeder ein anderes Symbol. Die Aufnäher waren einzeln und mit großer Sorgfalt angebracht worden. An beiden Ärmeln reihten sich kleine, fünfeckige Aufnäher aneinander. Auf allen Taschen waren größere Aufnäher angebracht. Sogar die Taschenklappen hatten ihre eigenen Aufnäher.

Das Hemd selbst war tief dunkelgrün – dunkler als Arlos Mäppchen – und erinnerte ihn an Uniformen, die Soldaten bei Paraden trugen. Es roch muffig, weil es aus der Truhe kam, aber Arlo war überrascht, wie fest der Stoff sich anfühlte. Er hätte niemals gedacht, dass es dreißig Jahre alt war.

»Du musst die Aufnäher abmachen«, sagte Onkel Wade. »Zumindest, bis du sie dir selbst verdient hast.«

Arlo saß am Esszimmertisch und durchtrennte vorsichtig die Fäden, mit denen die Aufnäher an der Uniform angebracht waren.

Er begann mit den kleineren an den Ärmeln. Sie waren fast so groß wie ein Vierteldollar und hatten die Form eines Fünfecks. In der Mitte eines jeden Aufnähers befand sich ein anderes Symbol. Arlo nahm an, dass das fette rote Kreuz wahrscheinlich für Erste Hilfe oder so was stand. Ein anderer Aufnäher zeigte ein Zelt, da ging es also vielleicht ums Campen.

Aber es gab auch Aufnäher mit Schlangen und Spinnen und Blitzen und einen größeren auf der Hemdtasche mit einer Eule. Er wollte Onkel Wade fragen, wofür jeder Aufnäher stand, aber sein Onkel war schon wieder in die Werkstatt verschwunden.

Arlo legte die Aufnäher für später zurück.

Auf der rechten Hemdtasche entdeckte er einen großen, runden Aufnäher mit der Aufschrift *Camp Rote Feder.* Er war aufwendiger als die kleinen Aufnäher und enthielt ein Dutzend verschiedenfarbiger Fäden, um einen aufragenden lila Berg, einen grünen Wald und einen tiefblauen See darzustellen. Auf dem See konnte Arlo winzige Kanus erkennen – aber auch einen langen Körperteil, der aus dem Wasser ragte. Er war sich nicht sicher, ob es ein Tentakel oder ein Hals war, aber zu was für einem Wesen er auch immer gehörte, es schien groß genug, um die Kanus zu zerschmettern und die Paddler zu fressen.

Als alle Aufnäher ab waren, probierte Arlo das Hemd an. Er hatte erwartet, dass es zu groß sein würde, aber es passte perfekt.

Danach war die Hose an der Reihe. Sie war mindestens zehn Zentimeter zu lang. Arlo schlug die Hosenbeine um, so gut es ging. Aber bereits ein paar Probemeter durch das Esszimmer genügten und die Hosenbeine rollten wieder hinunter und schleiften über den Boden.

Onkel Wade hatte gesagt, dass sie umgenäht werden müssten. Arlo war sich sicher, dass er nicht wusste, wie das ging. Aufnäher abmachen war eine Sache; das war gewissermaßen »entnähen«. Umnähen war etwas ganz anderes.

Dann hatte Arlo einen Geistesblitz. Vorsichtig, um nicht über die zu langen Hosenbeine zu stolpern, lief er die Treppe hoch.

Letzten Winter in Chicago hatte Arlos Schwester angefangen, Sicherheitsnadeln an ihrer Jacke zu tragen. Nicht eine oder zwei, sondern Dutzende, vielleicht Hunderte, die sie sorgfältig in Linien und Kästchen angeordnet hatte. Sie hatte Stunden damit verbracht, die Muster zu perfektionieren, indem sie immer wieder neue Nadeln aus einem Pappkarton hinzufügte, der auf ihrem Nachttisch stand.

Arlo war sich nie im Klaren, ob Jaycee einem Trend folgte oder ihren eigenen ins Leben rief – die Freunde seiner Schwester bekam er nie zu Gesicht –, aber von den Sicherheitsnadeln und dieser Jacke war sie wochenlang wie besessen gewesen. Sie war sichtlich stolz darauf.

Bis die Jacke eines Tages weg war.

Jaycee hatte ihrer Mom erzählt, sie hätte sie im Bus liegen lassen. Da der Winter noch zwei Monate dauern würde, hatten sie als Ersatz eine Wolljacke von Goodwill gekauft. Diesmal blieb sie schmucklos und ohne Nadeln.

Aber wahrscheinlich waren die Sicherheitsnadeln noch irgendwo, dachte Arlo. Er wusste, wie der Karton aussah. Also musste er schnell Jaycees Zimmer durchsuchen, bevor sie aus der Schule nach Hause kam.

Es war später Nachmittag. Im Zimmer war es fast schon

dunkel. Er schaltete die Schreibtischlampe an und richtete den Lichtstrahl auf die Kommode, die er Schublade für Schublade durchsuchte. Ohne Erfolg.

Er probierte es mit dem Wandschrank daneben.

Jaycee hatte noch nicht mal angefangen mit Auspacken. Die Umzugskisten waren immer noch mit Klebeband verschlossen. *Vielleicht glaubt sie nicht, dass wir hierbleiben,* dachte Arlo. *Warum also auspacken?*

Wenn Arlo die Kisten aufschnitt, würde Jaycee wissen, dass er in ihrem Zimmer gewesen war. Aber wie sonst sollte er die Sicherheitsnadeln finden?

Er beschloss, die Kisten umzudrehen und das Klebeband auf dem Boden zu öffnen. So würde Jaycee sein Werk wahrscheinlich nicht bemerken. Er öffnete den Schlitz gerade weit genug, um hineinspähen zu können.

Da sah er sie: die Jacke.

Es war die, die seine Schwester im vergangenen Winter getragen hatte, die, von der sie behauptet hatte, sie im Bus vergessen zu haben. Warum lag sie hier auf dem Boden der Kiste? Warum hatte sie aufgehört, sie zu tragen? Warum hatte sie sie behalten?

Und warum hatte sie gelogen?

Arlo stellt fest, dass er seine Schwester nicht verstand.

Aber das war egal, Hauptsache, er musste nicht länger nach der Schachtel mit den Sicherheitsnadeln suchen. Er konnte einfach ein paar von der Jacke nehmen. Jaycee würde es nie und nimmer bemerken.

Zurück in seinem Zimmer, hockte sich Arlo auf sein Bett und steckte die umgeschlagenen Hosenbeine seiner Ranger-Hose ab. Der Stoff war schwer – dicker als Jeans –, was es mühsam machte, die Nadeln durchzustechen. Sie hinterließen tiefe Abdrücke in seinem Daumen.

Dann hörte er Autoreifen auf dem Kies der Einfahrt. Scheinwerferlicht glitt durch sein Zimmer. Wenig später gingen zwei Autotüren auf und fielen wieder zu. Seine Mom musste Jaycee vom Bus abgeholt haben.

Die letzte Nadel erwies sich als besonders hartnäckig. Er wackelte daran und drückte mit ganzer Kraft. Plötzlich brach sie durch und …

… bohrte sich in seinen Daumen.

Arlo schnappte nach Luft, mehr vor Überraschung als vor Schmerz. Er starrte auf seinen Daumenballen und das winzige Loch in der Mitte. Eine Perle dunkelrotes Blut quoll heraus.

Und dann wurde es seltsam.

Arlo saß immer noch auf seinem Bett, war aber nicht mehr in seinem Zimmer. Oder er war zumindest nicht mehr nur in seinem Zimmer. Er war gleichzeitig woanders und beobachtete sich. Es war, als würde er mit seinem Dad chatten und sich währenddessen selbst in dem kleinen Quadrat in der Bildschirmecke sehen.

Arlo sah den Tropfen Blut auf seinem Daumen, aber er sah gleichzeitig auch einen Jungen in Unterwäsche auf seinem Bett sitzen, der seinen Daumen betrachtete. Und er spürte, dass er nicht allein war. Jemand beobachtete ihn.

Er blickte zum Fenster hinüber. Doch statt sich selbst in der Spiegelung zu sehen, erkannte er stattdessen ein Mädchen mit blondem Haar, das ihr über die Schulter fiel. Er schätzte, dass sie in etwa in seinem Alter war. Sie hielt eine silberne Haarbürste in der Hand und starrte ihn geradewegs an. *Sie sieht in einen Spiegel,* begriff Arlo. *Sie bürstet sich das Haar und auf einmal sieht sie mich.*

Sie schien genauso verwirrt wie er.

»Wer bist du?«, fragte sie. Er war sich nicht sicher, ob sie überhaupt sprach. Gut möglich, das die Worte nur in seinem Kopf waren.

»Arlo Finch«, antwortete er. Oder vielleicht dachte er auch das nur. Wie es auch war, sie schien ihn zu verstehen.

»Bist du im Wald?«

»Ich bin in Pine Mountain«, antwortete er. »Weißt du, wo das ist?«

In ihrem Gesicht erkannte er einen Hauch von Erinnerung und Ungläubigkeit. Sie kannte den Namen.

Arlo schaute sich um, die Wände in seinem Zimmer begannen, sich aufzulösen, und gaben den Blick auf einen vom Mondlicht beschienenen Wald frei. Nur sein Bett war noch da und der Fensterrahmen, durch den er das Mädchen sah. Die Welt auf ihrer Seite der Scheibe funkelte silbern, rot und golden wie ein Palast aus Herbstblättern.

Sie sah nach rechts. Da kam jemand. Ihre Worte waren ein eindringliches Flüstern. »Wenn ich dich sehen kann, können sie dich auch sehen. Du bist in Gefahr. Sei vorsichtig, Arlo Finch!«

»Wer sind ›sie‹?«, fragte er. »Wer bist du?«

Das Mädchen stand plötzlich auf und wandte ihren Rücken zum Spiegelbild. Sie sprach mit jemandem, der nicht zu sehen war. Und dann …

»Arlo!«

Unsanft kehrte er zurück in sein Zimmer. Das Mädchen

verschwand, während eine andere Gestalt im Türrahmen hinter Arlo stand und das Licht verdeckte.

Es war Jaycee.

»Warst du in meinem Zimmer?«, fragte sie.

Arlo saß benommen da. Es war, als würde er aus einem Traum erwachen – nur mit dem Unterschied, dass er nicht sicher sagen konnte, ob er wirklich wach war. Die Wände waren wieder da, aber Arlo fühlte sich, als würde er zwischen zwei Welten stecken.

»Warst du in meinem Zimmer?«, wiederholte sie lauter.

»Nein«, log er.

Ihm war klar, dass sie ihm nicht glaubte, aber ihr Gesichtsausdruck veränderte sich. »Stimmt etwas nicht?«

Sie starrten sich fünf Sekunden an. Fast hätte Arlo ihr von Cooper erzählt, dem Geisterhund, und den Long Woods und von dem Mädchen, mit dem er im Spiegelbild gesprochen hatte. Er hätte ihr fast erzählt, dass sie an einen seltsamen Ort mit Zauberkäfern und Wolpertingern und ominösen Zeichen gezogen waren. Fast hätte er ihr alles erzählt.

Aber dann erinnerte er sich, wie Jaycee ihn gewarnt hatte, ihre Mutter aufzuregen. Wie heikel ihre Situation war. Wie er versprochen hatte, keine Stimmen mehr zu hören. Stattdessen sagte er also: »Alles gut.«

Sie wussten beide, dass es nicht die Wahrheit war, kamen aber schweigend überein, es dabei zu belassen. »Bleib aus meinem Zimmer«, warnte sie ihn im Gehen.

Arlo schaute auf seinen Daumen. Das Blut war schon getrocknet.

DAS TREFFEN

Arlo fand seine Mutter in der Küche, wo sie gerade den Ofen in Gang zu bringen versuchte. Sie sah zu ihm hinüber und bemerkte ganz bestimmt die Uniform, sodass Arlo auch gleich fragen konnte. »Darf ich bei den Rangern mitmachen? Das Treffen ist heute Abend.«

»Ist gut«, sagte sie.

»Echt?«, fragte er.

»Echt. Möchtest du, dass ich deine Hose kürze?«

»Du weißt, wie das geht?«, fragte er. Arlo war, als hätte seine Mutter gerade verraten, dass sie in Teilzeit als Atomphysikerin arbeitete.

»In deinem Alter habe ich ständig genäht. Ich war sogar ziemlich gut darin. Ich habe meine eigenen Kleider entworfen.« Der dritte Brenner des Ofens ging endlich an.

»Warum hast du aufgehört?«

Seine Mutter füllte einen Topf mit Wasser. »Ich weiß nicht. Es war nicht so, dass ich beschlossen habe, nicht mehr zu nähen. Es war mehr, dass ich es erst eine ganze Zeit gemacht habe und dann nicht mehr. So ist das mit dem Erwachsenwerden, nehme ich an. Man vergisst die Dinge, die man mal geliebt hat.«

Die First Church von Pine Mountain war gleichzeitig die einzige Kirche von Pine Mountain. Das Gebäude bestand aus zwei langen, mit Holzplatten besetzten Dreiecken, die durch ein niedriges Rechteck aus Ziegeln miteinander verbunden waren. Als sie auf den Parkplatz bogen, fragte Arlos Mutter, ob es ihm lieber sei, wenn sie mit reinkäme.

Arlo schnallte sich ab. »Ich komme schon klar.« Doch seine Hand verharrte zögernd auf dem Türgriff. Plötzlich war ihm bewusst, dass er atmete.

»Wenn ich irgendwelche Formulare unterschreiben soll, bringst du sie einfach mit nach Hause.«

Arlo hatte nicht bedacht, dass es Formulare geben könnte. Was, wenn es Eintritt kostete? Sie hatten kein Geld übrig. Und was, wenn Onkel Wades Uniform die falsche war oder aus der Mode gekommen und sie eine neue kaufen mussten? Was, wenn er selbst, um bei den Rangern einzutreten, einen Test machen musste? Arlo war immer schlecht in Tests. Einmal, in der zweiten Klasse, hatte er bei einem Buchstabiertest seinen eigenen Namen falsch geschrieben. Was, wenn …

»Arlo?«, fragte seine Mom.

»Ja?«

»Es ist okay, Angst zu haben, selbst wenn es nichts gibt, wovor man Angst haben muss.«

»Ich weiß.« Seine Eltern hatten das früher oft zu ihm gesagt, meist, nachdem er nach einem Albtraum in ihr Bett gekrochen war.

Aber dann sagte sie etwas ganz Neues: »Ich verrate dir was als jemand mit sehr viel mehr Jahren auf dem Buckel als du: Die meisten Dinge, die ich im Leben bereue, sind die, die ich nicht getan habe. Die Chancen, die ich verpasst habe. Es ist einfach, Gründe für ein Nein zu finden. Die Gründe für ein Ja sind viel besser.«

Arlo sah zu den Kirchentüren hinüber. Kinder betraten das Gebäude. Es war zu dunkel und sie waren zu weit entfernt, als dass er hätte erkennen können, wer sie waren oder ob er jemanden von ihnen aus der Schule kannte.

Stattdessen stellte er sich also vor, unter ihnen zu sein und durch diese Türen zu gehen. Er stellte sich einen mutigeren Arlo Finch vor, einen, der nie Angst hatte, dass etwas schiefgehen könnte und der sich einfach ins Unbekannte stürzte. Dieser erfundene Arlo Finch fragte nicht um Erlaubnis in der Hoffnung, dass er ein Nein hören würde. Er war größer, selbstbewusster, selbstständiger.

Und er wartete genau hinter diesen Türen auf ihn.

Bevor er seine Meinung wieder ändern konnte, stieg Arlo aus dem Wagen. Er ging den unbeleuchteten Weg entlang auf die Kirche zu und zog die Türen auf. Die Eingangshalle war leer, aber er hörte Kinderstimmen auf der Treppe rechts von ihm. Als er die Stufen runterging, spürte er, wie er langsam zu dem Arlo wurde, den er sich vorgestellt hatte.

Aber vorher musste er noch viel lernen.

Die Pine-Mountain-Kompanie bestand aus siebenundzwanzig Rangern, die in vier Trupps aufgeteilt waren. Arlo wurde zusammen mit Wu und Indra dem Blauen Trupp zugeteilt, offensichtlich auf ihren Wunsch hin, und er beschloss auf der Stelle, dass es der beste Trupp der Kompanie und möglicherweise sogar der ganzen Welt war.

Mit sechs Rangern, Arlo eingeschlossen, war der Blaue Trupp der kleinste. Sie waren alle Sechstklässler, abgesehen von ihrem Anführer Connor Cunningham, der schon in die achte Klasse ging, aber trotzdem nicht so tat, als wäre er ihr Babysitter oder etwas Besseres als sie. Er schüttelte Arlo die Hand und sah ihm in die Augen. (Später stellte Arlo fest, dass er noch nie jemandem die Hand gegeben hatte, der kein Erwachsener war.)

Die beiden letzten Mitglieder waren Jonas und Julie, Zwillinge, die von ihren Eltern zu Hause unterrichtet wurden. Julie sprach fast nie, aber Jonas machte das mehr als wett und kommentierte jede noch so kleine Ungerechtigkeit, die er mitbekommen hatte. »Alle anderen Trupps kriegen drei Zelte. Das ist unfair, wir kriegen nur zwei, weil wir die wenigsten sind. Selbst wenn wir das dritte Zelt nicht brauchen, sollten wir es doch haben.«

Er beschwerte sich immer weiter, während der Trupp damit beschäftigt war zu prüfen, ob die Zeltnähte wasserdicht waren. Connor forderte Arlo auf, sich eine Trinkflasche zu nehmen und mitzumachen. Während der Arbeit sah Arlo sich im Raum um. Jeder Trupp hatte seine eigene Ecke und seinen ganz eigenen Charakter.

Der Grüne und der Rote Trupp schienen hauptsächlich aus Siebt- und Achtklässlern zu bestehen. Im Roten Trupp gab es hauptsächlich Jungen, die meisten von ihnen Sportskanonen, die sich ohne ersichtlichen Grund gegenseitig schlugen.

»Letzten Sommer hat einer von ihnen Bier in ein Zeltlager mitgebracht und sie wurden alle für sechs Wochen suspendiert«, erzählte Wu. »Sie haben Sand Dunes verpasst, einen der besten Ausflüge.«

Der Grüne Trupp – der einzige mit genauso viel Mädchen wie Jungen – saß im Kreis und reichte Karten herum. Ihre Anführerin, ein Mädchen, das sich Federn in die Haare geflochten hatte, schrieb ihre Vorschläge an eine Tafel. »Das ist Diana Velasquez«, sagte Indra. »Sie ist in der zehnten Klasse, aber nur, weil sie ein Jahr übersprungen hat.«

Arlo hatte nicht bemerkt, dass manche Ranger bereits auf der Highschool waren. Das hieß, dass Jaycee auch Rangerin sein könnte. Ihn schauderte bei dem Gedanken.

Die vierte Ecke des Raums war für den Senior-Trupp reserviert, der aus älteren Kindern bestand, die aus anderen Trupps aufgestiegen waren. Arlo nahm an, dass sie alle zur Highschool gingen. Wu zeigte auf einen von ihnen. »Das ist Christian, Connors Bruder. Er ist der Marschall.« Tatsächlich sah Christian genau wie Connor aus, nur zehn Zentimeter größer und mit zehn Kilo mehr Muskeln. »Der Marschall ist der Anführer der gesamten Pine-Mountain-Kompanie. Das ist eine große Verantwortung.«

Erst da fiel Arlo auf, dass weit und breit kein Erwachsener zu sehen war. Er fragte Indra, wer die Verantwortung trug.

»Die Ranger leiten die Kompanie«, erklärte Indra. »Es gibt Erwachsene – man nennt sie Betreuer –, aber meistens bringen sie uns nur zu den Zeltplätzen oder achten darauf, dass wir uns nicht den Finger abschneiden. Was fast nie vorkommt.«

»Außer bei Leo McCubbin«, widersprach Wu.

»Ich sagte ja auch *fast* nie.«

Arlo wollte mehr von Leo McCubbin und seinem fehlenden Finger wissen, aber genau in diesem Moment pfiff Christian drei Mal. Alle hörten mit dem auf, was sie gerade taten, und bildeten einen Kreis in der Mitte des Raums. Arlo folgte Wus und Indras Beispiel.

»Heute Abend begrüßen wir einen neuen Ranger«, sagte Christian. »Arlo Finch, tritt bitte vor, um deine Farben entgegenzunehmen.«

Arlo hörte die Worte, aber seine Füße gehorchten nicht. Wu und Indra stupsten ihn, bis er sich endlich bewegte.

»Arlo Flunsch«, flüsterte ein Roter Ranger, der ganz stolz auf seinen Kommentar schien. Christian funkelte ihn an und brachte ihn zum Schweigen.

»Anführer des Blauen Trupps, nimmst du diesen Ranger unter deine Aufsicht?«, fragte Christian.

»Das tue ich«, antwortete Connor.

»Dann präsentiere seine Farben. Ranger, salutiert!«

Alle Ranger pressten die rechte Hand an die Brust. Arlo tat es ihnen nach.

»Sprich mir nach«, sagte Christian. Arlo nickte.

Wahrhaftig, tapfer, gütig, treu,
Hüter zugleich von Alt und Neu.

Connor stand vor Arlo und breitete ein neues blaues Halstuch aus, es hatte dieselbe Farbe wie die Tücher seines Trupps. Arlo kam sich dumm vor, weil ihm nicht aufgefallen war, dass die Farben der Trupps zu denen der Halstücher passten. Er trug das von Onkel Wade nicht, hauptsächlich wegen des

Blutflecks, aber auch weil er nicht wusste, wie man es band. Es steckte immer noch in seiner Tasche.

Connor legte das blaue Halstuch um Arlos Hals und schob einen Metallring die Enden hinauf, um es zu befestigen.

Ich hüte die Wildnis,
schütze die Schwachen,
markiere den Weg,
will es richtig machen.
Geister des Waldes, seid bereit,
höret meinen Ranger-Eid.

Als der Schwur gesprochen war, nahmen alle wieder ihre normale Haltung ein. Arlo senkte die Hand. Seine Handflächen waren schweißnass.

Christian machte es offiziell: »Arlo Finch hat seinen Ranger-Eid abgelegt. Möge sein Weg sicher sein.«

All die anderen Ranger antworteten im Chor: »Möge sein Ziel wahrhaftig sein.«

DAS FLURBUCH

Das Flurbuch der Ranger war ein Taschenbuch, anderthalb Zentimeter dick und ziemlich schwer. Das Papier fühlte sich rau an und roch ganz neu, der Text und die Illustrationen jedoch wirkten alt, so, als wären sie seit Jahrzehnten nicht verändert worden.

Arlo erhielt sein Flurbuch nach dem Treffen. Die Quartiermeisterin, ein Mädchen aus dem Senior-Trupp, holte eins aus dem verriegelten Schrank im Vorratsraum. Mit einem schwarzen Filzstift schrieb sie in großen Buchstaben FINCH auf den oberen Rand. »Du kriegst nur eins«, mahnte sie. »Verlier es also nicht.«

Arlo konnte sich nicht vorstellen, es jemals aus den Augen zu lassen. Auf dem Heimweg war es im Auto zu dunkel, um zu lesen, aber die Illustrationen konnte er sehen und die waren geheimnisvoll und faszinierend: Fallen und Kreaturen und Kanutechniken. Auf der Rückseite des Buchs befanden sich verschiedene Abzeichen. Einige kannte er bereits von den Abnähern auf Onkel Wades Hemd, aber viele andere waren ihm neu, die Tierspuren, Feuerpfeile und Wachtürme.

Am liebsten hätte er die ganze Nacht in dem Buch gelesen, andererseits wollte er sich Zeit lassen, um jede Seite genießen zu können.

Als er beim Blättern auf eine Zeichnung mit Zelten stieß, fiel es ihm wieder ein: »Dieses Wochenende wird gezeltet. Ich darf hingehen, oder?«

»Klar«, antwortete seine Mom.

Als sie in die Auffahrt bogen, sah Arlo Cooper im Mondlicht Wache halten. Er fragte sich, ob im Flurbuch wohl auch etwas über Geisterhunde stand.

Es musste einfach so sein.

In dieser Nacht las Arlo so lange im Bett, bis die Batterien seiner Taschenlampe leer waren.

Das Flurbuch vereinte topografische Karten, Informationen zu Sternbildern, zum Falten von Flaggen, zum Feuermachen, Stiefelputzen, über Schlangenbisse, Lawinen, Wasseraufbereitung, Knoten, Zecken, Totemkunde, Bären, giftige Pflanzen, Fallen, Bergwandern, Messerschärfen, Erste Hilfe, Schocks, Packen, Stockbrot, Rauchsignale, Wegweiser, Tauwerk, Holzkunde, essbare Pflanzen, Schlingen, Schienen, komplizierte Brüche, Krankentragen, Naturschutz und Tornados.

Über Geisterhunde stand darin allerdings nichts.

Zum Thema *Gespenst* fand sich im Register nur eine Seite, auf der vor den Gefahren des Zeltens auf Friedhöfen gewarnt wurde. Zum Thema *Geist* fanden sich vierunddreißig Einträge, aber die meisten von ihnen bezogen sich auf Geist im Sinn von »Teamgeist« und nicht auf »körperlose, übernatürliche Wesen«.

Das letzte Drittel des Flurbuchs war den Rängen und Abzeichen gewidmet. Arlo konnte sich im Licht der Taschenlampe keinen Reim darauf machen, aber Indra und Wu beantworteten seine Fragen gleich am nächsten Tag in der Schule.

Es gab fünf Ränge bei den Rangern: Eichhörnchen, Eule, Wolf, Widder und Bär.

Selbst ohne einen Blick auf den Aufnäher auf der linken Hemdtasche zu werfen, war es einfach, den Rang eines Rangers zu erraten. Die Jüngsten waren die Eichhörnchen. Die meisten Acht- und Neuntklässler waren Eulen. Die Älteren waren Wölfe und Widder.

Und niemand war ein Bär, weil es keine Bären gab.

Wu, Indra und die Zwillinge waren allesamt Eichhörnchen. Ihre Rangabzeichen zeigten ein Eichhörnchen mit einem buschigen Schwanz im Profil, es hielt eine Eichel in den Vorderpfoten. Als die jüngsten Mitglieder wurden die Eichhörnchen ziemlich oft geärgert, freundlich, aber manchmal auch ernsthaft. Wu erzählte, wie der Rote Trupp während eines Zeltlagers »Füttert die Eichhörnchen!« gerufen und dabei Pinienzapfen auf die Blauen hatte regnen lassen.

Connor war, wie die meisten Truppführer, eine Eule. Sein Rangabzeichen zeigte eine jagende Eule im Flug, ihre weit ausgebreiteten Flügel waren nach oben gewölbt, während ihre Krallen nach unten hingen. Um sich den Rang einer Eule zu verdienen, brauchte man sieben verschiedene Eignungs-Aufnäher, von denen sich Indra schon viele verdient hatte. (Wu hingegen war beim Versuch, sich sein Beobachtungsabzeichen zu verdienen, von einem Feenkäfer beschmiert worden.)

Der Senior-Trupp bestand fast vollständig aus Wölfen. Ihr Rangabzeichen zeigte einen heulenden Wolf, der den Kopf himmelwärts reckte. Die meisten Ranger brauchten vier Jahre, um sich ein Wolf-Abzeichen zu verdienen. Wobei Indra ausrechnete, dass es mit sauberer Planung und einem gültigen Pass auch in nur zweieinhalb Jahren möglich sein müsste. »Du fährst über die Weihnachtsferien nach Australien oder Neuseeland, wo dann Sommer ist, trittst einer Kompanie bei, die ins Zeltlager fährt, und wirst da zum Truppführer gewählt. In der Zeit kriegst du deine Abzeichen für Führung und Spurensuche – ein halbes Jahr früher als hier.« Indra hatte es sich zum Ziel gesetzt, eine Kompanie Ranger in Auckland ausfindig zu machen, mit der das funktionieren würde, wollte aber lieber ihren nächsten Geburtstag abwarten, um die Idee mit ihren Eltern zu besprechen.

Mit den gewaltigen Hörnern auf dem schwebenden Kopf sah der Widder eher wie ein Drache aus als wie ein Schaf. Christian Cunningham und zwei andere, die schon auf die Highschool gingen, waren die einzigen Widder in der Kompanie. »Die meisten Leute kommen nie so weit«, erklärte Wu. »Dazu brauchst du tonnenweise Steinkunde und Witterung. Im Grunde ist das wie Mathe, aber mit Felsen und Wolken.«

Der Bär-Aufnäher war der ungewöhnlichste, weil er keinen Bären, sondern einen Baum ohne Blätter zeigte. Arlo war er nur deshalb im Flurbuch aufgefallen, weil seit Dutzenden von Jahren kein Ranger in der Pine-Mountain-Kompanie diesen Rang mehr erreicht hatte. Es hieß, dass Christian es darauf abgesehen hätte, aber er wich aus, wenn man ihn direkt darauf ansprach. Wu sagte, dass das Training, Nachtwache genannt, eine mehrwöchige Abwesenheit von Colorado erforderte und der Lehrstoff streng geheim gehalten werden müsste. »Das ist Super-Jedi-Ninja-Zeug.«

Als neues Mitglied verfügte Arlo über keinen Rang und hatte keinen Aufnäher auf seiner Tasche.

Damit war er der einzige Ranger ohne Rang in der gesamten Kompanie, aber das lag alleine am Zeitpunkt. Jeden Sommer traten fünf oder sechs neue Kinder den Rangern bei, die wie Arlo alle bei null anfingen. Bis September hatten sie sich alle bereits das Eichhörnchen verdient.

Weil er erst im Spätherbst eingetreten war, hinkte Arlo aktuell hinterher, doch er war fest entschlossen, den Rückstand aufzuholen. Um den Eichhörnchen-Rang zu erlangen, musste er alle Vorrausetzungen erfüllen, die hinten im Flurbuch standen:

Wiederhole den Ranger-Eid aus dem Gedächtnis. Das fing ja gut an. Der Eid war zwar nur 32 Wörter lang, aber er konnte sie sich einfach nicht merken. Schon nach »Schütze die Schwachen« war er mit den Gedanken ganz woanders.

So lief es fast immer, wenn Arlo etwas auswendig lernen musste. Sechs Jahre lang hatte er an verschiedenen Grundschulen täglich das Treuegelöbnis aufsagen müssen und war dabei bis zum Ende durch den Text gestolpert. Die Nationalhymne bei Baseballspielen war für ihn besonders verwirrend, es schien immer ein anderes Lied zu sein, zu dem die Raketen mit dem roten Schein in den Himmel aufstiegen.

Zeige den Ranger-Gruß. Das war leicht. Beim Grüßen legte man die rechte Faust aufs Herz, wobei die Knöchel die Brust berühren sollten. Der Daumen musste flach auf dem gekrümmten Zeigefinger liegen, auf einer Linie mit dem Arm, er durfte niemals nach oben zeigen oder, noch schlimmer, zwischen den Fingern stecken.

Verbringe drei Nächte mit deinem Trupp im Zeltlager. Zeltlager war einmal im Monat, dieses Wochenende eingeschlossen.

Knüpfe zehn Ranger-Knoten und erkläre, wie jeder von ihnen verwendet wird. Arlo studierte die Illustrationen im Flurbuch. Selbst mit den Pfeilen waren die Knoten schwer zu verstehen, aber das war wahrscheinlich Übungssache.

Führe deine Fähigkeiten in der Handhabung des Ranger-Kompasses vor. Arlo besaß noch keinen Ranger-Kompass, aber Wu hatte ihm beschrieben, wie der Test ablief: »Sie geben dir eine Strecke vor, in Form eines Dreiecks oder eines Rechtecks, die genau an dem Punkt endet, von dem du losgegangen bist. Das Schwerste ist, gleichmäßige Schritte zu machen.« Wu hatte es beim ersten Versuch geschafft, aber Indra hatte drei Anläufe gebraucht.

Bestehe deine Rang-Prüfung. Sobald er alle anderen Voraussetzungen erfüllt hatte, würde Arlo von einem Ranger-Gremium geprüft werden. »Wer in deinem Gremium sitzt, erfährst du erst, wenn du dran bist«, sagte Wu. »Und sie können dir jede Frage stellen, zum Beispiel wie tief du deine Kacke zwischen Bärentraube und Faulbaum vergraben musst. Am Ende stimmen sie ab und wenn du nicht bestanden hast, musst du drei Monate bis zu deinem nächsten Test warten.«

»Du musst auf alles vorbereitet sein«, ergänzte Indra.

Mit dem Flurbuch in der Hand fühlte Arlo sich der Aufgabe eigentlich gewachsen. Von Aufnähern bis zu Kienäpfeln, von Sonnenbränden bis zum Signalfeuer, das Buch gab ihm das Gefühl, als wäre das Universum der Ranger übersichtlich und gut geordnet.

An diesem Freitagnachmittag packte er seinen Rucksack genau nach den Vorschriften im Buch, er hatte keine Angst, etwas zu vergessen. Solange er den Anweisungen folgte, würde alles gut gehen. Was die Ranger betraf, wusste das Flurbuch die Antwort auf alles.

Außer auf die Fragen, die Arlo gar nicht in den Sinn gekommen waren.

DAS WUNDER

Arlo konnte nicht fassen, wie weit sie wanderten. Jedes Mal, wenn er dachte, dass sie den Berggipfel nun erreicht hätten, führte der Weg einfach weiter und der nächste Gipfel lag vor ihnen.

Die Entfernung war nicht das Problem. Arlo war es gewohnt, weite Strecken zu Fuß zurückzulegen. In Chicago waren sie oft eine Meile zum Museum gegangen, selbst im Winter, wenn es so kalt war, dass das Luftholen wehtat und die Ohren abfroren. Aber Chicago war flach. In Colorado lag alles an einem Hang. Und es gab überall Felsen, über die man steigen oder um die man herumgehen musste. Verbrauchte man mehr Energie, wenn man über einen Felsen kletterte oder wenn man um ihn herumging? Arlo wollte nachfragen, aber er war zu müde, um den Mund aufzumachen.

Sein einziger Trost war, dass die Wanderung für Wu und Indra genauso anstrengend zu sein schien. Seit sie ihre Rucksäcke im Wagen verstaut hatten, diskutierten sie darüber, ob Hängematten als Betten zählten oder nicht. Wu war überzeugt, dass sie es taten. Immerhin konnte man in einer Hängematte schlafen. Indra sagte, nach Wus Logik ginge alles, worauf ein Mensch schlafen könne, als Bett durch, sei es ein Sofa, ein Auto oder ein Flugzeug. Sowohl Wu als auch Indra versuchten, Arlo auf die eigene Seite zu ziehen, doch nach der ersten halben Meile beendeten sie ihren Streit ohne eine Lösung.

Die gesamte Kompanie wanderte nach Ram's Meadow, wo die Ranger regelmäßig zelteten. Bei der Verantwortung für die Planung des monatlichen Zeltlagers wechselten sich die Trupps ab. Diesmal war der Grüne Trupp an der Reihe. Nach einer langen Diskussion und drei geheimen Abstimmungen hatte man sich für Ram's Meadow entschieden. Wu sagte, der Blaue Trupp würde sich immer für Three Creeks entscheiden, weil man dort am besten angeln könne. Arlo hatte noch nie geangelt und mochte auch keinen Fisch. Dennoch war er sich sicher, dass sein Trupp mit der Entscheidung richtiglag.

»Anhalten«, flüsterte Connor. Arlo blieb stehen und Connor deutete auf etwas tief im Wald.

»Wow«, flüsterte Wu beeindruckt.

Indra stimmte ihm zu. »Ich kann nicht fassen, dass es so nahe ist.«

»Cool«, flüsterte Arlo. Doch egal, wie sehr er die Augen auch aufsperrte, er konnte nichts erkennen. Alles, was er sah, waren Bäume. Alles, was er hörte, war sein pochendes Herz. Dennoch schien sein gesamter Trupp etwas Außergewöhnliches zu beobachten. Arlo versuchte, ihrem Blick zu folgen. Connor, der seinen Frust bemerkt zu haben schien, winkte ihn näher zu sich heran. Nur eine winzige Bewegung nach links und Arlo sah es.

Es war ein Hirsch oder ein Elch – Arlo war sich nicht sicher, wie dieses Wesen richtig hieß, das er nur aus Bilderbüchern kannte. Es stand direkt neben dem Weg und beobachtete sie. Es war so nah, dass Arlo das Glitzern in seinen schwarzen Augen und die Struktur seines Fells erkennen konnte. Er konnte sehen, wie es atmete. Deutlicher als bei jedem anderen Wesen, dem er in der freien Natur begegnet war, konnte Arlo spüren, dass dieses einen Namen hatte, eine Familie, eine Geschichte.

Und dann, BUMM!

Hinter ihnen ertönte ein Kanonenschuss. Der Hirsch rannte entsetzt davon. Arlo fuhr herum und sah den Roten Trupp näher kommen. Einer der Jungs wedelte mit den Händen und klatschte. Das Klatschen war tausendmal lauter, als Arlo es erwartet hätte, eine richtige Explosion. Er spürte, wie sein Herz einen Satz machte.

»Nicht cool, Russell«, sagte Connor.

»Ist bloß ein Hirsch. Komm drüber weg.« Der Junge hieß Russell Stokes. Arlo erinnerte sich an ihn, er war der Ranger, der ihn Arlo Flunsch genannt hatte.

Der Rote Trupp überholte sie auf dem schmalen Pfad. Ein paar eisige Blicke und Murren wurden ausgetauscht, aber Worte wechselte niemand.

Als sie außer Hörweite waren, fragte Arlo: »Was war das? Wie haben sie das gemacht?«

»Das nennt man Donnerschlag«, antwortete Wu. »Das lernt man erst bei den Eulen.«

»Aber was ist das?«, fragte Arlo, als sie weitergingen. »Ich meine, es ist wie, na ja, das ist …« Er zerbrach sich den Kopf auf der Suche nach einem besseren Ausdruck, einem, der vermittelte, was er meinte, ohne dabei verrückt zu klingen, aber am Ende ergab nur ein Wort Sinn: »Das ist magisch.«

»Es ist nicht magisch«, erwiderte Indra und Wu stimmte ihr zu. »Magie, das sind Zaubersprüche und so Kram. Ranger machen so was nicht.« Nach einem vielsagenden Blick von Indra fügte er eilig hinzu: »Zumindest sollen wir das eigentlich nicht.«

»Aber was Russell gemacht hat, ist unmöglich«, sagte Arlo. »Es ist nicht natürlich. Menschen können so was nicht.«

Die drei hatten sich ein Stück hinter die Gruppe zurückfallen lassen, um ungestört reden zu können.

»Weißt du, wie man auf einem Seil läuft?«, fragte Indra.

»Nein«, sagte Arlo.

»Aber du hast Leute auf einem Seil laufen sehen, im Fernsehen zum Beispiel. Dir ist klar, dass Menschen das können.«

»Ja.«

»Was glaubst du, wie sie das machen?«

»Sie lernen. Sie üben.«

»Genau. Ein Donnerschlag ist eine Fähigkeit, genau wie Seiltanzen. Nur weil die meisten Menschen es nicht können, heißt das noch lange nicht, dass es Zauberei ist.«

»Aber warum habe ich so was vorher noch nie gesehen?«, fragte Arlo.

»Weil es nur an bestimmten Orten funktioniert«, antwortete Wu.

Indra streckte ihre linke Hand aus. »Stell dir vor, das ist die normale Welt. Jeder Ort, an dem du jemals gewesen bist. Jede Stadt. Jedes Dorf.« Dann streckte sie ihre rechte Hand aus. »Stell dir vor, das sind die Long Woods. Es ist nicht unsere Welt, aber sie ist gleich nebenan. Normalerweise würdest du sie nie sehen, nie wissen, dass sie da ist. Außer dass es Orte gibt, an denen die beiden Welten aneinanderstoßen.« Sie rieb ihre Hände so sachte aneinander, dass sie sich kaum berührten. »Wenn sie das tun, entsteht Reibung. Energie.«

»Wie Reibungselektrizität?«, fragte Arlo.

Indra und Wu tauschten einen beeindruckten Blick. Arlo hatte es begriffen. »Diese Berge besitzen eine Menge von dieser Energie. Und wenn du weißt, wie du sie nutzen kannst, wie du sie bündelst und formst, kannst du gewisse Dinge damit anstellen.«

»Wann lerne ich das?«, fragte Arlo.

»Du hast bereits damit angefangen«, antwortete Wu. »Du bist jetzt ein Ranger.«

Ram's Meadow war die Wanderung wert.

Nach zwei Dritteln des Weges den Berg hinauf erreichten sie eine Lichtung voller Wildblumen und riesiger Findlinge, die wie die Zehen von Riesen aussahen. Kaninchenähnliche Wesen, Pfeifhasen genannt, beobachteten sie aus dem Schutz der mit Flechten bedeckten Felsen.

Nach einigen Streitereien mit dem Roten Trupp um die besten Plätze wählten die Blauen schließlich eine Stelle aus und bauten ihre Zelte auf. Das Abendessen bestand aus Hotdogs und Bohnen, die über dem Feuer gekocht wurden. Der Rauch und die Erschöpfung ließen beides besonders gut schmecken.

Arlo hatte noch nie an einem Lagerfeuer gesessen. Es war seltsam hypnotisch, wie Fernsehen mit nur einem Sender. Holzscheite verwandelten sich langsam in Glut. Wie von unsichtbaren Strömungen getragen, wirbelten weiße Ascheflocken auf.

Ein Lichtblitz erregte Arlos Aufmerksamkeit. In weiter Ferne standen einige der Ranger aus dem Senior-Trupp nebeneinander. Einer nach dem anderen hob die Hand und sandte kometengleiche weiße Lichter aus, die einen Bogen am Nachthimmel beschrieben, bevor sie langsam verblassten und dann hinabsanken.

»Sind das Feuerwerkskörper?«, fragte Arlo.

»Das sind Schnipslichter«, antwortete Indra.

»Es ist, als würdest du mit den Fingern schnipsen«, erklärte Connor. »Aber statt eines Geräuschs machst du Licht.« Er stand auf und zeigte, wie es ging. Zunächst machte er eine Bewegung aus dem Handgelenk heraus, dann schnipste er mit den Fingern. Ein breiter Lichtstrahl flackerte auf und schoss davon wie ein Komet. »Es ist nur Licht, keine Hitze, du kannst also nichts in Brand setzen. Ranger benutzen sie ständig. Sie sind besser als Taschenlampen.«

Arlo probierte es, aber nichts geschah. Es war, als würde er vergeblich versuchen, jemanden auf sich aufmerksam zu machen.

»Stell dir vor, die Luft wäre wie ein Stück Papier«, sagte Connor. »Du versuchst, eine scharfe Kante zu falten. Das Licht läuft an dieser Kante entlang.«

»Es geht nur um das richtige Timing«, erklärte Wu. Er wollte es vormachen, doch das Licht verließ kaum seine Fingerspitzen. Es verpuffte, bevor es überhaupt richtig aufgeleuchtet war.

Indras Schnipslicht wirkte mehr wie ein Glühwürmchen, ein schwaches Leuchten, das schnell verblasste.

Die Schnipslichter der Zwillinge Julie und Jonas gelangen schon etwas besser, beide leuchteten ungefähr drei Sekunden.

Ihre ältere Schwester war bei den Rangern gewesen und hatte es ihnen beigebracht.

Doch keines ihrer Schnipslichter konnte es mit dem von Connor aufnehmen. In schneller Folge schickte er gleich drei von ihnen los oder ließ sie wie einen Stein auf einem See hüpfen.

Arlo versuchte es weiter, doch außer dass ihm die Finger wehtaten, geschah nichts.

»Du kriegst den Bogen schon noch raus«, tröstete ihn Connor. »Es braucht ein paar Monate.«

Während Arlo zusah, wie die Lichter über die Lichtung zischten, versuchte er, sich selbst zu sagen, dass es eigentlich keine Magie war, auch wenn es verdammt danach aussah. »Warum redet nie jemand von diesen Dingen?«, fragte er. »Schnipslichter und Donnerschläge – die Leute in Chicago oder Philadelphia würden Augen machen. Warum gibt es keine Videos davon im Internet?«

»Man nennt es das Wunder«, sagte Connor. »Du kannst es nicht fotografieren oder aufnehmen. Man kann es nur selber sehen.«

Connor spießte einen weiteren Marshmallow auf, um ihn ins Feuer zu halten. »Stell dir vor, es ist Vollmond und er sieht riesig aus. Aber dann machst du ein Foto davon und er ist einfach nur normal groß.«

»Das ist was anderes«, sagte Indra. »Es ist keine optische Täuschung. Schnipslichter und Donnerschläge gibt es wirklich. Sie können nur nicht fotografiert werden.«

»Wie der riesige Mond!«

»Du hättest doch immer noch ein Foto vom Mond! Er würde nur nicht so groß darauf aussehen. Wenn du versuchen würdest, ein Foto von einem Schnipslicht oder einem Feenkäfer zu machen, wäre gar nichts zu sehen.«

»Aber man könnte jemandem davon erzählen«, versuchte Arlo es weiter. »Man könnte die Lichter beschreiben.«

»Niemand würde dir glauben«, sagte Wu und pustete sein brennendes Marshmallow aus. »Das ist das Wunder. Aus demselben Grund klappt es nur hier. Nur hier ergibt es einen Sinn.«

»Und an Orten, die so sind wie dieser«, fügte Connor hinzu. »Ranger gibt es auf der ganzen Welt.«

»Weil die Long Woods überall hinreichen?«, riet Arlo.

»Genau«, sagte Connor. »Aber je weiter du dich vom Rand der Long Woods entfernst, desto weniger Wunder ist dort. Es geht nicht nur um Schnipslichter und Donnerschläge – es geht darum, an sie zu glauben. Die Vorstellung an sie verblasst wie ein Traum.«

Arlo fiel ein, dass seine Mutter in Pine Mountain aufgewachsen war. Sie musste als Kind auch von diesen Dingen gewusst haben. Aber mit der Zeit waren ihre Erinnerungen verblasst.

Seine Mom tat ihm leid. Ihre Kindheit musste voller Wunder gewesen sein, aber sie konnte sich nicht mehr daran erinnern.

»Selbst in der Stadt ist das Wunder nicht annähernd so stark«, ergänzte Jonas. »Du kannst da kein Schnipslicht oder so was machen. Unsere Mom kommt nicht mal auf den Gedanken. Sie hat keine Ahnung, was hier oben alles möglich ist.«

»Aber die Erwachsenen in der Stadt wissen schon von den Long Woods, oder?«, fragte Arlo. Er wandte sich an Wu.

»Wie die Krankenschwester in der Schule: Sie musste dir helfen, den lila Glibber loszuwerden. Also muss sie von den Feenkäfern wissen.«

»Eigentlich nicht«, sagte Wu. »Es ist komisch. Bei den meisten Erwachsenen denkt man, sie wissen davon, aber das tun sie nicht. Sie finden für alles immer irgendeine Erklärung.«

Connor stimmte zu. »Mein Dad war als Kind bei den Rangern. Aber wenn man ihn danach fragt, merkt man schnell, dass er sich nicht richtig erinnert. Es ist, als wären seine Erinnerungen in Schwarz-Weiß statt in Farbe.«

»Eine Theorie besagt, dass das Wunder wie ein natürlicher Schutz funktioniert«, sagte Indra. »So bleiben die Long Woods geheim: Sie lassen dich vergessen, dass sie überhaupt existieren.«

Connor wurde zur Besprechung der Truppführer gerufen, um die Pläne für den morgigen Tag zu besprechen. Als sie um das Lagerfeuer saßen, merkte Wu an, wie viel besser Connor in Schnipslichtern und Donnerschlägen war.

»Eine Überraschung ist das nicht, wenn man bedenkt, was er durchgemacht hat«, sagte Indra. »Allein um zu überleben, musste er besser sein.«

»Wie meinst du das?«, fragte Arlo.

Offenbar hatte sie seine Frage erwartet. »Das alles ist passiert, als wir klein waren. Drei Jahre oder so. Wir können uns also nicht daran erinnern.«

»Aber alle wissen es«, sagte Wu. »Unsere Eltern haben uns davon erzählt.«

»Unsere Schwester war dort«, fügte Jonas an, während er sein Marshmallow röstete. »Sie war mit den beiden im Kindergarten.«

»Welchen beiden?«, fragte Arlo.

»Connor redet manchmal drüber«, antwortete Indra, »aber wir sprechen es nie von uns aus an.« Alle sahen sich um, um sicherzugehen, dass Connor außer Hörweite war. »Also, als Connor so fünf oder sechs war, ist er mit seiner Familie am Highcross zelten gewesen. Es ist wirklich hübsch da, aber wir gehen nie mehr hin.«

»Natürlich nicht«, sagte Wu.

Indra fuhrt fort: »Connor war da und sein Bruder Christian und ihre Cousine Katie. Sie haben Verstecken gespielt. Christian hat sie gesucht, konnte sie aber nirgendwo finden. Er hat nach ihnen gerufen. Keine Antwort. Es wurde dunkel, also hat er es seinen Eltern erzählt. Aber niemand konnte Connor und Katie finden. Die ganze Stadt hat sich in dieser Nacht auf die Suche nach ihnen gemacht. Es gab Suchtrupps und Spürhunde. Hubschrauber kamen von Denver hergeflogen.«

»Es waren sogar Hellseher und Schamanen und so was dabei«, sagte Wu.

»Wie hat man sie gefunden?«, fragte Arlo.

»Gar nicht.« Indra machte eine dramatische Pause. »Die Suche dauerte drei Wochen und wurde schließlich eingestellt, weil es unmöglich schien, dass jemand so lange dort draußen überleben würde.«

Arlo war verwirrt. »Aber Connor lebt doch noch.«

»Einen Monat nach ihrem Verschwinden tauchte Connor plötzlich Tausende Meilen entfernt in Kanada auf. Niemand konnte erklären, wie er dorthin gekommen war. Und Connor konnte sich an nichts mehr erinnern, was nach dem Versteckspiel passiert war. Er hatte keine Ahnung, wo Katie war.«

»Sie haben sie nie gefunden?«, fragte Arlo.

»Nein«, sagte Wu. »Nicht die geringste Spur.«

»Unsere Mom sagt, dass die Trolle sie geholt haben«, meldete sich Julie. Es war das erste Mal seit einer Stunde, dass sie den Mund aufmachte.

»Es gibt Trolle?«, fragte Arlo.

»In den Long Woods? Natürlich. Im Flurbuch steht nicht die Hälfte vom dem, was du hier findest«, sagte Indra. »Offiziell heißt es bei der Polizei, dass jemand sie entführt hat und Connor entkommen ist. Aber alle hier wissen, dass sie wahrscheinlich irgendwie in die Long Woods geraten sind. Deshalb konnte sie niemand finden, weil sie gar nicht mehr in unserer Welt waren. Connor hat irgendwie aus ihnen rausgefunden, aber in Kanada statt in Colorado.«

»Weil die Long Woods überall hinreichen«, sagte Arlo.

»Genau«, bestätigte Wu. »Und die Entfernungen sind nicht die gleichen. Du kannst zehn Meilen durch die Long Woods gehen und in Brasilien rauskommen.«

»Am schwierigsten ist es, nicht zu sterben«, sagte Indra. »Die meisten Erwachsenen, sogar Wildhüter, würden keine einzige Nacht in den Long Woods überstehen. Dass ein Fünfjähriger da draußen eine Woche oder sogar einen Monat überlebt, so was hat es eigentlich noch nie gegeben.«

Connor, dessen Treffen beendet war, kam zurück zum Lagerfeuer. Sie mussten das Thema beenden. Aber vorher musste Arlo noch eine wichtige Frage stellen: »Connors Cousine – wenn sie immer noch in den Long Woods wäre, dann wäre sie jetzt in etwa so alt wie wir, nicht wahr?«

»Ich nehme an. Aber sie kann unmöglich noch leben«, sagte Wu.

Während er seine klumpige Schokolade trank, dachte Arlo

an das Mädchen, das er statt seines Spiegelbilds gesehen hatte und an ihre Reaktion, als er »Pine Mountain« gesagt hatte. Gedanken wirbelten durch seinen Kopf.

Vielleicht kannte sie den Namen Pine Mountain, weil sie einmal hier gewohnt hatte.

Weil sie Connors vermisste Cousine war.

Und wenn das stimmte, dann war Arlo der Einzige, der wusste, dass sie noch am Leben war.

Lichter im Dunkeln

Als Arlo aufwachte, wusste er nicht, wo er sich befand.

Im Dämmerlicht sah er einen fingerähnlichen Schatten über sich. Rechts von ihm knurrte ein unsichtbares Tier.

Schlimmer noch, er konnte seine Arme nicht bewegen, sie klemmten seitlich an seinem Körper fest. Er geriet in Panik.

Dann fiel ihm ein, dass sie zelteten.

Die Zelte, die beim Aufbauen so geräumig gewirkt hatten, waren mit den ausgerollten Schlafsäcken darin viel kleiner. Auf den Wanderstiefeln neben der Reißverschlusstür lagen ihre gestapelten Jacken.

Das knurrende Tier war Wu. Er schnarchte schlimmer, als man es für möglich halten sollte, sowohl beim Ein- als auch beim Ausatmen machte er Geräusche. Und die waren eigentlich gar nicht besonders laut, es war nur sonst so still ringsherum. Arlo konnte den Wind im Gras und das Plätschern eines Bachs in der Ferne hören. Es erinnerte ihn an das Rauschen eines Radios mit den Hintergrundgeräuschen als Musik.

Arlos Arme klemmten fest, aber das lag nur daran, dass ihre Schlafsäcke so eng waren. Connor nannte sie »Mumiensäcke«, weil sie mehr an Ganzkörperkokons oder aufgebauschte Daunenparkas erinnerten. Nach unten verengten sie sich, bis nur noch die Füße Platz hatten.

Connors Sack war brandneu, beste Qualität, entworfen für Bergsteiger auf dem Mount Everest. Er stammte aus einem Katalog, in dem faltbare Kajaks und winzige Öfen angeboten wurden.

Arlos Schlafsack stammte aus dem hinteren Teil der Abstellkammer der Quartiermeisterin. Pro Jahr wurde er wahrscheinlich von fünfzig verschiedenen Rangern benutzt. Er roch nach Nylon und Speichel und Rauch und Sonnencreme, aber Arlo musste zugeben, dass er sehr warm hielt. Die Nachtluft lag kühl auf seinen Wangen, aber sein Körper war angenehm warm.

Er drehte sich um und versuchte, wieder einzuschlafen.

Sein Kissen war in Wahrheit sein Sweatshirt, von ihm selbst gefaltet und in die Kapuze gestopft, so, wie Wu es ihm gezeigt hatte. Das war einigermaßen bequem. Aber irgendwo unter seiner Hüfte befand sich ein Stück Fels. Arlo musste sich oft umdrehen, um eine Position zu finden, in der der Fels ihn nicht drückte.

Und dann fiel ihm auf, dass er pinkeln musste.

Oder doch nicht?

Konnte er noch warten?

Immerhin würde es bald Morgen sein, nahm er an, ohne ein echtes Zeitgefühl oder eine Uhr zu haben. Aber wenn man in Betracht zog, dass er bereits eingeschlafen und wieder aufgewacht war, musste es eher Morgen als Nacht sein.

Arlo kam zu dem Entschluss, dass er warten konnte. Es war einfacher so.

Dann hörte er ein Piepen. Es war ein einzelnes, tiefes, digitales Klingeln. Hinter ihm.

Arlo rollte sich herum, um mit dem Gesicht in Wus Richtung zu liegen. Der schlummernde Brummbär hatte den Arm aus dem Schlafsack gestreckt. An seinem Handgelenk trug er eine Digitaluhr.

Arlo wand seine Hand aus dem Schlafsack und tippte vorsichtig auf Wus Uhr, bis er die Beleuchtung gefunden hatte.

Es war Mitternacht. Mitternacht. Er hatte nur zwei Stunden geschlafen. Bis Tagesanbruch waren es noch sechs Stunden. Unmöglich konnte er noch so lange warten.

So leise wie möglich zog Arlo den Reißverschluss seines Schlafsacks auf, immer darauf bedacht, Connor und Wu nicht zu wecken.

Seine Wanderstiefel hatte er schnell gefunden. Er machte sich nicht die Mühe, sie zuzubinden.

Connors Jacke lag oben auf dem Haufen. Sie stammte zweifelsohne aus dem gleichen Katalog wie Connors Schlafsack, wie gemacht für die Bergabenteuer bärtiger Männer mit verspiegelten Sonnenbrillen, die wie eine Art zweites Augenpaar auf ihrem Gesicht saßen. Der Parka hatte siebzehn Taschen und spezielle Schlaufen, an denen man Accessoires befestigen konnte. Er bestand aus so vielen verschiedenen urheberrechtlich geschützten Funktionsstoffen, dass er wahrscheinlich auch kugelsicher war.

Arlos Jacke lag ganz unten. Sie hatte nur zwei Taschen mit Knöpfen statt Reißverschlüssen und einer Kapuze, deren Kordel halb herausgezogen war. Sein rechter Ärmelaufschlag war immer noch nass vom Kakao, den Arlo verschüttet hatte.

Dann kam ihm ein Gedanke: Nimm einfach Connors Jacke.

Connor würde es weder erfahren noch etwas dagegen haben. Wenn er wach gewesen wäre, hätte er wahrscheinlich gesagt: »Warum fragst du überhaupt? Natürlich kannst du sie tragen.« Connor würde das sagen, weil Ranger gütig waren – so lautete der Schwur. Es wäre *gütig* von Connor, ihm seine fantastische Jacke zu überlassen, damit Arlo nicht seine eigene lausige Jacke mit den Knöpfen und dem Kakao auf dem Ärmelaufschlag anziehen musste.

Und sobald er dieses Angebot gemacht hätte, wäre es genauso gütig von Arlo, es anzunehmen. Denn gütig sein bedeutete in etwa das Gleiche wie höflich sein, und das Gegenteil von höflich war unhöflich und es gab nie einen guten Grund dafür, unhöflich zu sein.

In einem Anfall von Güte zog Arlo also Connors Jacke an.

Sie fühlte sich fantastisch an, als würde man seine Arme in einen Tagtraum gleiten lassen. Nie wieder wollte er diese Jacke ausziehen.

Er zog den Reißverschluss des Zelts gerade so weit hoch, dass er hinausschlüpfen konnte.

Die Nachtluft war schneidend kalt und riss Arlo auf der Stelle aus seinem Halbschlaf. Connors fantastische Jacke hielt seinen Oberkörper trotzdem warm. Selbst die Taschen waren mit Microfaserfleece gefüttert.

Ohne das orangerote Leuchten des Lagerfeuers wirkten die Zelte düster und verlassen wie eine Herde schlafender Nashörner. Arlo stellte fest, dass er wahrscheinlich der einzige Ranger war, der gerade wach war. Selbst die Erwachsenen schliefen.

Vermutlich war er sogar der einzige Mensch im ganzen Tal, der nicht schlief.

Arlo sah auf und war überrascht, so viele kleine Lichter zu sehen. Es war eine mondlose Nacht. An den Stellen zwischen den hellen Sternen zeigten sich kleinere, mattere Sterne. Genau über den Bäumen konnte er einen breiten Lichtstreifen erkennen – die Milchstraße oder zumindest einen Arm davon. Er hatte sie in Chicago im Planetarium gesehen, aber noch nie in Wirklichkeit.

Wie er da so alleine im Wald unter zehntausend funkelnden Sternen stand, fühlte Arlo sich klein – aber nicht auf unangenehme Art und Weise. Es fühlte sich eher an, als würde er in ein Geheimnis über die unermessliche Weite des Universums eingeweiht wie ein Goldfisch, den man im Ozean freilässt.

Während sein Atem die Nacht in Nebel hüllte, verharrte Arlo einen Moment still in Gedanken. Er fragte sich, ob sein Vater in China dieselben Sterne sah. Er fragte sich, wie viele von diesen Sternen Namen hatten und wer sie ihnen gegeben hatte und ob jemals jemand einem von ihnen so einen albernen Namen wie Kichererbse gegeben hatte. Denn, warum sollte man das eigentlich nicht tun?

Arlo fragte sich, ob ein Kind auf einem der Planeten, die gerade um einen dieser Sterne kreisten, genau in diesem Moment in Richtung Erde guckte und sich dieselben Fragen stellte wie er. Angesichts der vielen Milliarden Sterne in diesem Universum schien es wahrscheinlich – vielleicht sogar gar nicht anders möglich –, dass es noch andere Welten als diese gab. Arlos Gedanken rasten.

Und seine Blase war immer noch voll. Er musste wirklich dringend pinkeln.

Er trat zu den Bäumen hinüber und fragte sich, wie groß wohl die richtige Distanz zum Wasserlassen war. Morgen würde er das im Flurbuch nachlesen. Heute Nacht musste er sich einfach auf seine Instinkte verlassen.

Am Rand der Lichtung fand er einen Baum, der seinen Zweck erfüllte. Als er fertig war, fiel ihm etwas ins Auge.

Ein Licht.

Es schien tiefer im Wald zu liegen – und seine Größe entsprach etwa dem Strahl einer Taschenlampe, aber das war definitiv keine Taschenlampe. Arlo sah, wie das Licht auf und ab hüpfte und sich zwischen den Bäumen hindurchschlängelte. Es schwebte. Oder flog.

Oder tanzte. Es gab keine Musik, aber Arlo erkannte, dass es sich zu einem Rhythmus bewegte, dass das Licht in einem gleichmäßigen Takt ein wenig heller oder dunkler wurde.

Und plötzlich war da noch ein Licht. Es war genauso groß, aber etwas rötlicher. Die beiden Lichter wirbelten umher, jagten sich wie Vögel im Park. Je schneller sie sich bewegten, desto mehr schienen sie zu verschwimmen und hinterließen dabei dunstige, funkelnde Spuren in der Luft.

Arlo trat näher, sorgsam darauf bedacht, die Lichter nicht zu erschrecken.

Soweit er vermutete, handelte es sich um einfache Kugeln aus Licht. Sie hatten etwa die Größe eines Baseballs, Flügel konnte er keine erkennen. Was hieß, dass sie unmöglich fliegen konnten. Wobei, dass Geisterhunde und Feenkäfer existierten, war genauso unvorstellbar und doch schien es sie zu geben. Arlos Skepsis hielt sich gerade in Grenzen.

Ob es sich wohl um Schnipslichter handelte, die plötzlich zum Leben erweckt worden waren? Arlo hatte gesehen, wie die älteren Ranger Schnipslichter losgeschickt hatten, die, bevor sie sanken, zwanzig Sekunden lang in der Luft gestanden hatten. Was, wenn manche Schnipslichter niemals zur Erde sanken, sondern stattdessen weiterlebten?

Dann dachte er: *Und wenn es das Wunder ist?* All das Unmögliche, das auf einmal gar nicht mehr unmöglich ist.

Ein Zweig knackte unter Arlos Füßen. Die tanzenden Lichter schienen es zu hören, hielten einen Moment inne und standen in der Luft. Arlo erstarrte.

Konnten sie ihn sehen? Hatten sie etwa Augen?

Schließlich begannen die Lichter, wieder herumzuwirbeln, und bewegten sich tiefer in den Wald. Arlo war fest entschlossen, diesmal leiser zu sein, sich langsam von Baum zu Baum zu tasten, damit sie ihn nicht bemerkten.

Der Boden unter seinen Füßen wurde feuchter. Er bereute, seine Wanderschuhe nicht zugebunden zu haben – die Schnürsenkel schleiften durch den Dreck. Aber an Zubinden war nicht zu denken, die Lichter bewegten sich jetzt schneller. Es war nicht leicht, sie im Auge zu behalten und sich gleichzeitig vor ihnen zu verbergen.

Eines der Lichter flog senkrecht nach oben und umkreiste einen großen Baum. Arlo beobachtete, wie es sich zwischen den Ästen versteckte, dunkler wurde, als das andere Licht nach ihm zu suchen begann. Es verhielt sich geschickt, immer darauf bedacht, auf der anderen Seite des Stamms zu bleiben. Arlo schlich näher und ließ es nicht aus den Augen.

Plötzlich zischte das zweite Licht so dicht an ihm vorbei, dass er es spüren konnte. Diese Dinger hatten in der Tat etwas wie einen Körper.

Die leuchtende Kugel hing mitten in der Luft, genau vor Arlo. Und dann winkte sie. Oder blinkte. Bloß einen Augenblick lang wurde sie dunkler, aber Arlo hätte schwören

können, dass es mit Absicht geschah. *Ich sehe dich,* sagte das Licht. *Und ich habe keine Angst.*

Arlo hatte das Gefühl, etwas erwidern zu müssen. »Hallo?«

Wieder blinkte das Licht.

»Was bist du? Hat jemand …«

Bevor er seine Frage aussprechen konnte, flog das Licht plötzlich davon, gesellte sich zu seinem Freund, tiefer im Wald. Arlo folgte den beiden. Dieses Mal bemühte er sich nicht mehr, leise zu sein. Er rannte, um die Lichter einzuholen.

Die Lichter wurden langsamer und stoppten dann. Sie schienen darauf zu warten, dass er zu ihnen aufschloss. Sie stiegen langsam auf und immer höher. Arlo beeilte sich, um sie nicht aus den Augen zu verlieren, als plötzlich …

BUUUUUUUM!

Ein gewaltiger Donnerschlag hallte durch den Wald. Arlo erschrak fast zu Tode.

Eine Jungenstimme brüllte: »Stopp!«

Arlo sah sich inmitten der dunklen Bäume um. Plötzlich flackerte ein Schnipslicht auf und er erkannte Connor, rund dreißig Meter hinter ihm. Er trug keine Jacke und Arlo begriff plötzlich, warum.

»Es tut mir leid!«, rief Arlo. »Ich dachte nicht, dass du …«

»Nicht bewegen!« Connor ließ zwei weitere Schnipslichter aufsteigen und kam langsam näher.

Arlo blickte zu den strahlenden Lichtern hinauf, denen er gefolgt war. Sie umkreisten einander und beobachteten sie. Im Schein von Connors Schnipslichtern konnte er erkennen, dass da noch mehr von ihnen lauerten. Schwirrende Schatten umgaben sie wie Knochen aus Rauch.

»Was ist das?«

»Wische«, antwortete Connor. »Sie versuchen, dich zu töten.«

Connor zielte mit einem weiteren Schnipslicht direkt an Arlos Füßen vorbei und erleuchtete so den Rand einer Grube. Knapp zwei Meter unter ihm ragten scharfe hölzerne Spieße wie Speere aus dem Boden. Es war eine einfache, aber tödliche Falle und Arlo war geradewegs auf sie zugelaufen.

Noch ein Schritt und Arlo Finch wäre aufgespießt worden. Vorsichtig trat er zurück.

Connor hatte ihn nun erreicht. »Halt dir die Ohren zu.«

Arlo steckte sich die Finger in die Ohren. Connor rieb seine Hände auf diese besondere Weise, klatschte dann und schickte so einen weiteren krachenden Donnerschlag in Richtung der Wische.

Die lebendigen Lichter wirbelten herum. Arlo spürte, dass sie wütend waren oder verwirrt. Ihr Plan, ihn in die Falle zu locken, wäre fast aufgegangen.

Die Lichter hüpften auf und ab, kreisten umher und flogen dann tief in den Wald hinein, bis sie außer Sichtweite waren.

Als Arlo sich umdrehte, sah er Taschenlampen und Schnipslichter von anderen Rangern und Betreuern. Die Donnerschläge hatten sie alarmiert.

Connor schickte ein Schnipslicht los, um zu zeigen, wo sie waren.

»Alles okay bei euch, Jungs?«, rief einer der Betreuer.

»Uns geht's gut!«, rief Connor zurück. Dann flüsterte er Arlo zu: »Sag nichts von den Wischen. Sonst müssen wir noch heute Nacht nach Hause.«

Die Betreuer glaubten Connors Geschichte, dass Arlo sich im Wald verirrt hätte, Indra allerdings nicht. Sobald die Erwachsenen gegangen waren, schlich sie in ihr Zelt und wollte die wahre Geschichte hören.

Mit Connors Erlaubnis erzählte Arlo ihr und Wu, was wirklich vorgefallen war.

»Warum sollten sich die Wische so weit entfernt von den Long Woods aufhalten?«, fragte Indra.

»Ich weiß nicht«, sagte Connor.

»Vielleicht hatten sie Hunger«, schlug Wu vor. »Im Flurbuch steht, dass sie Wesen in den Tod locken, um ihre Seele zu essen.«

»Wer hat dann die Falle gebaut?«, fragte Arlo. »Sie haben keine Hände. Irgendjemand muss das gebaut haben.«

»Und es war auch keine alte Falle«, bemerkte Connor. »Wir zelten ständig hier. Wir hätten sie vorher schon mal gesehen.«

Indra war sich sicher, die Antwort zu kennen. »Jemand hat die Falle gebaut und hat die Wische ausgesandt, um dich hineinzulocken. Das war kein Zufall. Das war geplant.«

Jetzt war Arlo komplett durcheinander. »Willst du sagen, dass gerade jemand versucht hat, mich zu töten?«

»Natürlich nicht«, antwortete sie. »Sie haben versucht, Connor zu töten. Du trägst seine Jacke.«

DIE GOLDENE PFANNE

Die Goldene Pfanne war das einzige Restaurant, das es in Pine Mountain gab, außer man zählte die Hot-Dog-Station an der Tankstelle mit.

Solange irgendjemand zurückdenken konnte, befand sich das kleine Lokal am selben Fleck. Gerahmte Fotos an den Wänden zeigten das Gebäude mit parkenden Autos aus jeder Epoche – ein paar sogar mit Pferden davor. Auf einem Bild bahnten sich zwei Männer mit Schaufeln den Weg durch eine riesige Schneeverwehung zur Tür. Vom Haus war nur noch das Schild mit der goldenen Pfanne auf dem Dach zu sehen.

»Das war dein Großvater«, sagte Arlos Mom und zeigte auf einen der Männer.

Arlo kniff die Augen zusammen, konnte aber keine Details im Gesicht des Mannes erkennen. Das Schwarz-Weiß-Foto war körnig und auf dem Glas im Rahmen lag eine Schicht aus Staub und Fett.

»Hat Großvater hier gearbeitet?«, fragte Jaycee und stellte ihren Laptop in einer Sitzecke ab.

»Nein, aber in dem Jahr ist so viel Schnee gefallen, dass

alle mit anpacken mussten. Die Stadt war wochenlang abgeschnitten, bis der Pass endlich wieder offen war.«

Jaycees Laptop gab ein vertrautes Blubbern von sich. »Gleich haben wir eine Verbindung«, sagte sie. Arlo schlüpfte neben sie in die Sitzecke und sah zu, wie lauter Kauderwelsch über den Bildschirm lief. Wegen der Sache mit dem FBI mussten sie eine spezielle Software benutzen, um mit ihrem Vater in China zu reden.

»Du riechst wie ein Lagerfeuer«, sagte Jaycee. Arlo schnupperte an seinem Ärmel, roch aber nichts. Sie hatte wahrscheinlich recht. Er war direkt aus dem Zeltlager gekommen.

Plötzlich erschien sein Vater auf dem Bildschirm. »Hey, Kinder. Wie ist das Leben in den Bergen?« Das Video ruckelte ein bisschen, wurde aber schließlich schärfer. Arlos Dad war dünn und trug einen Bart, die Brille schien ein wesentlicher Teil seines Gesichts zu sein. Es erleichterte Arlo, dass, so verrückt die Dinge auch schienen, sein Vater immer derselbe blieb.

Über Pfannkuchen und Pommes – es war mehr Mittagessen als Frühstück – erzählten Arlo und Jaycee ihrem Vater, was seit ihrer Ankunft in Pine Mountain geschehen war. Arlo ließ ein paar Sachen aus, zum Beispiel, dass ihn die leuchtenden Wische aus den Long Woods beinahe in eine tödliche Grube gelockt hatten. Details wie Donnerschläge und Schnipslichter und Cooper, den Geisterhund, der still über das Haus wachte, verschwieg er ebenfalls.

Hauptsächlich erzählte er seinem Vater von der Schule (»Ist in Ordnung«) und den Rangern (»Macht Spaß«).

Jaycee redete ohnehin am meisten. In allen Einzelheiten beschrieb sie ihre Klasse und ihren Spind und warum sie überlegte, im Orchester von der Klarinette zu den Trommeln zu wechseln. Einer von den Kleinen Trommeln sei am Pfeifferschen Drüsenfieber erkrankt, was wie aus einem Superheldenfilm klang, tatsächlich aber häufig vorkam, und deshalb gäbe es Platz für einen neuen Trommler. Arlo staunte, wie anders Jaycee war, wenn sie mit ihrem Vater sprach. Im Alltag war sie mürrisch und unfreundlich. Aber bei Dad blühte sie richtig auf, lächelte und lachte sogar.

Ihre Mom schaltete sich nicht oft ein. Arlo wusste, dass sich seine Eltern E-Mails schrieben und manchmal telefonierten, hauptsächlich wegen Geld und diesem Anwalt in Kalifornien, der sich bemühte, seinen Vater sicher zurück in die Staaten zu bekommen. Die Videochats waren für Arlo und Jaycee, damit sie nicht das Gefühl hatten, ihr Dad wäre so weit weg.

Fünfzehn Minuten später erschien eine vertraute Warnung in der Ecke des Bildschirms. Dort stand, dass sie den Kontakt zum Proxy-Server verlieren würden, was bedeutete, dass sie nicht mal mehr zehn Sekunden hatten, bevor das Telefonat abbrechen würde. Sie rückten schnell vor der Kamera zusammen und sagten »Hab dich lieb« und »Tschüss«. Dann war die Verbindung unterbrochen.

Sie umarmten einander immer noch und starrten auf das eingefrorene, verpixelte Bild ihres Dads. Jaycee machte einen Screenshot und schob ihn in den Ordner.

Während Arlo noch seine Pfannkuchen aß, ging seine Mom zum Tresen, um zu bezahlen.

Jaycee sprach leise, was nie ein gutes Zeichen war.

»Ich kriege einen Job.«

»Wo?«, fragte Arlo.

»Hier im Restaurant. Da hängt ein Schild im Fenster. Sie stellen eine Kellnerin auf Teilzeitbasis ein.«

»Du hast noch nie gekellnert.« Arlo konnte sich seine Schwester nicht mit einem Tablett vorstellen. Sicher, sie war stark genug. Sie war stärker als die meisten Mädchen in ihrem Alter. Aber sie war ungeschickt. Früher, als sie im Park Fangen gespielt hatten, war sie ständig gestolpert. Sie hatte behauptet, es läge an ihren Schuhen, aber Arlo war sich ziemlich sicher, dass in Wahrheit ihre Füße nicht ganz richtig mit ihrem Hirn verbunden waren.

»Ich krieg das hin«, sagte Jaycee. »Und wir brauchen Geld. Wenn das Thema also aufkommt, sagst du Mom, dass du mich nicht brauchst, um auf dich aufzupassen.«

»Brauche ich auch nicht!«, rief er.

»Eben.«

Ihre Mom kam mit einem Lächeln vom Tresen zurück, das Arlo lange nicht gesehen hatte. »Gute Nachrichten!«, sagte sie. »Eure Mom wurde gerade als Kellnerin eingestellt. Morgen fange ich an.«

Arlo hütete sich davor, Jaycee anzusehen. Es war auch gar nicht nötig. Er kannte den Ausdruck in ihren Augen schon.

Zurück zu Hause begann Arlo, die Bottichwaschmaschine einzuräumen. Er achtete darauf, dass sie nicht überlief, als sich die Trommel mit Wasser füllte. »Bei einem von zwanzig Malen läuft es einfach weiter«, hatte Onkel Wade ihn gewarnt. »Und dann quillt das Wasser nachher wochenlang aus dem Teppich.«

Das Wasser lief, bis es etwa zweieinhalb Zentimeter unter dem Rand stand, dann endlich rumorte die Maschine. Arlo sah zu, wie der Rührer hin und her wirbelte. Die letzten Gipfel des Kleiderbergs versanken im Wasser.

Arlos Hirn fühlte sich seiner Uniform sehr ähnlich, es wirbelte herum und fand keine Ruhe. Zu viele Fragen waren darin: Wer hatte die Falle im Wald gebaut? Was bedeutete das für Connor? Hatte jemand die Wische geschickt? Wenn ja, wer? Und warum? Was hatte das mit dem Mädchen zu tun, das er im Spiegelbild gesehen hatte? Konnte sie wirklich Connors Cousine sein? Und warum hatte sie Arlo davor gewarnt, dass er in Gefahr sei?

Jedes Mal, wenn er versuchte, sich auf eine Frage zu konzentrieren, drängte sich die nächste auf. Alles hing hoffnungslos mit allem zusammen.

Arlo stellte sich seinen Vater in derselben Situation vor. *Jedes große Problem ist einfach nur ein Haufen kleiner Probleme,* würde sein Dad sagen. *Ganz egal, ob man Abendessen macht oder zum Mond fliegt. Man muss es Schritt für Schritt tun.*

Wenn sein Vater arbeitete, benutzte er große weiße Tafeln, sogenannte *Whiteboards* –, Karteikarten und kleine schwarze Notizbücher voller Listen. Arlo hatte keine rechte Vorstellung davon, was genau sein Dad machte – irgendwie hatte es damit zu tun herauszufinden, wann jemand ein Gespräch abhörte –, aber er verstand das Prinzip. Sein Vater begann mit komplizierten Dingen und fand Mittel und Wege, sie kleiner und einfacher zu machen.

Vielleicht konnte Arlo das auch.

Er hatte keine weiße Tafel, also schrieb er mit dem Finger in den Staub auf der Fensterscheibe: *Wische? Cousine?*

Dann fügte er einen letzten Punkt hinzu: *Warum ich?*

DAS BESTIARIUM

Arlo beschloss, mit den Wischen anzufangen.

Das Flurbuch war ihm dabei keine große Hilfe, es enthielt nur zwei kurze Sätze: »Aus der Entfernung werden Wische oft mit Laternen oder Fackeln verwechselt. Möglicherweise legen sie es darauf an, unvorsichtige Reisende in tödliche Fallen zu locken.«

Nach seiner Begegnung mit den Wischen fand Arlo diese Beschreibung wenig hilfreich, wenn auch sehr exakt. Es war, als würde jemand feststellen, dass Felsen schwer und hart und gefährlich sind, wenn sie einem an den Kopf geschmissen wurden.

Arlo wollte wissen, ob die Wische wussten, was sie taten, als sie ihn in den Wald gelotst hatten. Steckte Absicht dahinter oder war es reiner Instinkt? Ähnelten sie Spinnen, die herbeikrabbelten und alles packten, was immer in ihrem Netz gelandet war? Oder waren sie klüger und glichen eher Löwen, die ihrer Beute auflauerten und auf den richtigen Moment zum Angriff warteten?

Handelten sie nur wie dumme, fliegende Spinnen, dann

hätte Arlo sich sicher sein können, dass sie es nicht speziell auf ihn abgesehen hatten. Dann war er bloß zur falschen Zeit am falschen Ort gewesen.

Waren sie jedoch wie Löwen – oder sogar klüger –, verfolgten sie ihn womöglich immer noch. Beim nächsten Mal wäre er schlau genug, sich nicht von ihnen in die Falle locken zu lassen. Dennoch es war ein beunruhigender Gedanke, dass ihn da draußen im Wald vielleicht jemand beobachtete. Abwartete.

Arlo legte das Flurbuch zur Seite und machte sich auf die Suche nach dem Lexikon seines Onkels. Den Band mit W fand er im Wohnzimmer, wo er das Sofa stützte. Die Seiten mit dem Goldschnitt waren dick und klebten stellenweise aneinander. Arlo brauchte eine kleine Ewigkeit, bis er die richtige Stelle fand.

Nur leider gab es keinen Eintrag zu *Wisch.* Hinter *Wirtschaft* stand gleich *Witz.*

»Wir müssen im Bestiarium nachsehen«, flüsterte Indra am nächsten Morgen in der Klasse. »Wenn es irgendwo Infos über Wische gibt, dann da.«

Vorne räusperte sich Mrs Mayes lautstark. Sie sollten die Mathearbeitsblätter abgeben.

»Entschuldigung, Mrs Mayes«, sagte Indra mit einem süßen Lächeln, während Arlo versuchte, sich auf seine Brüche zu konzentrieren. Aber seine Neugier ließ ihn nicht. Er sah zu, wie Mrs Mayes den Rest ihres Kaffees über das verdurstende Usambaraveilchen auf ihrem Pult goss. Während sie die Tasse im Waschbecken ausspülte, flüsterte Arlo Indra zu: »Was ist ein Bestiarium?«

»Es ist ein Buch«, antworteten Indra und Wu im Chor.

Alle drei beobachteten Mrs Mayes, die auf ihre Tasse starrte und stumm überlegte, ob sie noch einen Kaffee trinken wollte oder nicht.

Sie warf einen Blick auf die Uhr, musterte ihre schweigende Klasse und traf eine Entscheidung.

Sie ging aus dem Raum.

Augenblicklich drehte Wu sich um. »Wir können nach dem Mittagessen hingehen, wenn die zweite Klasse ihre Bibliotheksstunde hat.«

Indra stimmte ihm zu. »Das ist perfekt.«

»Fitzrandolph wird abgelenkt sein, also können wir uns hinter ihren Tisch schleichen. Sie bewahrt es in einer verschlossenen Schublade auf, aber ich hab Übung im Schlösserknacken, ich glaube, ich kriege das hin. Die Frage ist nur, ob wir es mitnehmen sollen oder einfach die Seiten, die wir brauchen, abfotografieren und es zurücklegen, bevor sie mitkriegt, dass es weg ist. So oder so, einer von euch muss Schmiere stehen.«

Schnell meldete Arlo sich freiwillig.

»Oder wir fragen einfach, ob wir das Buch mal sehen dürfen«, schlug Indra vor.

Wu wog ihren Vorschlag ab, er schien an den Fingern abzuzählen, wie groß ihre Chancen auf Erfolg waren. Schließlich sagte er: »Ich schätze, das tut's auch.«

Als Mrs Mayes zurückkam, saß Wu rücklings auf seinem Stuhl und redete mit Arlo und Indra. Es war ziemlich offensichtlich, dass es dabei nicht um Bruchrechnung ging.

Sie aßen schnell zu Mittag und rannten danach fast zur Bibliothek, um vor den einfallenden Zweitklässlern anzukommen.

Mrs Fitzrandolph, die Schulbibliothekarin, war eine gutherzige Frau. Sie besaß eine ganze Sammlung handgestrickter Pullover und Schottenkaroröcke und auf ihrem Tisch stand ein gurgelnder Luftbefeuchter neben der Figur eines Dudelsack spielenden Scotchterriers.

»Finch? Du musst der Sohn von Celeste Bellman sein«, sagte sie. Arlo nickte. »Ich habe auf deine Mutter aufgepasst, als sie klein war, nicht dass es da viel zum Aufpassen gegeben hätte. Dein Onkel dagegen …« Sie verstummte mit einem Achselzucken, das bis in ihre Fingerspitzen reichte.

Arlo hatte seinen Onkel gegenüber Indra und Wu noch nicht erwähnt und sich ziemlich vage dazu geäußert, in welchem Haus an der Green Pass Road er wohnte.

»Wir wollten Arlo das Bestiarium zeigen«, erklärte Indra. »Er hat noch nie eins gesehen.«

»Leider kommen gleich die Zweitklässler.«

»Wir machen schnell«, versprach Indra. »Er hat noch nie einen Feenkäfer gesehen und wir wollen ihm zeigen, auf was er achten muss.«

»Das ist eine gute Idee«, sagte Mrs Fitzrandolph. Sie wandte sich an Arlo: »Ich weiß noch, dass dein Onkel einige Begegnungen mit Feenkäfern hatte. Und mit Stinkklingen auch.«

Sie nahm ihren Schlüsselring und griff unter den Tisch, um eine unsichtbare Schublade zu öffnen. Dann legte sie ein abgenutztes Buch auf den Tisch.

Culmans Bestiarium Bemerkenswerter Kreaturen sah wie ein altes Schulbuch aus, nicht groß anders als das Mathebuch, das sie jeden Tag benutzten. »Ich muss es hier aufbewahren. Wenn es im Regal stünde, würden die Kinder nichts anderes mehr lesen«, sagte Mrs Fitzrandolph. »Ringsum Literatur aus Hunderten von Jahren, Bücher über jedes Thema und von jedem Winkel der Welt, aber alle interessieren sich nur für dieses grauenvolle Verzeichnis.«

Im selben Moment tauchte eine Gruppe Zweitklässler auf. Arlo vergaß immer wieder, wie klein und ekelig sie doch waren.

»Ihr habt zwei Minuten«, sagte Mrs Fitzrandolph und stand auf, um die Zweitklässler an die Lesetische zu scheuchen.

Indra blätterte schnell durch das Buch, vorbei an faszinierenden Illustrationen von seltsamen Kreaturen jeder erdenklichen Art. Bei W angelangt, wurde sie langsamer, bis sie schließlich *Wisch* erreichte.

Arlos Herz stockte, als er das Bild sah. Es war eine einfache Zeichnung, aber sie enthielt alle entscheidenden Details: das schemenhafte Skelett, das nach innen gerichtete Leuchten, die schwache Spur herabfallender, glühender Asche. Wer auch immer dieses Bild gezeichnet haben mochte, er hatte einen Wisch genauso deutlich gesehen, wie Arlo es getan hatte.

Bei der Erinnerung an diese Begegnung wurden seine Hände feucht.

Wu las den Text vor und achtete darauf, leise zu sprechen.

»›Wische – bösartige Geister unklarer Herkunft, auch als Narrenfeuer bekannt, ernähren sich von der Essenz Sterbender. Oftmals legen sie es darauf an, ihre Opfer in natürliche Gefahren wie Treibsand zu locken.‹«

»Oder in Fallen«, ergänzte Indra. »Wie die, in die du beinahe getappt wärst.«

Wu las weiter. »›Bannkreise sind generell wirksam, aber unnötig, da es sehr unwahrscheinlich ist, dass Wische gezielt angreifen. Werden manchmal von andersweltlichen Magus beschworen und kontrolliert.‹«

Arlo spürte, wie er automatisch nickte, merkte dann aber: »Ich habe keine Ahnung, was das heißt.«

Indra begann, den Eintrag für ihn zu übersetzen. »*Geister* bedeutet, dass Wische wie Gespenster oder Phantome sind.«

»Sie sind nicht lebendig«, sagte Wu.

»Na ja, mehr oder weniger schon, aber sie sind nicht lebendig so wie Menschen oder Tiere.« Sie hielt inne, um sicherzugehen: »Du weißt schon, dass es Gespenster gibt, oder?«

»Weiß ich«, sagte Arlo, froh, wenigstens bei einer Sache auf dem Laufenden zu sein. Arlo beschloss, dass Wische so etwas sein mussten wie Cooper, der Hund, der teilweise in dieser und teilweise in einer anderen Welt existierte. »Da steht, dass Wische sich von der Energie sterbender Lebewesen ernähren. Sind sie dann so was wie Vampire?«

»Es gibt keine Vampire«, sagte Wu.

»Echt nicht?«

»Nein. Die gibt es nur in Geschichten.«

Es kam ihm komisch vor, dass es in Pine Mountain zwar Gespenster, aber keine Vampire gab; dennoch war Arlo erleichtert.

Indra wandte sich wieder dem Buch zu. »Ein Bann ist ein Schutz«, erklärte sie. »Einen Bannkreis können Geister nicht übertreten. Das lernst du erst bei den Eulen, wenn du zu elementaren Schutz kommst. Es gibt auch ein Abzeichen zu Schutz für Fortgeschrittene und Abschwörungen, aber das sind Wahlfächer.«

»Wir hätten besser einen Bannkreis um unser Zeltlager haben sollen, oder?«, fragte Arlo.

»Den hatten wir«, antwortete Wu. »Ist dir aufgefallen, dass Connor herumgegangen ist und Steine aufgeschichtet hat, während wir die Zelte aufgebaut haben? Da hat er den Bannkreis gezogen.«

Arlo war es tatsächlich aufgefallen, aber er hatte keine Fragen gestellt. »Und wieso hat er dann nicht funktioniert?«

»Weil du aus ihm herausgetreten bist«, sagte Wu.

Arlo kam sich dämlich vor, als er bemerkte, dass nichts von alldem passiert wäre, wenn er bloß bei den Zelten geblieben wäre oder wenn er gefragt hätte, warum Connor Felsen aufeinanderstapelte, oder überhaupt, wenn er nur mehr gefragt hätte. Er hatte solche Angst gehabt, dumm dazustehen, dass es ihn fast das Leben gekostet hätte.

Indra deutete auf den letzten Satz des Eintrags. »›Werden manchmal von andersweltlichen Magus beschworen und kontrolliert.‹ Das habe ich im Zelt gemeint. Ich glaube, dass jemand die Falle ausgehoben und die Wische angestiftet hat, dich hineinzulocken.«

»Du meinst, um Connor hineinzulocken«, sagte Wu.

»Das nehme ich an. Es sei denn, sie waren wirklich hinter Arlo her. Denk dran: Connor hat schon Dutzende Male hier im Wald gezeltet und noch nie hat es jemand auf ihn abgesehen. Arlo war zum ersten Mal da.« Indra drehte sich zu ihm um. »Kannst du dir vorstellen, dass dich jemand umbringen will?«

»Nein«, antwortete er. »Ich bin doch gerade erst hierhergezogen.«

Wu stimmte ihm zu. »Es muss Connor sein. Es muss einen

Grund geben, warum sie hinter ihm her sind. Es hat bestimmt was mit seiner Cousine zu tun.«

Arlo nickte nur. Er war noch nicht bereit, ihnen von dem Mädchen im Spiegelbild zu erzählen. Er hätte gar nicht gewusst, wo er anfangen sollte.

Diesmal deutete er auf das Ende des Eintrags. »Was muss ich mir denn unter *anderweltlichen Magus* vorstellen?«

»Anderweltlich bedeutet, dass jemand nicht von dieser Welt ist«, erklärte Indra. »Dinge in den Long Woods sind nicht von dieser Welt.«

»Und ein Magus lässt einen Zauber wirken«, sagte Wu. »So wie eine Hexe.«

»Es gibt Hexen?«, fragte Arlo.

Indra sprach so leise, dass die Zweitklässler es nicht hören konnten. »Es gibt Sachen, die viel schlimmer sind als Hexen.«

Als sie aus der Mittagspause zurückkamen, hielt Mrs Mayes einen Sitzplan in der Hand. Einen nach dem anderen wies sie den Schülern neue Tische zu.

Arlo spürte eine böse Vorahnung in sich aufsteigen. Er hatte so eine Idee, was dabei herauskommen würde.

Indra wurde in die erste Reihe in die Nähe des Lehrerpults gesetzt. Wu zwei Reihen zurück auf die linke Seite neben dem Fenster.

Arlo erhielt einen Platz auf der rechten Seite bei den Schränken. Neben ihn wurde Merilee Myers gesetzt. Sie radierte die Trennlinie, die zwischen ihnen auf dem Tisch gezogen war, mit ihrem rosa Radiergummi weg und hielt ihn sich dabei gelegentlich an die Nase.

»Ich mag den Geruch.« Sie hielt ihn Arlo entgegen. Der

winkte ab. »Weißt du, alles hat einen Geruch. Selbst das Innere deiner Nase«, erklärte sie. »Aber du kannst es nicht mehr riechen, weil du dran gewöhnt bist.«

Indra drehte sich nach hinten um und warf Arlo und Wu einen wehmütigen Blick zu.

Die Lehrerin hatte sie so weit wie nur möglich auseinandergesetzt. Es fühlte sich wie ein großes Unrecht an. Freunde trennte man einfach nicht.

Ich habe Freunde, dachte Arlo und diese plötzliche Erkenntnis milderte seinen Schmerz.

Während seiner kurzen Zeit in Pine Mountain war er wunderlichen Wesen und geheimnisvollen Kräften begegnet. Beinahe wäre er sogar getötet worden. Aber ohne es auch nur richtig mitzubekommen, hatte er zwei beste Freunde gefunden.

Das war die größte Überraschung.

DER SPALTER

An diesem Abend in der Waschküche fuhr Arlo mit dem Finger durch das *Wische?* auf dem staubigen Fenster und putzte es weg. Es war ein gutes Gefühl, etwas geschafft zu haben, selbst wenn die Antworten, die er bekommen hatte, nur noch mehr Fragen aufwarfen.

Der nächste Punkt auf der Liste war *Cousine?*. Als er das vertraute Summen eines Motors hörte, wusste Arlo, wo er am besten anfangen würde.

»Ja, ich erinnere mich noch, wie sie verschwand«, sagte Onkel Wade und schob einen weiteren Holzklotz in den Spalter. »Katie Cunningham. Ihre Familie ist steinreich. Ihnen gehört der halbe Berg.«

Er zog an dem Hebelarm und der Spalter setzte sich mit einem Kreischen in Gang. Der hydraulische Arm schob den Klotz in die Ecke, wo das Holz sich leicht wie Wasser am Bug eines Schiffes in zwei Hälften trennte. Dann nahm Wade beide Hälften und ließ sie noch einmal durchlaufen, sodass er am Ende vier Holzstücke hatte.

»Ihre Familie hat oben bei Highcross gezeltet«, sagte Wade. »Irgendwann am Nachmittag verschwanden zwei der Kinder. Katie und ihr älterer Bruder, glaube ich.«

»Ihr Cousin. Connor.«

»Richtig.« Während er sprach, fuhr Wade mit dem Holzspalten fort. »Die erste Woche oder so habe ich mich den Suchtrupps angeschlossen. Wir waren zu viert in einem Team und bekamen einen bestimmten Bereich zugeteilt, den wir abgrasen sollten. Wenn sie welche entbehren konnten, waren manchmal auch Hunde dabei. Es gab Flugzeuge und Hubschrauber, die aus der Luft suchten. Aber woher soll ein Kind wissen, wie man einem Flugzeug ein Zeichen gibt? Nach einer Woche dachte ich, dass sie wahrscheinlich tot sind. Vielleicht hatte ein Puma sie erwischt. Als sie den Jungen dann in Kanada fanden, war ich überrascht. Aber nicht allzu überrascht.«

»Warum nicht?«

»Na ja, entweder waren sie entführt worden, was Sinn ergeben hätte, wenn man bedenkt, wie reich ihre Familie ist, oder sie hatten unseren Wald komplett verlassen.«

»Und waren in den Long Woods«, ergänzte Arlo vorsichtig, unsicher, wie sein Onkel reagieren würde.

»Du weißt davon?«

Arlo nickte.

Wade zuckte mit den Schultern und legte einen neuen Holzklotz ein. »Habe nie den Sheriff oder jemand vom staatlichen Rettungsteam drüber reden hören, aber in der Stadt haben alle vermutet, dass das vielleicht passiert sein könnte. Dass die Kinder irgendwie in die Long Woods geraten sind. Ich weiß sicher, dass die Cunninghams eine Stange Geld für

Schamanen und allerlei andere geheimnisvolle Leute ausgegeben haben, damit die ihnen helfen. Aber soweit ich weiß, haben sie nie herausgefunden, was wirklich passiert ist.«

Als er mit dem Holz fertig war, stellte Onkel Wade den Motor des Spalters ab. Erst da merkte Arlo, dass er die ganze Zeit geschrien hatte, um den Lärm zu übertönen. Die Stille quietschte in seinen Ohren.

»Warst du jemals in den Long Woods?«

Wade schwieg und zog die Arbeitshandschuhe aus. »Schwer zu sagen. Hab mich definitiv an einigen unerwarteten Orten wiedergefunden. Aber ich weiß nicht, ob es wirklich die Long Woods waren. Nach allem, was ich gehört habe, ist das eine Einbahnstraße. Bist du erst in den Long Woods, kehrst du nicht mehr zurück.«

Arlo half seinem Onkel, die Holzscheite an der Hauswand zu stapeln. Das Harz der Rinde klebte an seinen Händen. Erst als sie fast fertig waren, sprach Onkel Wade weiter.

»Die Cunningham-Kinder – sind die mit dir bei den Rangern?«

»Connor ist mein Truppführer. Und Christian ist der Marschall.«

»Bei den Cunninghams solltest du vorsichtig sein«, sagte sein Onkel. »Ich hab dir gesagt, dass sie Geld wie Heu haben, oder?«

Arlo nickte.

»Es ist nichts Falsches daran, reich zu sein, aber schwer zu sagen, wie sie es geworden sind. Vor etwa zwanzig Jahren waren die Cunninghams wie alle anderen auch, nicht besser und nicht schlechter dran. Dann hatten sie plötzlich Geld. Ich meine, viel Geld. Kauften mehr Land, bauten ein nagelneues Haus. Niemand wusste, wie sie sich das leisten konnten – oder warum sie hierblieben. Wer so viel Geld hat, kann an schöneren Orten wohnen als in Pine Mountain.«

»Was glaubst du, woher sie das Geld haben?«, fragte Arlo.

Onkel Wade stützte sich mit der Hand an der Hauswand ab. »Du weißt, dass Pine Mountain ursprünglich eine Minenstadt war, oder? Überall waren Goldminen, bis sie leer waren. Na ja, ein paar dieser alten Minen sind im Besitz der Cunninghams.«

»Du glaubst, dass sie Gold gefunden haben?«

»Das haben ein paar Leute geglaubt. Aber nach Gold zu graben, ist nichts, was man unbemerkt macht. Wenn sie's getan hätten, wär das bekannt. Da hätte es Laster geben müssen und Ausrüstung und Schlamm im Fluss. Aber da war nicht die geringste Spur von irgendwas.«

»Was also glaubst du, was dahintersteckt?«

Wade senkte die Stimme. Arlo hegte den Verdacht, dass sein Onkel diese Theorie zum ersten Mal mit jemandem teilte. »Du weißt, dass die Long Woods überall hinführen? Ich nehme an, dass sie auch nach unten führen. Runter in die Minen. Die Cunninghams könnten mit ein paar Leuten Geschäfte machen, die nicht von unserer Seite sind.«

»Die Magus«, sagte Arlo, der sich an das Wort aus dem Bestiarium erinnerte.

Wade musterte Arlo überrascht und beeindruckt zugleich. »Du begreifst schnell.« Arlo lächelte. »Sagen wir, es sind die Magus. Wenn die Cunninghams mit solchen Typen Geschäfte machen, scheint es nicht mehr so überraschend, dass zwei ihrer Kinder in die Long Woods geraten sind.«

»Du glaubst, dass sie geholt wurden.«

Onkel Wade zuckte mit den Schultern. »Reine Spekulation. Aber trotzdem, zu deiner Sicherheit hältst du dich besser von den Cunninghams fern. Sind ihre Probleme und du wirst besser nicht mit reingezogen.«

Arlo schrubbte seine Hände in der Küchenspüle und versuchte, das Harz abzuwaschen. Normale Seife nutzte nichts. Er musste den grünen, kratzigen Klotz nehmen, den sein Onkel auf dem Fensterbrett liegen hatte, den, der aussah, als wäre er aus gegartem Frosch und Sandpapier gemacht worden. Er schäumte kaum, half aber gegen das Klebrige.

Mit den Fingernägeln kratzte er das letzte bisschen ab.

Das war der Moment, in dem er draußen Jaycee entdeckte. Sie entfernte sich vom Haus, den Hügel hoch, in den Wald.

Arlo fand das seltsam, seine Schwester hasste Natur und Bewegung. Er schüttelte sich das Wasser von den Händen und beschloss, ihr zu folgen.

Es war später Nachmittag und ein kalter Wind kam auf. Arlo konnte ihn in den Bäumen hören, über ihm schwangen die Äste der Kiefern hin und her. Er blieb weit zurück und als er den Hügel hinaufstieg, war Jaycee kaum noch zu sehen.

Soweit er sagen konnte, folgte sie keinem richtigen Pfad, schien aber dennoch zu wissen, wo sie hinging. Arlo fragte sich, ob er sich wie die Leute in Abenteuerfilmen hinter Bäumen und Felsen verstecken sollte, aber dafür schien es keinen Grund zu geben. Jaycee hatte keine Ahnung, dass er ihr folgte.

Ein paar Minuten später blieb sie stehen. Arlo erstarrte und suchte nach einem Versteck. Aber sie sah nicht zurück. Stattdessen schlüpfte Jaycee vorsichtig unter einem Stacheldrahtzaun hindurch und ging weiter.

Arlos Herz klopfte heftig, und das nicht bloß, weil er den Hügel hinaufgestiegen war. Seine Schwester überquerte Privatbesitz. Sie betrat widerrechtlich ein Grundstück. Das war gegen das Gesetz.

Sein erster Instinkt war, zurück nach Hause zu rennen und Mom oder Onkel Wade davon zu erzählen. Jaycee würde bestimmt Ärger bekommen. Vielleicht würde sie Hausarrest kriegen. Sie würde wochenlang sauer auf Arlo sein. Trotzdem: *Es war richtig, dass du es mir erzählt hast,* würde seine Mutter sagen. Es würde dem Schutz der Familie dienen.

Sein zweiter Impuls war, Jaycee zu folgen. Wo immer seine Schwester hinging, sie hatte bestimmt einen Grund dafür. Da gab es etwas Interessantes auf der anderen Seite des Zauns. Und das hier war womöglich Arlos einzige Chance rauszubekommen, was es war. Und selbst wenn man ihn erwischte, wäre es sicher Jaycee, die den meisten Ärger abbekommen würde – er folgte ihr ja nur.

Zumindest, *wenn* er ihr folgte. Er musste sich entscheiden.

Er dachte daran, was Mom ihm vor seinem ersten Ranger-Treffen gesagt hatte. Dass die meisten Dinge, die sie im Leben bedauerte, die waren, die sie nicht getan hatte, Chancen, die sie nicht ergriffen hatte. Arlo kam sich ein bisschen komisch dabei vor, den Rat seiner Mutter als Erlaubnis zu nutzen, um verbotenerweise ein fremdes Grundstücks zu betreten, aber seit sie in Pine Mountain waren, schien schließlich alles ein bisschen komisch.

Am Zaun angekommen, schlüpfte er vorsichtig zwischen der zweiten und dritten Drahtreihe hindurch.

Als er sich aufrichtete, spürte Arlo, wie ihn etwas nach hinten riss. Etwas hatte ihn gepackt, würgte ihn.

Er rang panisch nach Luft. Er wollte schon schreien, in der Hoffnung, dass Jaycee ihn hören würde – als er merkte, dass lediglich seine Kapuze an einem der Drähte festhing.

Er versuchte, sich zu befreien, indem er mit den Fingern blind hinter seinem Kopf herumfuchtelte. Aber der Draht hatte sich wie ein Angelhaken tief in den Stoff gebohrt. Je hektischer er sich befreien wollte, desto fester steckte er.

Arlo zwang sich nachzudenken. Leise zählte er bis drei. Und dann wusste er, was zu tun war.

Er schlüpfte aus seinem Sweatshirt und ließ es vom Zaun baumeln.

Einmal frei, konnte er es problemlos lösen. Es hatte ein paar kleinere Löcher, war aber nicht zerrissen.

Gerade noch erkannte er, wie Jaycee hinter der nächsten Anhöhe verschwand. Er kletterte ihr hinterher.

Oben angekommen, sah Arlo seine Schwester am Rand einer Klippe stehen, der Wind blies ihr Haar zurück. Sie war drauf und dran, in den Tod zu springen.

SIGNALBERG

»Jaycee! Nicht!«, rief Arlo und rannte über die Lichtung.

Überrascht und verärgert drehte sich seine Schwester um. Sie hatte ihr Handy in der Hand und tippte.

»Bist du mir gefolgt?!«, brüllte sie und kannte die Antwort, bevor sie die Frage beendet hatte. »Du bist ein blöder, kleiner Schnüffler.« Sie verschickte die Nachricht. Ihr Telefon piepte.

Als Arlo näher kam, stellte er fest, dass die »Klippe« tatsächlich nur ein massiver, in den Abhang gebetteter Felsen war. Wenn überhaupt, lag er drei Meter über dem Boden. Es sah viel höher aus, weil der Berg darunter schräg abfiel und den Blick auf das ganze Tal freigab.

Als Arlo neben seine Schwester geklettert war, erkannte er unter sich Pine Mountain: das Flachdach der Schule, den Kirchturm, das Tankstellenschild. Alles sah winzig aus – wie die Gebäude einer Modelleisenbahn.

»Das ist der einzige Ort, an dem ich Empfang habe«, sagte sie und wandte sich wieder ihrem Telefon zu. Es piepte, als eine neue Nachricht ankam.

»Mit wem schreibst du?«, fragte er. »Leuten in Chicago?«

»Nein. Ein paar Mädchen aus dem Orchester.«

»Hast du die nicht erst vor einer Stunde gesehen?«

»Das war in der Schule. Es passiert eine Menge zwischen vier und Mitternacht.«

»Was zum Beispiel?«

»Ich weiß nicht, Sachen. Komische Dinge. Pläne. Es gibt haufenweise Chats und wenn du nicht mitmachst, bist du draußen. Dann weißt du als Einzige nicht, was abgeht.«

Wieder piepte ihr Handy. Arlo blickte Jaycee über die Schulter, während sie eine Antwort tippte.

»Was hast du gegen Senf?«, fragte Arlo verwirrt.

»Nichts.«

»Warum hast du dann geschrieben ›Senf ist das Schlimmste?‹«

»Ich hab ihr nur zugestimmt.«

»Aber du liebst Senf.« Arlo hatte seine Schwester Senf auf Sachen schmieren sehen, auf die ganz bestimmt keiner musste, Kartoffelchips zum Beispiel.

»Es geht nicht um den Senf! Es geht um gar nichts. Man muss den Ball nur zurückspielen. Wenn man nicht antwortet, ist man raus.« Auf ihrem piependen Handy tauchten verschiedene Emojis auf. »Das verstehst du nicht, weil du zwölf und ein Junge bist.«

Arlo vermutete, dass er es zumindest bis zu einem gewissen Grad verstand. Er dachte an das Lagerfeuer in Ram's Meadow. Wenn es einmal brannte, brauchte man sich nicht mehr groß darum zu kümmern. Man legte einfach ab und an ein Stück Holz nach. Der schwierige Teil war, das Feuer in Gang zu bringen. Er erinnerte sich, wie konzentriert Wu beim Anzünden des Zunders gewesen war und wie er, während die

Flammen größer wurden, ein Zündholz nach dem anderen hinzugefügt hatte. Wu war methodisch und geduldig vorgegangen, hatte nichts überstürzt, nie weggesehen.

Jaycees neue Freundschaften waren wie ein gerade entzündetes Lagerfeuer. Sie brauchten fortwährende Pflege oder sie würden wieder verlöschen.

»Wir sollten diesen Ort hier Signalberg nennen«, sagte Arlo. Es klang wichtig und offiziell.

»Gut«, sagte sie. »Aber du darfst Mom nie was von ihm erzählen.«

»Mache ich nicht.« Arlo meinte es so. Tatsächlich gefiel es ihm, ein Geheimnis mit seiner Schwester zu haben, etwas, von dem nur sie beide wussten. Aber dann fügte er schnell hinzu: »Nur ist das Privatbesitz. Eigentlich dürfen wir hier gar nicht sein.«

»Das ist schon in Ordnung. Dieser Junge in der Band, ich hab ihm erzählt, wo ich wohne, und er hat gesagt: ›Oh, uns gehört das Grundstück neben euch.‹ Aber sie wohnen hier nicht. Seiner Familie gehört so ungefähr das halbe Tal.«

Arlo bekam ein ungutes Gefühl. »Ist sein Nachname Cunningham?«

Jaycee war überrascht. »Ja, Christian. Er spielt die erste Trompete.«

Arlo verriet ihr nicht, woher er den Namen kannte. Stattdessen fragte er: »Kann ich mal dein Handy haben? Ich will was nachsehen.«

Jaycee sah ihn scharf von der Seite an – sie hatte Arlo noch nie erlaubt, ihr Handy auch nur zu berühren. Aber dann entspannte sie sich, vielleicht fiel ihr ein, dass sie ihn brauchte, um das Geheimnis des Signalbergs zu wahren. Sie gab ihm das Handy. »Zwei Minuten. Und lies bloß nicht meine Nachrichten.«

Arlo öffnete den Browser und gab *Katie Cunningham Pine Mountain* ein.

Die Ergebnisliste enthielt mehr als achthundert Nachrichtenbeiträge. Er klickte auf die oberste Schlagzeile, »Einheimische Kinder, 4 und 6, in der Nähe von Highcross vermisst«. Der Text baute sich auf und Arlo überflog ihn, so schnell er konnte.

Der Artikel aus der *Pine Mountain Gazette* war acht Jahre alt. Alles schien zu dem zu passen, was er am Lagerfeuer und von seinem Onkel erfahren hatte: Connor und seine jüngere Cousine Katie waren vom Familienpicknick verschwunden. Rettungsteams aus Pine Mountain und aus dem ganzen Bundesstaat hatten den Wald durchsucht.

Arlo klickte die nächste Schlagzeile an: »Vermisster Junge aus Colorado lebend in Kanada gefunden«. Der Artikel aus der *Denver Post* beschrieb, wie Connor einen Monat nach seinem Verschwinden in den Wäldern von Alberta aufgetaucht war. Connors Vater wurde zitiert, er sprach von einem »Wunder« und hoffte, dass auch Katie noch gefunden würde.

Während Arlo las, lud das letzte Bild. Es war ein Foto der vierjährigen Katie Cunningham, einer Vorschülerin mit Pausbacken und einer Schleife im Haar. Arlo starrte auf das Foto und versuchte zu entscheiden, ob es dasselbe Mädchen sein konnte, das er im Spiegel des Fensters gesehen hatte. Dieses Mädchen war um die zwölf. *So alt, wie Katie Cunningham heute wäre,* dachte er.

»Wer ist das?«, fragte Jaycee. Sie sah ihm über die Schulter.

»Das ist Connors Cousine. Christians auch, nehme ich an«, sagte er. »Sie ist verschwunden.«

Jaycee, plötzlich höchst interessiert, nahm ihm das Handy weg. Sie überflog den Artikel, klickte dann zurück zu den Suchergebnissen und scrollte durch die Schlagzeilen. Arlo wollte weiterlesen, war aber klug genug, sein Glück nicht herauszufordern.

Er sah, wie Jaycee die Augen zusammenkniff. Sie gab ein leises »Oha« von sich.

»Was?«, fragte Arlo.

Jaycee las laut aus einem anderen Artikel vor. »›Kriminalbeamte, die die Untersuchung im Fall des Verschwindens von Connor und Katie Cunningham leiten, haben Wade Bellman aus Pine Mountain verhaftet …‹«

»Ist das Onkel Wade?«

Sie nickte und las weiter: »Wegen Verdunkelungsgefahr.«

»Was heißt das?«

»Keine Ahnung.«

»Was hat er verdunkelt?«

»Steht da nicht.« Sie fuhr fort: »›Offiziellen Angaben zufolge wird Bellman im Fall der vermissten Kinder nicht als Verdächtiger eingestuft. Die Cunningham-Kinder sind vor sieben Tagen bei einem Familienpicknick in der Nähe von Highcross verschwunden.‹«

»Das war also, bevor sie Connor in Kanada gefunden haben«, stellte Arlo fest.

»Nehme ich an. Da steht aber nicht, was passiert ist. Es kommt oft vor, dass Leute irrtümlich verhaftet werden. Das heißt nicht gleich, dass sie auch etwas angestellt haben.«

»Wie Dad.«

»Genau.«

Arlo schaute zurück, als ob er von hier aus ihr Haus sehen könnte. »Glaubst du, Mom weiß davon?«

»Muss sie, oder? Ich meine, er ist ihr Bruder.«

Jaycee klang, als versuchte sie, sich selbst zu überzeugen. »Mom würde uns nicht hierherbringen, wenn sie es nicht für ungefährlich hielte.«

Arlo wusste, dass es hier nicht ungefährlich war. Im Wald gab es seltsame Wesen und verborgene Fallgruben. Aber der Moment schien ihm nicht richtig, um davon anzufangen.

»Was sollen wir jetzt machen?«, fragte er.

»Ich weiß nicht.« Arlo und Jaycee standen schweigend auf dem Felsen. Die Sonne berührte die Baumwipfel. Bald würde es dunkel werden.

Schließlich fing Jaycee an zu reden. »Wir sollten nichts sagen. Was immer damals passiert ist, es ist Jahre her. Es gibt nichts, worüber wir uns jetzt Sorgen machen müssen.«

Arlo nickte. Seine Schwester hatte recht.

Außer sie hatte nicht recht.

»Kann ich noch eine Sache auf deinem Handy nachsehen?«, fragte er. »Nur dreißig Sekunden.«

Sie gab es ihm.

Er scrollte zurück zum ersten Artikel. Er enthielt das beste Foto von Katie Cunningham. Er starrte es an und versuchte, ihr Gesicht vor seinem inneren Auge acht Jahre älter werden zu lassen, wie sie es bei den vermissten Kindern auf den Milchtüten machten.

Dann fiel ihm etwas auf. Er hielt das Handy waagerecht und vergrößerte das Foto, bis die Augen des Mädchens den Bildschirm füllten.

Wie Arlo hatte auch die junge Katie Cunningham ein grünes und ein braunes Auge. *Es ist, wie es ist,* pflegte seine Mutter zu sagen. *Manche Leute haben eben grüne und andere braune Augen. Du hast von jedem eins.*

So wie Katie Cunningham.

Das konnte kein Zufall sein.

Arlo kannte viele Dinge, die eigentlich unmöglich waren.

Er wusste von Wischen und Geisterhunden. Er hatte sie mit eigenen Augen gesehen.

Er wusste außerdem von Bannkreisen und Hexen – und Schlimmeren-als-Hexen –, die in den Long Woods lebten. Auch wenn das nicht dieselbe Sorte Wissen war. Es war Wissen aus zweiter Hand, geliehen. Er wusste nur davon, weil Indra und Wu es ihm erzählt hatten.

Er glaubte, dass Bannkreise und Hexen real waren, weil er darauf vertraute, dass seine Freunde ihm die Wahrheit sagten. Aber es war nicht dasselbe, wie sie selbst gesehen zu haben.

Im Schneidersitz auf der Waschmaschine sitzend ging Arlo alle Fakten durch und teilte sie in zwei Gruppen: *Hab ich selbst gesehen* oder *Hab ich von gehört.*

In den *Hab-ich-selbst-gesehen*-Eimer sortierte er alle Erinnerungen, mit denen er aufgewachsen war: den Moment, als er sich beim Rollschuhlaufen das Handgelenk gebrochen hatte, den mächtigen Gewittersturm, während er das Tausenderpuzzle mit seiner Mom machte. Er ergänzte die Dinge, die er alleine herausgefunden hatte, zum Beispiel, dass ein Drittel Limo gemischt mit zwei Drittel Wurzelbier überraschend lecker schmeckte. Er ergänzte außerdem Signalberg, Schnipslichter, Donnerschläge und den lila Schleim in Wus Gesicht. Er war sich sicher, dass all diese Dinge existierten, weil er sie selbst gesehen hatte.

In den *Hab-ich-von-gehört*-Eimer sortierte Arlo die meisten Dinge, die er in der Schule gelernt hatte: die Hauptstädte der Bundesstaaten, lange Bruchrechenaufgaben und wie man *Avocado* schreibt. Er hatte keinen Zweifel, dass Boise die Hauptstadt von Idaho war, obwohl er noch nie dort gewesen war, um es selbst herauszufinden.

Er dachte an die verschwundene Jacke seiner Schwester, daran, wie seine Mom ihren Job verloren hatte, und an die Vorkommnisse, die dazu geführt hatten, dass sein Vater in China gelandet war. In allen drei Fällen konnte er unmöglich wissen, was genau geschehen war. Er konnte nicht in der Zeit zurückreisen, um es selbst zu sehen. Die Antworten, wenn es denn Antworten gab, würden nicht leicht zu finden sein.

Er warf einen Blick auf die in den Staub geschriebene Liste auf der Fensterscheibe. Den ersten Punkt *(Wische?)* hatte er erst vor ein paar Stunden gestrichen, aber hatte er die Frage damit wirklich beantwortet? *Culmans Bestiarium* listete die Fakten über Wische auf, aber es konnte nicht beantworten, warum sie eigentlich hinter ihm her gewesen waren.

Der zweite Punkt auf der Liste *(Cousine?)* war sogar noch unklarer. Er kannte jetzt Katie Cunninghams Namen, aber war sie dasselbe Mädchen, dessen Spiegelbild er im Fenster gesehen hatte? War ihre Warnung (»Sei vorsichtig, Arlo Finch!«) nur ein allgemeiner Rat, so was wie »Stecke niemals Büroklammern in Steckdosen!« oder war sie allein für ihn bestimmt? Wie hatten sie überhaupt miteinander reden können? Was war ihre Verbindung zueinander? Und wieso hatte sie die gleichen verschiedenfarbigen Augen wie er?

Der letzte Punkt auf der Liste lautete: *Warum ich?*

Das war die entscheidende Frage, fand Arlo.

Sosehr er auch erfahren wollte, was es mit Wischen und Hexen auf sich hatte und was wirklich mit Katie und Connor geschehen war, so viel dringender interessierte ihn noch, was das alles mit ihm zu tun hatte.

Er war noch nicht einmal eine Woche in Pine Mountain und konnte doch bereits spüren, wie die Dinge sich veränderten. Er brannte darauf zu erfahren, was als Nächstes passierte.

Arlo wischte die Worte vom staubigen Fenster. Und da sah er es.

Schnee.

Er fiel in großen, zarten Flocken, die wie Federn einzeln herabschwebten. Der Boden war bereits von einer weichen weißen Schicht bedeckt.

Arlo lehnte sich auf die Fensterbank und beobachtete, wie der Schnee durch das Mondlicht trieb. Für ein paar Minuten schwiegen die wirbelnden Fragen in seinem Kopf. Er dachte nicht mehr an Wische und Hexen und Schlimmeres-als-Hexen.

Er sah einfach nur zu, wie der Winter nach Pine Mountain kam.

BLAUE BERTHA

Arlo lief so schnell er konnte, seine Stiefel fanden im Schneematsch kaum Halt.

Sein Pulsschlag hämmerte ihm in den Ohren, seine Lungen brannten von der kalten Luft. Aber er musste weiterrennen. Er musste auf den Beinen bleiben. Rutschte er aus, würde er niedergewalzt werden. Plattgemacht.

Wu, der gleich hinter ihm lief, ging es nicht besser. Das gelbe Plastikband glitt durch den Stoff seiner Handschuhe. Die Wollmütze rutschte ihm Zentimeter für Zentimeter tiefer ins Gesicht. Er schob sie mit seinem Ärmel zurück.

»Weiter!«, rief Connor, der ihnen direkt auf den Fersen war. Weil er größer und stärker als der Rest des Trupps war, hatte er sich die Seile um beide Schultern geschlungen. Er zog den größten Teil des Gewichts.

Drei Meter dahinter versuchten Indra und die Zwillinge, den schwerfälligen blauen Schlitten zu schieben und zu steuern. Indra verlor den Halt und stürzte mit dem Gesicht voraus in den Schnee.

Atemlos sah Arlo auf, er blinzelte gegen die Sonne.

Es war das erste Training für das Schlittenderby und die anderen Trupps waren ihnen weit voraus. Sie näherten sich schon dem zugeschneiten Rasenstück vor der Kirche. Der Rote Trupp war der erste, der die Halbzeitmarkierung erreichte, ein großes ziegelfarbenes Schild mit austauschbaren Plastikbuchstaben (DER HERR IST GEDULDIG, WARUM NICHT AUCH DU?). Sie drehten scharf nach rechts, um es zu umfahren.

Währenddessen verlor Wu den Kampf gegen seine Mütze. Sie rutschte ihm über die Augen – ohne etwas zu sehen, lief er weiter. Arlo packte Wu am Jackenärmel, versuchte, ihn zu lenken.

Indra spuckte Schnee und Gras und wollte den Schlitten einholen.

Der Rote Trupp tauchte wieder hinter der Wegmarke auf. Russell Stokes lief ganz vorne. Er sah aus wie ein schweißgetränkter roter Ochse, der bei jedem Atemzug eine Nebelwolke ausstieß. Der ganze Trupp hatte vor Beginn des Rennens die Jacken ausgezogen und lief nur in T-Shirts. Ein paar ihrer Mitglieder fehlten – es war Basketballsaison –, aber das hielt sie nicht auf.

Der Grüne Trupp fuhr eine weite Kurve, um die Markierung zu umfahren. Was ihm an Zugkraft fehlte, machte er mit Technik wieder wett. Er hatte nur einen Ranger hinten auf dem Schlitten sitzen, ein winziges Mädchen, das allein fürs Steuern zuständig war und für das Läuten einer Schneeglocke, die sie beim Singen im Takt hielt:

Der Grüne Trupp ist da,
schneller als ein Shootingstar.
Der Grüne Trupp, der kennt das Spiel,
Teamwork, Teamwork führt ans Ziel!

Hinten beim blauen Schlitten brüllte Indra Julie an: »Stell dich nicht auf die Kufen!«

»Fall du nicht hin!«, brüllte Julie zurück.

»Hört auf zu streiten!«, schrie Jonas.

Russell Stokes rief hustend »Loser!«, als das rote Team vorbeiraste, schon unterwegs Richtung Ziellinie.

Wu wurde langsamer und versuchte, seine Mütze wieder richtig aufzusetzen, was dazu führte, das Connor fast über ihn fiel. Vor lauter Frust packte er Wus Mütze und schmiss sie zur Seite. »Lauf weiter!«, befahl er.

Ärger und Adrenalin machten Wu schneller. Das Seil war straff gespannt, sodass er mehr Arlo und Connor als den Schlitten zog.

Die Ranger des Grünen Trupps rasten lächelnd und singend an ihnen vorbei. Arlo verzog das Gesicht. Wie konnten sie nur so fröhlich sein? Diese Schlitten zu ziehen, war die reinste Tortur.

»Bereitet euch auf die Wende vor!«, schrie Connor. Sie näherten sich dem Schild.

Arlo hatte keinen blassen Schimmer, wie man wendete. Sollte er schneller werden? Langsamer? Er befand sich auf der inneren »Bahn«, nahe am Schild. Sollte er vielleicht kürzere Schritte machen?

Als sie an dem Schild vorbeikamen, steuerten Wu und Connor nach links. Aber der Schlitten fuhr mit vollem Schwung geradeaus. Das hintere Trio hatte keinen blassen Schimmer, wie es lenken sollte.

Plötzlich flog Arlo wie ein Wasserskifahrer, der einen Unfall baut, nach vorne. Mit dem Gesicht zuerst landete er im nassen Schnee. Feuchtkalt drang es in seinen Parka.

Connor und Wu stemmten die Fersen in den Boden und zogen mit aller Kraft. Der riesige blaue Schlitten kippte und stürzte dann ganz um. Indra und die Zwillinge konnten gerade noch ausweichen, als er sich drehte und die Ladung in alle Richtungen flog.

Arlo kam auf die Knie und rieb sich den Schnee aus den Augen.

»Wir müssen von hinten steuern!«, schrie Indra.

»Dann steuert auch!«, schrie Connor zurück und lief zum umgestürzten Schlitten. »Helft mir, ihn umzudrehen.«

Arlo wankte ihm entgegen, während der Trupp den riesigen Schlitten wieder aufstellte. Sie richteten ihn in Fahrtrichtung aus, um nicht noch einmal wenden zu müssen. Dann bargen sie die Ladung: eine Feuertonne, ein Beil, einen Erste-Hilfe-Kasten, zwei Töpfe, drei Dosen mit Eintopf, vier Wasserbehälter und fünfzehn Meter Seil.

Als sie den Schlitten wieder beladen hatten, hatte der Rote Trupp die Ziellinie fast schon erreicht.

»Es ist vorbei. Sie haben gewonnen«, stellte Wu fest.

»Wir müssen über die Ziellinie«, sagte Connor und zurrte die letzten Teile der Ausrüstung fest. »Alle ziehen. Ich schiebe.«

Die fünf jungen Mitglieder des Trupps packten das gelbe Seil und schleppten den Schlitten zurück. Sie versuchten nicht einmal mehr zu rennen. Sie wollten es nur hinter sich bringen.

Arlo sah zu, wie der Grüne Trupp die Ziellinie überquerte. Die Ranger bildeten einen Kreis und sangen jauchzend und klatschend ein letztes Mal ihr Lied. *Sie jubeln über den zweiten Platz,* dachte er. *Wahrscheinlich würden sie auch jubeln, wenn sie Letzter geworden wären.*

Als der Blaue Trupp Minuten später die Ziellinie passierte, gab es keine Umarmungen und auch kein Abklatschen. Sie gingen alle auseinander und vermieden es, sich in die Augen zu sehen. Wu lief zurück, um seine Mütze zu holen.

Christian notierte auf einem Klemmbrett ihre Zeit. »Gut. Einige Trupps haben noch eine Menge Arbeit vor sich. Das Derby ist in acht Wochen. Zur Vorbereitung braucht ihr einen Trainingsplan.«

Das Derby war der jährliche Winterevent, bei dem alle Trupps aus der Region zusammenkamen, um in verschiedenen Wettkämpfen gegeneinander anzutreten: von Navigation bis Pflanzenkunde, von Erste Hilfe bis Knotenbinden. Die Trupps eilten mit ihren Schlitten zu verschiedenen Stationen in der Wildnis und mussten an jeder eine Aufgabe erfüllen.

Im letzten Jahr hatte Pine Mountain schlecht abgeschnitten, kein einziger Trupp war unter den ersten fünf gelandet. Der Blaue Trupp wäre sogar letzter von zwanzig Teilnehmern geworden, wenn nicht »dieser Trupp aus Wyoming in den Fluss gefallen wäre und sich zwei von ihnen eine Unterkühlung zugezogen hätten«, erklärte Connor. »Das hat sie ein bisschen gebremst, aber wirklich nur ein bisschen.«

Um die nächste Derbykatastrophe zu verhindern, hatten die Trupps diesmal schon Wochen früher mit dem Training begonnen.

Christian forderte die Trupps nun auf, ihre Schlitten zurück in den Lagerraum zu bringen. Als Russell Stokes den Reißverschluss seiner Jacke hochzog, zischte er Arlo im Flüsterton zu: »Dein Trupp ist zum Kotzen.«

»Du bist zum Kotzen«, antwortete Arlo und flüsterte dabei kein bisschen. Er war sich nicht sicher, warum er das gesagt hatte. Es sah ihm gar nicht ähnlich. Aber er war erschöpft und Russell war ein Idiot.

Christian tauchte hinter ihnen auf. Er hatte den Wortwechsel mitbekommen. »Ranger-Eid, sofort. Alle beide.«

Russell kannte die Übung. Er legte die Faust auf sein Herz, ratterte den Eid runter, als würde er das Alphabet aufsagen und endete mit: » ... GeisterdesWaldesseidbereitHöretmeinenRanger-Eid.«

Christian blickte zu Arlo – er war an der Reihe. Arlo hatte den Eid geübt, aber die Worte gerieten durcheinander. »Tapfer, gütig, ehrlich ...«

»Wahrhaftig«, korrigierte ihn Christian.

Wahrhaftig. Das war ein so komisches Wort. Ein Mensch konnte tapfer, treu oder gütig sein, aber wie sollte ein Mensch wahrhaftig sein? Eine Aussage konnte wahr sein, im Sinne von nicht falsch. Arlo fragte sich, ob sie eigentlich *wahr* gemeint und nur *wahrhaftig* genommen hatten, damit die Silbenzahl stimmte.

Vielleicht hatte Christian Arlos verwirrten Gesichtsausdruck bemerkt. Er sagte: »Wahrhaftig wie ein Pfeil, der in einer geraden Linie fliegt. Und wahrhaftig du selbst. So ist es auch gemeint.«

»Nicht wahrhaftig im Sinne von ehrlich?«

»Das auch. Gewissermaßen das alles. Es ist nicht schlecht, wahrhaftig zu sein.«

Christian nickte und Russell kehrte zu seinem Trupp zurück, um mit dem Schlitten zu helfen. Christian blieb bei Arlo stehen. »Wie gut kennst du den Eid?«

»Ich kann ihn fast auswendig.« (Das entsprach nicht ganz der Wahrheit.)

»Es geht nicht darum, ihn auswendig zu können. Du musst ihn kennen. Ihn wirklich verstehen. Der einzige Weg dahin, ist, ihn zu leben.«

Blitzartig kamen Arlo wieder seine beiden »Wissenseimer« in den Sinn. Was Christian ihm sagen wollte, war, dass der Eid in den *Hab-ich-selbst-gesehen-Eimer* und nicht in den *Hab-ich-von-gehört-Eimer* gehörte.

»Okay. Danke.«

»Russell ist ein Idiot, aber er strengt sich an. Du musst dich auch anstrengen.«

»Mach ich.« Arlo meinte es so.

Als Christian ging, versammelte sich der Blaue Trupp um seinen schwerfälligen Schlitten, gemeinhin als die Blaue Bertha bekannt.

Niemand wusste genau, wie alt die Blaue Bertha war, aber sie gehörte der Pine-Mountain-Kompanie seit Jahren und wurde von Trupp zu Trupp weitergegeben. Sie bestand aus Sperrholz und Kanthölzern, die mit Nägeln, Bindedraht, Schrauben und Klebeband zusammengehalten wurden. An manchen Stellen war der blaue Anstrich abgeblättert und brachte frühere Farben zum Vorschein. Auch die Rennstreifen an den Seiten fingen an, sich abzulösen. Arlo erkannte erst jetzt, dass es sich dabei eigentlich bloß um Klebeband handelte.

»Mit Bertha werden wir nie gewinnen«, sagte Wu. »Sie ist zu groß und zu schwer.«

Indra stimmte ihm zu. »Man braucht keinen schweren Schlitten, man braucht einen schnellen. Der von den Roten ist aus Aluminium …«

»Und der grüne Schlitten ist aus Holz«, entgegnete Connor. »Neunzig Prozent der Schlitten beim Derby sind aus Holz.«

»Ja, aber nur aus halb so viel Holz«, sagte Wu. »Bei Bertha ist es so, als hätte man einen normalen Schlitten gebaut und dann einfach immer noch mehr Bretter drangeklatscht, bis das Holz im Wald alle war. Und man könnte glatt meinen, die hätten nur das schwerste Holz da draußen genommen. Eisenholz oder so was.«

Jonas stellte sich auf Connors Seite. »Deshalb ist sie so gut. Sie ist unkaputtbar.«

»Das sind Panzer auch. Trotzdem schiebt man die nicht durch den Wald.«

»Das Problem ist nicht der Schlitten!«, sagte Connor und schrie jetzt fast. »Wir sind das Problem! Wir müssen trainieren. Der grüne Schlitten ist so alt wie unserer, aber der Trupp harmoniert miteinander. Sie sind aufeinander abgestimmt.«

»Wir könnten perfekt aufeinander abgestimmt sein und wären immer noch Letzter«, behauptete Indra. »Weil wir diesen grässlichen Schlitten ziehen.«

Schließlich schaltete sich Julie ein. »Wenn wir vielleicht die Kufen mit Wachs einreiben …«

»Es sind nicht nur die Kufen. Wir müssen einen neuen Schlitten bauen«, sagte Wu. Arlo hatte bemerkt, dass er, während er sprach, jedem in die Augen sah. »Das ist ein Rennen und in einem Rennen braucht man das schnellste Fahrzeug. So gewinnt man.«

Connor schüttelte den Kopf. »Das Finish ist nur zehn Punkte wert. Die einzelnen Stationen bringen genauso viel …«

Indra unterbrach ihn. »Aber man kriegt Extrapunkte bei den Stationen. Bertha ist nicht nur im Finish furchtbar. Sie ist immer furchtbar. Wir bleiben auf den Wegen stecken. Das kostet uns Zeit. Außerdem sind wir erschöpft, wenn wir an den Stationen ankommen, weil wir den Schlitten so lange gezogen haben.«

Nichts davon überzeugte Connor. »Wir haben nur acht Wochen. Wir müssen uns auf uns konzentrieren. Wir können keine Zeit mit Diskussionen über den Schlitten verschwenden.«

Arlo sagte nichts. Er war sich nicht sicher, ob er zu alldem eine Meinung hatte.

»Ich schlage vor, wir stimmen ab«, sagte Wu. »Wer ist dafür, einen neuen Schlitten zu bauen?«

Wu und Indra hoben die Hand. Sie sahen Arlo an und gaben ihm durch Gesten zu verstehen, dass er sich ihnen anschließen sollte. Er zögerte.

Zum Glück griff Connor ein. »Ich bin Truppführer. Ich entscheide. Wir bauen keinen neuen Schlitten.«

Indra gab nicht nach. »Ich bin die Quartiermeisterin des Trupps. Und die Quartiermeisterin ist verantwortlich für die Beschaffung und Pflege der gesamten Ausrüstung.«

»Der Schlitten ist keine Ausrüstung. Das Zeug auf dem Schlitten ist die Ausrüstung.«

»Ich glaube nicht, dass das stimmt. Wir sollten im Flurbuch nachsehen.«

Wu versuchte es mit einer neuen Taktik. »Ich finde, wir sollten abstimmen, ob wir abstimmen sollen. Wer ist dafür abzustimmen?«

»Das ergibt keinen Sinn«, sagte Connor. »Man kann nicht übers Abstimmen abstimmen.«

»Was denn, bist du jetzt der König?«, fragte Indra. »Dürfen wir jetzt über gar nichts mehr abstimmen?«

»Wir haben über das Abendessen im Zeltlager abgestimmt«, wollte Julie helfen. »Wir hatten Eintopf, obwohl ich Eintopf hasse.«

»Wir wissen das, Julie!«, fuhr Indra sie an. »Du fängst jedes Mal damit an.«

»Weil ich es jedes Mal hasse.«

Connor trat einen Schritt zurück. »Du willst abstimmen? Gut. Alle, die dafür sind, einen neuen Schlitten zu bauen, heben die Hand.«

Indras und Wus Hände schossen in die Höhe. Julie und Jonas schüttelten den Kopf. Sie stimmten dagegen.

Alle sahen Arlo an. Er konnte das Gewicht ihrer Blicke förmlich spüren. Er hatte sich absichtlich aus der Diskussion herausgehalten, aber jetzt hing alles von ihm ab.

»Ich bin mit beidem einverstanden«, sagte er.

»Du musst abstimmen«, sagte Indra. »Nicht abstimmen ist wie dagegenstimmen.«

Arlo holte tief Luft und atmete langsam aus. Er spürte, wie seine Hand neben Indras und Wus nach oben ging.

»Alle, die dagegen sind?«, fragte Connor. Julie und Jonas hoben die Hand. Genau wie Connor. »Das macht drei gegen drei. Antrag abgelehnt. Wir werden keinen neuen Schlitten bauen. Und das ist das Letzte, was ich darüber hören möchte, verstanden?«

Wu und Indra sahen sich an, sie waren enttäuscht, fügten sich aber.

Als Arlo zwanzig Minuten später darauf wartete, dass seine Mom ihn abholte, gesellten sich Wu und Indra zu ihm. Das Trio war unter sich.

»Was machst du am Samstag?«, fragte Wu.

»Keine Ahnung. Hausaufgaben?«

»Komm zu mir nach Hause. Erzähl aber niemandem davon.«

»Warum?«

Indra und Wu tauschten ein Lächeln. »Wir bauen einen neuen Schlitten.«

MR HENHAO

Auch von *Treue* war im Ranger-Eid die Sprache und das war die Art von Begriff, die einfacher anhand eines Beispiels als anhand einer Definition zu verstehen ist.

Hunde sind treu. Arlo erinnerte sich, mal etwas über einen Hund in Japan gelesen zu haben, der jeden Nachmittag am Bahnhof wartete. Ob Sommer oder Winter, Regen oder Sonnenschein, der Hund wartete immer darauf, mit seinem Besitzer, einem alten Mann, der in der Stadt arbeitete, nach Hause zu gehen. Dann, eines Tages, starb der Mann während der Arbeit. Der Hund aber ging für den Rest seines Lebens zum Bahnhof und wartete darauf, dass sein Herrchen aus dem Zug stieg. Erst wenn der letzte Zug abfuhr, ging der Hund endlich allein nach Hause.

Arlos Dad war den *Boston Red Sox* treu, obwohl er seit seiner Kindheit nicht mehr in Boston lebte. In der Stadtbahn in Chicago hatten Männer ihn manchmal wegen seiner Baseballkappe angefeindet und sein Team als bedeutungslos und jämmerlich beschimpft. »Ganz egal, ob sie gewinnen oder verlieren«, hatte sein Vater zu Arlo gesagt. »Wenn du dich einmal für ein Team entschieden hast, bleibst du dabei. Es ist wie in einer Ehe – in guten wie in schlechten Zeiten, durch dick und dünn.« Wenn er wirklich wichtige Spiele anschaute, ließ er sich von Arlo seine speziellen roten Socken bringen, Glücksbringer, die er ganz hinten in der Schublade aufbewahrte und erst am Ende jeder Saison wusch.

Treue war auch der Grund, warum Arlo für den Bau eines neuen Schlittens gestimmt hatte.

Im Grunde war ihm die Sache egal. Er war froh, dass Connor die Entscheidungen traf, und hätte es gern dabei belassen. Aber Indra und Wu waren seine besten Freunde und zählten auf seine Stimme – selbst wenn die Abstimmung letzten Endes keine Rolle gespielt hatte. Für Connor und die Zwillinge Partei zu ergreifen, wäre Verrat gewesen.

Vielleicht ist das Treue, dachte Arlo. *Auch zu deinen Freunden zu halten, wenn es einfacher wäre, es nicht zu tun.* Er war wie dieser japanische Hund oder wie sein Dad, wenn er in der Stadtbahn die kleinen Lästereien ertrug.

Treue war kein Eid, den man vor Zeugen schwor, oder ein In-die-Hände-Spucken, bevor man einen Handel besiegelte. Sie war kein Vertrag. Sie war einfach da. Treue war ein Versprechen, das man nie geben musste.

Jetzt, da er auf Wus verschneiter Veranda stand und sein Finger sich der Klingel näherte, stellte Arlo seine eigene Treue infrage.

Connor hatte eine Abstimmung erlaubt und die Entscheidung war ein Nein gewesen. Dennoch war Arlo hier und bereitete sich mit Indra und Wu darauf vor, heimlich einen neuen Schlitten zu bauen. Indem er seinen Freunden treu war, wurde Arlo seinem Trupp untreu. Er kam sich wie ein

Verräter vor. Aber manchmal waren die Verräter die wahren Helden, weil sie für etwas eintraten, das richtig war, während alle anderen sich blind fügten.

»Arlo?«, fragte Indra und er war überrascht, sie neben sich zu sehen. Das Auto ihrer Mom stand auf der Straße.

»Klingelst du jetzt oder nicht?«

Arlo zögerte. »Ich weiß nicht.«

Indra streckte ihre Hand aus, um zu klingeln.

»Ich bin so aufgeregt. Sie werden durchdrehen, wenn sie sehen, was wir gemacht haben.«

Wu hatte jedes Detail des neuen Schlittens geplant.

»In diesem Gestell bewahren wir unsere Wasserflaschen auf.« Sein Finger fuhr über eine Bleistiftskizze, eine von neun Zeichnungen, die er auf dem Esszimmertisch ausgebreitet hatte. »Die Flaschen sind farbkodiert. Ich habe eine Grafik gemacht, aber wenn nötig, können wir die Farben tauschen.«

Er reichte Arlo den Farbschlüssel für die Wasserflaschen und zog ein anderes Bild hervor, das den Schlitten von der Seite zeigte.

»Als Nächstes die Aerodynamik. Wir werden keine Gelegenheit für einen Test im Windkanal haben, also habe ich mich für eine einfache Tropfenform entschieden. Das sollte reichen. Die kleine Kufe da vorne verbessert die Manövrierfähigkeit. Wir wollen einen engen Wendekreis mit maximaler Drehkraft.«

»Was ist Drehkraft?«, fragte Arlo.

»Was Gutes«, antwortete Wu. »Du brauchst Drehkraft.

Jetzt zum Frachtraum. Ich habe an eine abnehmbare Verkleidung gedacht. Wenn wir beispielsweise zur Erste-Hilfe-Station kommen, nehmen wir einfach den Teil mit dem Erste-Hilfe-Kasten raus und ziehen los.« Er deutete auf einen Streifen an der Vorderkante des Schlittens. »Das sind Leuchtdioden. Wenn es dunkel wird, funktionieren sie wie Scheinwerfer.«

Arlo nickte beeindruckt.

Indra betrachtete die Zeichnung genauer. »Woraus ist der Schlitten gemacht?«

»Ich habe ein paar Nachforschungen angestellt. Für die richtige Mischung aus viel Kraft und wenig Gewicht werden wir Carbonfaser über einem Rahmen aus Titan verwenden.«

»Woher kriegen wir das?«

Die Frage brachte Wu aus dem Konzept. Er steckte so tief in der Designphase, dass er über den Bau noch gar nicht nachgedacht hatte. »Wir könnten es vielleicht online bestellen. Oder vielleicht in Denver? Unsere Eltern könnten uns zu einem Laden fahren, in dem man Titan und Carbonfaser kaufen kann. Oder vielleicht sind es auch zwei verschiedene Läden, ich weiß nicht. Aber ich bin mir sicher, irgendjemand wird es verkaufen.«

»Nach Denver sind es sechs Stunden mit dem Auto«, stellte Indra fest. »Hin und zurück zwölf Stunden.« Wu nickte und biss sich auf die Lippe. »Wir müssen den Schlitten heute fertig kriegen. Bis fünf Uhr. Dann holt meine Mom mich ab.«

»Meine mich auch«, sagte Arlo.

Wu starrte auf seine Zeichnungen und hoffte, dort eine Lösung zu finden. Er ordnete sie neu und ordnete sie dann noch mal, als wären sie Puzzleteile. Schließlich sagte er: »Vielleicht können wir das Design ein bisschen an das anpassen, das wir haben.«

»Und was haben wir?«, fragte Arlo.

»Wir könnten in der Garage nachsehen.«

Abgesehen von einem kleinen Platz neben der Werkbank war Wus Garage vom Boden bis unters Dach vollgestopft – mit Kisten, Fahrrädern, Babymöbeln, zwei Schneemobilen, drei Rasenmähern, einem Kanu und einem Haufen kaputter Schaufensterpuppen. »Wir haben sie zu Weihnachten als die Heiligen Drei Könige verwendet«, erklärte Wu. »Aber ein Elch hat ihre Hände gefressen.«

Indra übernahm das Kommando. »Jeder nimmt sich eine Ecke vor. Irgendwas muss es hier geben, das wir gebrauchen können.«

Arlo entschied sich für die Ecke, die dem Garagentor am nächsten war. Vermutlich könnte er sich dort am besten in Sicherheit bringen, wenn der Müllhaufen plötzlich einstürzte.

Er hatte keine Ahnung, wonach er eigentlich suchte, also beschloss er, Dinge auszusortieren, aus denen man definitiv keinen Schlitten bauen konnte. Schnell schloss er drei Stapel Astronomiezeitschriften aus, wie auch einen Miniflipperautomaten, mehrere Bowlingkugeln und einen riesigen Teddybären, aus dessen Fuß sein Füllmaterial quoll.

In einer Kiste fand Arlo ein ausgestopftes Stinktier, das aussah, als würde es tanzen. Er fragte sich, ob es eine Arbeit von Onkel Wade war, aber die Halterung, auf der das Tier stand, war nicht signiert.

Er verwarf einen zerbrochenen Tisch, sah ihn sich dann doch noch einmal genauer an. Die drei verbliebenen Beine waren stabile, viereckige Holzpfosten. Die konnte er sich als Teil eines Schlittens vorstellen, auch wenn er noch nicht sicher war, an welcher Stelle. Vorsichtig drehte er die Schrauben raus und löste die Beine von der Tischplatte.

»Das wird ihnen nicht gefallen«, sagte eine Mädchenstimme.

Arlo drehte sich um und sah Merilee Myers im Türrahmen stehen. Sie trug eine Flöte, mit der sie auf den auseinandergebauten Tisch deutete. »Beine abnehmen ist im Grunde Amputation.«

»Eins fehlte vorher schon«, rechtfertigte sich Arlo.

»Wir hatten einen Hund mit drei Beinen und der war wunschlos glücklich. Aber wir haben ganz sicher nicht noch seine anderen Beine abgeschnitten. Das wäre undenkbar gewesen.«

Arlo erinnerte sich, warum er in der Schule nur selten mit Merilee sprach.

»Ich wohne gegenüber«, sagte sie und deutete auf ein gelbes Haus. »Wir haben keinen Fernseher. Meine Familie glaubt nicht dran. Aber wir haben ein Puppentheater. Jeden Sommer geben wir eine Vorstellung. Manchmal mit Musik.«

»Ladet ihr Nachbarn ein?«

»Nein. Es ist eine Privatvorstellung.« Sie schielte an Arlo vorbei, um einen Blick auf Indra und Wu zu werfen. »Was macht ihr da eigentlich?«

»Wir bauen einen neuen Schlitten für die Ranger«, antwortete er und bereute es im selben Moment. Was, wenn sie Connor oder Julie davon erzählte?

Merilees Augen wurden zu Schlitzen. »Kann ich euch helfen?«

Arlo schwieg und versuchte, sich etwas auszudenken, das dagegensprach. Dann hatte er einen Geistesblitz und sagte: »Wir müssen alles selber machen.« Arlo war sich nicht sicher, ob es so eine Regel tatsächlich gab, aber sie klang plausibel. Merilee nickte.

»Kann ich auf meiner Flöte spielen?«

Er musste sich seine Neins aufbewahren. »Warum nicht?«

Merilee warf das lange Haar zurück und setzte die Querflöte an. Sie schloss die Augen. Dann begann sie zu spielen. Es war ein fröhliches Lied, das Arlo noch nie gehört hatte oder an das er sich zumindest nicht erinnern konnte. In seinen Ohren klang fast alle klassische Musik gleich. Aber Merilee war ganz offensichtlich sehr gut. Er konnte sich vorstellen, dass sie in einem Orchester spielte.

Wu und Indra kamen neugierig herüber. Schulter an Schulter standen sie nebeneinander und sahen Merilee zu, die in der Auffahrt stand und spielte. Ihre Finger drückten auf die silbernen Tasten. Ihr Atem bildete Nebelwolken in der kalten Luft. Das Stück endete mit einem finalen Triller.

Die drei Kinder klatschten höflich. Merilee machte eine halbe Verbeugung.

»Das war von Mozart. Niemand weiß, wo er begraben liegt, aber er ist wahrscheinlich immer noch da.«

Ohne die Musik war es plötzlich sehr still. Arlo hatte das Gefühl, er sollte etwas sagen, wusste aber nicht, was.

»Ihr könnt weiter euren Schlitten bauen«, sagte Merilee. »Ich spiele nur, um euch zu inspirieren. Das kann nicht gegen die Regeln sein, oder?«

Damit begann sie eine neue Melodie, die so herrlich war wie die erste. Arlo, Wu und Indra tauschten Blicke, zuckten mit den Schultern und machten sich dann wieder an die Arbeit.

Wu fand an der Rückwand der Garage ein Paar Skier. Sie waren zwanzig Jahre alt, aber immer noch in einem guten Zustand. Die würde sein Vater nicht vermissen, da war Wu sich sicher.

Indra zerrte einen alten Rattansessel herbei. Aus Bambus oder einem Holz gefertigt, das danach aussehen sollte, war er im Grunde eine riesige Schüssel mit Kissen. Der Stoff war zerrissen und mit Wasser beschädigt, aber: »Ich dachte, wir könnten den Untersatz verwenden«, erklärte sie. Tatsächlich schien der Sockel ideal zu sein, vor allem wenn man ihn kippte: Er war leicht, stabil und hatte die perfekte Breite.

»Wir könnten Seile darüberbinden und eine Schlinge formen und dann eine Tasche mit der Ausrüstung reinhängen.«

Arlos Tischbeine passten von der Größe perfekt zu Wus Skiern. Zusammen konnten sie die Kufen des Schlittens bilden. Und Indras Sesselunterteil könnte darüberpassen.

Sie hatten die Teile. Jetzt mussten sie sie nur noch zu einem Schlitten zusammenbauen.

Mit Hämmern und Schraubenziehern zerschlugen und entfernten sie die Bindungen der Skier. Um die Tischbeine an den Skiern anzubringen, wägten sie zwischen Stahlbolzen und einer Tube Bauklebstoff ab, die sie im Regal gefunden hatten. Sie entschieden sich für beides.

Der Kleber war der leichte Teil. Sie drückten ihn in dicken, zahnpastaähnlichen Streifen auf.

Nicht ganz so einfach waren die Bolzen. Der Bohrer quietschte und sprühte Funken, als er sich in die Skier aus

Stahl und Glasfaser wühlte. Das Jaulen war so laut, dass es sogar Merilees Flöte übertönte. Schließlich gelang es ihnen, zwei kleine Löcher unter jeden Ski zu bohren.

Die schweren Bolzen, die sie eigentlich hatten verwenden wollen, waren viel zu dick, also entschieden sie sich für kleinere Holzschrauben. Mit viel Mühe und schmerzenden Handgelenken gelang es ihnen schließlich, sie festzudrehen.

Um den Sockel des Rattansessels an den Skiern zu befestigen, plünderten sie einen alten Spielzeugbaukasten. Da es sich um eine entscheidende Verbindung handelte, beschlossen sie, so viele Nägel wie nur möglich zu verwenden. Arlo schlug sich zweimal auf den Daumen. Als alle sechzehn Nägel angebracht waren, fühlte die Verbindung sich solide an.

Indra hatte eine klare Vorstellung, wie das Gurtband funktionieren sollte, also sahen Arlo und Wu einfach nur zu, während sie das kratzige Sisalseil um den Rahmen wickelte und verknotete. Als sie fertig war, traten sie zurück, um ihr Werk zu bewundern.

Der Schlitten war überraschend schön geworden. Verglichen mit der kastenförmigen Blauen Bertha war er schnittig und rund. Selbst Merilee war beeindruckt. Sie schüttelte die Spucke aus ihrer Flöte, die Tropfen fielen auf den Schlitten. »Ich taufe dich auf den Namen Butterblume.«

»So nennen wir ihn nicht«, protestierte Wu.

»Bestimmt nicht«, stimmten Indra und Arlo ihm zu.

Jetzt mussten sie ihn nur noch im Schnee ausprobieren. Sie trugen ihn zur Straße – er war leicht genug, um ihn anheben zu können – und stellten ihn in die richtige Position. Arlo und Wu nahmen ihren Platz an den Seilen ein, während Indra sich hinten am Schlitten festhielt.

Merilee schwenkte ihre Mütze wie eine Flagge beim Autorennen. »Drei! Zwei! Eins! Los!«

Als sie die Mütze senkte, rannten sie los. In seinem Rücken konnte Arlo hören, wie die Skier durch den Schnee glitten, aber den Widerstand spürte er kaum. Selbst mit der Hälfte des Trupps waren sie doppelt so schnell. Sie ließen Briefkasten für Briefkasten hinter sich, rannten einfach immer geradeaus.

Als sie das Ende der Straße erreicht hatten, blieben Arlo und Wu stehen. Der Schlitten glitt sanft zwischen ihnen nach vorn und ließ sich leicht stoppen.

Mit roten Gesichtern und außer Atem jubelten die Kinder vor Freude. Wu sprang zur Feier des Tages in eine Schneewehe. Indra strahlte. »Connor wird zugeben müssen, dass wir recht hatten.«

Connor zuckte mit den Schultern. »Er ist nur schnell, weil er leer ist.«

Sie hatten den Rest der Truppe angerufen und eingeladen, sich ihr Werk anzusehen. Julie und Jonas kamen schnell – sie wohnten nur die Straße runter. Die Sonne stand tief am Himmel. Der Wind wurde stärker und es wurde kälter. Selbst Merilee war nach Hause gegangen.

»Wenn die ganze Ausrüstung erst mal drin ist, ist er auch nicht schneller als Bertha. Und diese Seile« – Connor zupfte an Indras Seilkonstruktion – »werden das Gewicht nicht halten. Ich weiß nicht, was zuerst kaputtgeht, das Seil oder das Holz.«

Wus Großvater, ein stämmiger Mann, dem weißes Haar aus den Ohren wuchs, stand am Rande der Auffahrt und verfolgte die Auseinandersetzung. Auch wenn er kein Englisch sprach, schien er das Wesentliche der Unterhaltung zu verstehen. Er aß eine Tüte krümeliger Pekanusskekse. In seinem Bart hingen kleine Krümel.

»Warum bist du so negativ?«, fragte Indra. »Ein Truppführer sollte anspornen.«

»Ein Truppführer muss Entscheidungen treffen. Das tue ich. Ich entscheide, dass wir bei dem bleiben, wofür wir als Trupp abgestimmt haben. Wir nehmen Bertha.«

»Aber Bertha ist schrecklich«, sagte Wu.

»Bertha ist zuverlässig. Sie wird nicht auf dem Berg auseinanderfallen. Wir haben an die fünfzig Kilo Ausrüstung zu transportieren, und das schafft euer kleiner Bambusschlitten nicht.«

Wus Großvater war mit den Keksen fertig und gab Arlo die leere Tüte. Dann setzte er sich auf den Schlitten. Die Frachtseile spannten sich, hielten aber. Sie trugen das Gewicht mühelos. Der alte Mann sagte etwas auf Chinesisch. Wu übersetzte: »Er möchte, dass wir ihn ziehen.«

Alle sahen zu Connor. Er seufzte resigniert. »Gut. Ihr werdet ja sehen.«

Die Mitglieder der Truppe nahmen ihre Positionen ein, alle vier Jungen an den Seilen und die beiden Mädchen hinten. Wus Großvater wedelte mit der Hand und rief etwas auf Chinesisch, das wahrscheinlich »Los!« heißen sollte.

Die Jungs zogen. Die Mädchen schoben. Der Schlitten bebte, rutschte dann ein bisschen nach rechts. Aber schnell bewegten sie sich auf einer geraden Linie. Bevor sie auch nur den nächsten Briefkasten erreicht hatten, war Arlo klar, dass Connor recht hatte: Der Schlitten war ihnen leicht vorgekommen, weil er leer gewesen war. Diesmal spürte er das Gewicht von Wus Großvater hinter sich. Das Ziehen strengte ihn an.

Aber Bertha zu ziehen, war noch anstrengender. Bei ihr musste man um jeden Schritt kämpfen. Er stellte sich vor, er wäre ein Hund, der an der Leine zog. So viel Kraft war nötig, nicht mehr, nicht weniger. Er hätte den ganzen Tag durchgehalten.

Er sah zu Wu hinüber, dann zurück zu Connor und Jonas. Ohne es darauf anzulegen, waren alle in einen harmonischen Rhythmus gefallen – linker Fuß, rechter Fuß, linker Fuß, rechter Fuß. Hinten im Schlitten begann Wus Großvater, im Takt zu klatschen. *»Yi! Er! San! Si!«*, rief er und wiederholte die Worte wieder und wieder.

Wu begann, zu dem Rhythmus zu singen. »Ich weiß es nicht, hab nur gedacht …«

Arlo lauschte, als der Rest des Trupps wiederholte: »Ich weiß es nicht, hab nur gedacht …«

» … Bergseen sind so kalt, dass es kracht.«

»Bergseen sind so kalt, dass es kracht!« Derweil zählte Wus Großvater weiter auf Chinesisch: *»Yi! Er! San! Si!«*

Wu wurde etwas schneller. »Und wenn du reinfällst, wirst du nass!«

Diesmal fiel Arlo mit ein. »Und wenn du reinfällst, wirst du nass!«

»Und kriegst 'nen Schnupfen, wetten, dass?«

»Und kriegst 'nen Schnupfen, wetten, dass?«

Connor rief: »Ton aus!« Der Rest des Trupps rief zurück: »Eins! Zwei!« Sie wurden schneller.

»Ton aus!« Arlo stimmte ein: »Drei! Vier!« Der ganze

Trupp rief zusammen: »Eins, zwei, drei, vier. Eins, zwei, drei, vier!«

Sie näherten sich dem Ende der Straße. »Versuchen wir zu wenden!«, rief Connor. »Schlittenzieher, Geschwindigkeit um die Hälfte drosseln. Schlittenschieber, verlagert das Gewicht auf den linken Ski.«

Der Schlitten begann sich tatsächlich zu drehen. Sie hatten etwa die Hälfte des Bogens geschafft, als Arlo und Wu von der Straße abkamen. Sie versanken bis zur Hüfte in einer Schneewehe.

»Schon in Ordnung«, sagte Connor. »Da war nicht genug Platz.«

Arlo und Wu kämpften sich aus dem Schnee. Vereint zogen die vier Jungs das vordere Teil des Schlittens, während die Mädchen ihn auf Kurs hielten. Wus Großvater rührte sich nicht vom Fleck. Immerhin diente er ja als *Ladung.*

Als sie den Schlitten zurück zu Wus Haus zogen, war Arlo nicht mal richtig außer Atem.

Indra und Julie halfen Wus Großvater aus dem Schlitten. Er klopfte ihnen anerkennend auf die Schultern und murmelte etwas auf Chinesisch. Dann nickte er und ging langsam zurück zum Haus.

»Was bedeutet *hen hao?«,* fragte Arlo.

»Ziemlich gut«, sagte Wu.

Die sechs Mitglieder des Blauen Trupps standen um den Schlitten, keiner wollte etwas zu der Auseinandersetzung sagen, die sie noch vor wenigen Minuten geführt hatten. Die Spannung war unausgesprochen, aber nicht beseitigt. Arlo spürte, dass Indra und Connor sich jeden Moment anbrüllen würden.

Und wieder einmal würde er entscheiden müssen, wem er seine Treue schenkte.

Connor sprach zuerst. »Ich denke, wir nennen diesen Schlitten Mr Henhao. Und wir werden nie jemandem verraten, was es bedeutet.« Arlo sah sich um, prüfte die Reaktionen und war erleichtert, als sich auf allen Gesichtern ein begeistertes Lächeln ausbreitete. »Wer ist dafür?«

Alle Hände gingen hoch.

SCHNEE UND EIS

Im Winter schneite es fast jede Nacht in Pine Mountain.

Meist waren es nur zwei oder drei Zentimeter, aber der weiße Puder landete auch so oft genug in Arlos Schuhen.

Jaycee beschwerte sich, dass sie vor der Schule den Schnee vom Auto fegen musste, aber Arlo fand es großartig. Manchmal tat er so, als wäre er ein Bildhauer, der Marmor bearbeitete, oder ein Paläontologe, der behutsam Sandstein entfernte, um einen versteinerten *Kombi Ceratops* freizulegen.

Am besten gefiel es ihm, wenn das Gebläse schließlich das Eis auf der Windschutzscheibe zum Schmelzen brachte. Das Plastikblatt des Scheibenwischers glitt durch die Wassertropfen, bis es in einen immer noch gefrorenen Teil vorstieß und ihn in glasige Scherben zerbrach. Er hatte Videos von Spezialschiffen gesehen, die im Nordpolarmeer das Eis brachen, damit andere Schiffe hindurchkamen. So stark fühlte Arlo sich.

Manchmal ließ Jaycee ihn den Wagen starten. Eigentlich war es ihre Aufgabe – sie war ohnehin bald alt genug, um selbst zu fahren –, aber Arlo bat sie jeden Morgen nach dem

Frühstück darum, wenn ihre Mom noch oben war, um sich für die Arbeit fertig zu machen. Er konnte nie vorhersagen, ob Jaycee ihm die Schlüssel geben würde. Es gab kein Muster, keine Vorzeichen. Wenn sie Nein sagte, dann mit einem einfachen Kopfschütteln. Arlo wusste nicht, ob es Gehässigkeit war oder am Verantwortungsgefühl lag oder an der Angst, erwischt zu werden. Wenn sie zustimmte, gab sie ihm die Schlüssel mit einem Schulterzucken, das mehr auf Gleichgültigkeit als auf einen schwesterlichen Gefallen hindeutete.

Heute war einer dieser Tage, an denen sie mit den Schultern zuckte. Arlo nahm die Schlüssel und lief zur Tür.

Im Auto funkelte es. Es war still und das Licht fiel durch den Schnee auf der Windschutzscheibe. Er konnte seinen Atem sehen. Die Kälte ließ jedes Geräusch lauter wirken, von dem metallenen Kratzen des Schlüssels in der Zündung bis zum Knistern der Plastiksitze. Er fühlte sich wie ein Astronaut auf einem Weltraumspaziergang.

Arlo trat die Kupplung bis zum Boden durch und drehte den Schlüssel. Der Motor hämmerte und jaulte und kämpfte. Er zählte laut: »Eins, zwei, drei, vier.« Plötzlich erwachte der Kombi mit einem Rütteln zum Leben. Arlo atmete auf und drehte dann alle Regler der Heizung voll auf. Als seine Mom rauskam, die Kellnerinnenuniform unter ihrem langen Mantel, war der Wagen angenehm warm und vom Schnee befreit.

»Danke, Leute«, sagte sie, als sie einstieg, obwohl Jaycee so gut wie nichts gemacht hatte.

Sie ließen Jaycee an der Wirt Road raus, wo schon vier andere Schüler der Highschool auf den Bus nach Havlick warteten. Die Jungs in den Collegejacken hatten die Schultern hochgezogen, um sich vor der Kälte zu schützen, und kickten Schneeklumpen. Arlo war sich ziemlich sicher, dass eines der Mädchen rauchte. Sie wandte sich ab, als der Kombi hielt, aber als sie wegfuhren, beobachtete Arlo sie im Seitenspiegel. Ganz bestimmt wanderte da eine Zigarette an ihre Lippen.

»Ja, ich seh's auch«, sagte seine Mutter und wandte sich vom Rückspiegel ab. »Du weißt schon, dass man nicht raucht, oder?« Er nickte.

»Und weißt du auch, warum?«

»Weil es schlecht für die Gesundheit und verboten ist?« Er sah zu, wie das Mädchen in der Ferne verschwand. »Wir könnten es vielleicht ihren Eltern sagen. Ich bin mir sicher, Jaycee weiß, wie sie heißt.«

»Wir wissen ja nicht, was ihre Eltern für Leute sind. Vielleicht wissen sie es auch schon.«

»Dann sind sie schlechte Eltern, oder?«

Seine Mom legte den Kopf schief und verzog leicht das Gesicht. »Vielleicht tun sie, was sie können. Es ist nicht einfach, Kinder zu haben. Es gibt keinen Flurführer wie bei den Rangern.«

»Es heißt Flurbuch.« Sein Ton und die Tatsache, dass er sie berichtigt hatte, taten ihm auf der Stelle leid. »Entschuldigung.«

Sie hatte ihm schon verziehen. »Wie läuft's da eigentlich? Weitere Schlittendramen?«

Arlo lächelte, überrascht, dass sie es so ausdrückte. Er hatte ihr von dem letzten Trainingslauf mit Mr Henhao erzählt, diesmal mit ihrer eigentlichen Ausrüstung statt mit Wus Großvater als Ladung. »Wie sich rausgestellt hat, ist das Wasser am schwersten, also müssen wir es am Boden verstauen, damit der Schlitten oben nicht zu schwer wird. Die Feuertonne ist auch irgendwie schwer unterzubringen, wir müssen rausfinden …«

Seine Mom drückte ihm die Hand gegen die Brust. »Still.«

Sie hatte den Fuß auf der Bremse, der Wagen rollte aber immer noch. Rutschte. Drehte sich. Arlo hörte die Reifen im Schnee knirschen. Alles wurde langsamer, als er den Atem anhielt und einfach nur zusah, wie die Motorhaube des Wagens auf den Straßenrand steuerte.

Seine Mom drehte vorsichtig am Lenkrad. *Vorsichtig gegenlenken,* irgendwoher wusste er, dass man das tun sollte. Und seine Mom machte es. Aber sie rutschten immer noch. Ihr Fuß trat sanft auf die Bremse. Sie rutschten weiter. Mit jeder Sekunde, jedem Herzschlag kam der steile Abhang auf Arlos Seite nä…

Die Straße war weg. Er sah nur noch Bäume und den Himmel.

»Mom!« Seine Finger krallten sich in die Lehne.

»Halt dich fest!« Sie drehte weiter am Lenkrad. Trat weiter auf die Bremse. Nichts änderte sich. Sie bewegten sich in einer geraden Linie, schossen direkt auf den Abgrund zu. Arlo kniff die Augen zusammen. Es war still.

Bis es laut wurde.

Der Wagen stürzte in die Tiefe, Metall knirschte auf dem Schnee. Die Räder pflügten hindurch. Etwas krachte gegen die Unterseite. Sie bewegten sich immer noch, aber in eine andere Richtung. Arlo spürte, wie sein Gesicht gegen den Türrahmen gedrückt wurde, eine Wange eng an das kalte Glas gepresst.

»Arlo!«

Er öffnete die Augen und sah seine Mutter über sich schweben. Sie befand sich immer noch auf ihrem Sitz, der Sicherheitsgurt hielt sie.

Der Kombi stand auf der Beifahrerseite wie ein Dominostein auf der Kante. Arlo war unten. Seine Mom war oben. Sie brüllte: »Arlo?!«

»Ich bin okay.« Er sagte es instinktiv, war sich aber ziemlich sicher, dass es wirklich so war. Er konnte seine Füße und Hände sehen. Keine Schmerzen. Kein Blut. Selbst der Wagen schien heil zu sein, keine zersplitterten Scheiben, der Schnee hatte ihren Aufprall gedämpft. Nur sollten Autos nicht auf der Seite liegen. Das machte die ganze Sache so komisch. *Wie im Weltall,* dachte Arlo und erinnerte sich an das Gefühl, das er an diesem Morgen beim Einsteigen ins Auto gehabt hatte. Wieder waren alle Fenster schneebedeckt.

»Nicht am Kopf verletzt? Nichts geschnitten oder gebrochen?«

»Ich glaube, mir geht es gut.« Er sah sich um, so gut er konnte, und bemerkte erst da ihr Dilemma: Wie sollten sie hier rauskommen? Seine Tür war blockiert und die Fahrertür war jetzt das Dach.

Seine Mutter ließ ihr Fenster runter. Sie versuchte, den Kopf rauszustrecken, aber aus ihrem Winkel war das unmöglich.

»Benutz die Hupe«, schlug er vor.

»Auf dieser Straße sind nicht gerade viele Leute. Ich denke, wir müssen allein hier rauskommen.«

»Versuch es. Bitte!«

Seine Mom rang sich ein Lächeln ab. Arlo konnte sehen, dass sie kurz davor stand, in Tränen auszubrechen, aber sie riss sich zusammen. »Okay, versuchen wir es.« Sie drückte auf die Hupe. Das Hupen wurde von dem Schnee auf der Motorhaube gedämpft, aber Arlo war sich sicher, dass es jemand hören würde.

»Dreimal hintereinander, mit einer Pause dazwischen. Das ist der universelle Notruf.« Er konnte sich an die Bilder im Flurbuch erinnern. Drei Lichter, drei Pfiffe, drei irgendwas waren das Zeichen dafür, dass man Hilfe brauchte.

Sie folgte seinen Anweisungen und drückte drei Mal kräftig auf die Hupe. Arlo stellte sich vor, wie das Geräusch durchs Tal bis zum Sheriffbüro unten in Pine Mountain drang. Seine Mom wiederholte das Signal.

Plötzlich bewegte der Wagen sich wieder, rutschte weiter den Hang hinab. Arlo schrie. Es waren nur ein paar Zentimeter, aber es war Furcht einflößend.

Sie hatten keine Lust, länger auf Hilfe zu warten. »Glaubst du, du kannst da hochklettern?«, fragte seine Mom. Arlo nickte. »Okay, du musst zuerst gehen.« Seine Frage ahnend, fügte sie hinzu: »Wenn ich meinen Sicherheitsgurt losmache, falle ich auf dich. Du musst zuerst. Du schaffst das. Ich kann dir helfen.«

Wahrhaftig, tapfer, gütig, treu … Arlo hörte den Eid in seinem Kopf. Er musste jetzt tapfer sein.

Er griff nach oben und tastete nach dem Öffner von seinem Sitzgurt. Es war schwer, aus diesem Winkel daraufzudrücken, aber unter dem Einsatz beider Daumen gelang es ihm. Es klickte. Der Gurt schnellte zurück. Er war frei.

Arlo drehte sich um und suchte nach einem Weg, auf dem er nach oben klettern konnte. »Stell dich nicht aufs Fenster«, sagte seine Mom. »Stell dich auf den Rahmen.« Das war kinderleicht. Der schwierige Teil war herauszufinden, wo er als

Nächstes hintreten sollte. »Siehst du die Stelle, wo die Sitze sich treffen?« Sie deutete auf den Stahlschieber zum Verstellen des Sitzes. »Vielleicht nimmst du den. Und du kannst dich am Schalthebel festhalten.«

Nervös, weil jede heftige Bewegung den Wagen wieder ins Rutschen bringen konnte, verlagerte Arlo vorsichtig sein Gewicht auf die Tür.

»Das machst du gut«, sagte sie. »Jetzt kletter einfach über mich.«

Sie griff nach unten, packte ihn am Gürtel und half ihm, sich hochzuziehen. Er klammerte sich am Lenkrad fest. Es drehte sich, während er sich hochzog. Etwas quietschte – die Räder des Wagens drehten sich. »Kümmere dich nicht darum. Mach weiter.« Er stellte einen Fuß in die Mitte des Armaturenbretts und hielt sich am Fensterrahmen fest. Während er sich hochzog, spürte er, wie seine Mom ihn schob.

Arlo steckte den Kopf aus dem Fenster. Er sah sich um wie ein Präriehund, der aus seiner Höhle spähte.

Sie waren nicht weit von der Straße – sie lag kaum einen Meter über ihm. Arlo konnte die Spuren sehen, wo der Wagen ausgebrochen war.

»Kommst du raus?«

»Ich denke schon.« Er stützte sich mit dem rechten Fuß aufs Lenkrad und zwängte sich durchs Fenster. Sein rechtes Knie stützte er gegen den Fensterrahmen. Die Fahrertür war frei von Schnee, sodass es ganz leicht war, über sie zu klettern, langsam auf die Straße zu. Das Blech beulte sich stellenweise. Er hatte Angst, Dellen zu hinterlassen.

Seine Mom konnte ihn aus diesem Winkel nicht sehen. »Bist du okay?«

»Ja. Ich springe jetzt.«

»Ist das gefährlich?«

Arlo wollte zuversichtlich klingen. »Es ist ganz leicht.« Das war es nicht. Bevor er sich noch selbst verrückt machte, zählte er schnell bis drei und sprang auf die Straße zu.

Er schaffte es nicht.

Er landete mit dem Gesicht nach unten in einem halben Meter Puderschnee. Der Schnee geriet in seine Nase und blieb in seinen Wimpern hängen. Er spürte, wie er in seinem Nacken schmolz.

Aber er war in Ordnung. Und er war nah dran. Er kroch ein, zwei Meter, bis er sicher auf der Straße ankam. Auf dem festen Schnee richtete er sich auf und klopfte sich ab. Sein Gesicht brannte. Sein Herz raste.

»Arlo?!« Seine Mom klang weit entfernt.

»Mir geht es gut! Du kannst jetzt hochkommen« Von da, wo er stand, konnte man den Kombi kaum sehen. Ein vorbeifahrender Wagen hätte sie nie entdeckt. Vermutlich hätten sie warten müssen, bis im Frühling der Schnee schmolz.

»Okay! Ich komme.«

Arlo konnte nichts anderes tun als warten. Er hörte Geräusche aus dem Auto, von denen er annahm, dass sie von seiner Mom kamen, die ihren Gurt löste und sich in Position brachte. Dann sah er seinen Rucksack aus dem Fenster fliegen und auf dem Kombi landen. Danach tauchte seine Mom auf. Er war noch nie so glücklich gewesen, sie zu sehen.

»Nimm deine Tasche.« Sie warf sie ihm zu, kletterte dann weiter und hockte auf dem Türrahmen. Sie machte eine Pause, atmete schwer. Ihre Beine baumelten immer noch im Wagen, so, als säße sie am Rand eines Pools.

»Mom?« Sie sah zu ihm herüber. »Wie ist das passiert?«

Sie zuckte mit den Schultern. »Manchmal sind die Straßen einfach glatt. Und die Reifen sind nicht die besten. Um ehrlich zu sein, ist es nicht das beste Auto. Ich bin erstaunt, dass es so lange gehalten hat.«

»Können wir es reparieren?«

»Ich weiß nicht. Keine Ahnung, wie wir das bezahlen sollen. Aber wir schauen mal.«

»Wichtig ist bloß, dass wir okay sind«, sagte Arlo.

»Genau.« Sie rieb sich die Augen. Plötzlich hatte sie eine neue Idee – sie tastete ihren Parka ab und fand ihr Handy. »Hier, fang.« Sie warf ihm das Handy zu. Er fing es und drückte es gegen seine Brust.

»Wen soll ich anrufen?«

»Niemanden. Mach ein Foto.«

»Warum?«

»Zur Erinnerung«, antwortete sie. »Außerdem, wer würde uns das hier ohne Foto glauben?«

Arlo zog seine Handschuhe aus. Er entsperrte ihr Handy, aktivierte die Kamera. Dann wartete er, bis seine Mom ihr Haar gerichtet hatte. »Okay, fertig.« Sie lächelte breit, sah ihn direkt an.

Er machte das Foto.

Seine Mom hatte recht. Es half ihm, sich an den Moment zu erinnern und an das, was dann passierte.

DIE STRASSE

Arlos Mom beendete den Anruf. »Genau. Etwa auf halber Strecke zwischen Wirt Road und Main Street. Okay. Vielen Dank, Mitch.« Sie legte auf. »Der Abschleppwagen ist in einer halben oder dreiviertel Stunde hier.«

Arlo spähte zum Kombi hinüber. Das Auto sah aus wie ein ausrangiertes Spielzeug. »Wie wollen sie den nur da rausholen?«

»Ich weiß nicht. Aber sie werden schon wissen, wie. Es kommen ständig Autos von der Straße ab.« Sie sah auf die Uhr. »Meinst du, du könntest den Rest zu Fuß zur Schule gehen? Es sind höchstens noch zwei Kilometer. Immer geradeaus, dann links auf die Main Street. Du kennst ja den Weg.«

Er nickte. Er kannte den Weg, war sich aber nicht sicher, ob das eine gute Idee war. Auf zwei Kilometern konnte viel passieren.

»Du schreibst doch eine Mathearbeit, oder? Die solltest du nicht verpassen.«

In Wahrheit wäre er froh gewesen, die Arbeit zu verpassen, aber deshalb zögerte er nicht. Er wollte seine Mom nicht allein lassen. Was, wenn der LKW gar nicht kam? Was, wenn ihr Handy ausging? Wenn ein Bär aus dem Wald kam? Sie hatte das Flurbuch nicht gelesen. Sie hatte keine Ahnung, wie man einen Schwarzbären von einem Grizzly unterscheidet. Ob man besser langsam zurückweicht oder brüllt und Krach macht. Wenn Arlo ging, war sie so gut wie …

»Geh schon. Dir passiert nichts. Ich bin früher immer zur Schule gelaufen.«

»Im Winter?«

»Nein. Aber du bist schon halb da. Das gleicht es aus.«

Sie zog ihn an sich und küsste ihn auf die Mütze. »Geh. Ich hab dich lieb.«

»Ich hab dich lieb.« Arlo setzte seinen Rucksack auf.

»Und hey, denk dran, wenn jemand dir nicht glaubt«, sagte sie und hielt das Handy hoch. »Wir haben ein Foto.«

Arlo rang sich ein Lächeln ab.

Der Straße lag still da. Alles, was er hören konnte, war das Knirschen seiner Schuhe im Schnee.

Wenigstens ein Auto war heute auf dieser Straße unterwegs gewesen. Arlo ging zwischen den Reifenspuren. Ihm fiel das Rautenmuster im Profil auf. Da und dort lag ein verdreckter Schneebrocken. Arlo ging davon aus, dass es Klumpen waren, die sich im Radkasten des Wagens angesammelt hatten, und auf die Straße gefallen waren, sobald sie zu schwer wurden.

Ein paar Minuten, nachdem er losgegangen war, begann es zu schneien. Die Flocken waren zart und glasig, fast wie Sand. Sie blieben nicht an seinen Handschuhen oder seiner Jacke kleben, schlüpften aber in seinen Kragen.

Knirsch knirsch, knirsch knirsch. Er ging weiter.

Die Main Street musste ganz nahe sein, vielleicht gleich hinter der nächsten Biegung.

Aber es war komisch: Er hatte das Gefühl, dieser Biegung gar nicht näher zu kommen. Er ging auf sie zu, aber sie schien sich in derselben Geschwindigkeit zu entfernen, so, als würde sich die Straße irgendwo in der Mitte in die Länge ziehen.

Arlo blieb stehen. Die Biegung war genau da, wo sie sein sollte. Das war verwirrend.

Dann hörte er ein Flüstern, so schwach, dass es auch der Wind sein konnte. Es klang, als würde etwas nach ihm rufen: »Too-ble!«

Er blickte zum Wald hinüber, versuchte zu orten, von wo die Stimme kam. Er entdeckte Krähen in den Bäumen. Sie schienen ihn zu beobachten. Hatte er sie vielleicht krächzen gehört?

»Too-ble!« Es war die Stimme einer alten Frau, tief und rau. Sie schien aus dem dunklen Wald zu seiner Linken zu kommen.

Arlo ging weiter. Die Biegung entfernte sich fast unmerklich.

»Tooble!« Lauter. Näher. Er konnte ein Lächeln in der Stimme der Frau hören.

Er begann zu joggen, dann zu rennen, sein Rucksack schwang von einer Seite zur anderen. Er bewegte sich definitiv vorwärts. Es war nicht so, als stünde er auf einem Laufband – links und rechts ließ er die Bäume hinter sich. Aber egal, wie sehr er auch rannte, die Biegung war immer gleich weit entfernt.

Er blieb stehen. Seine Lunge schmerzte. Er spürte den Pulsschlag in den Ohren.

Da fiel ihm noch etwas Komisches auf. So sehr hatte er sich auf das konzentriert, was vor ihm lag, dass er übersehen hatte, was direkt vor seinen Füßen war: Die Spuren waren verschwunden.

Wo waren sie hin? Es hatte keine einzige Abzweigung gegeben und wenden konnte man hier auch nirgends.

Arlo drehte sich um. Da sah er sie.

Etwa fünf Meter von ihm entfernt stand ein Mädchen. Sie war etwa in seinem Alter und wandte ihm den Rücken zu. Ihr Haar war zu komplizierten Zöpfen geflochten und mit winzigen Blumen und glitzernden Perlen hochgesteckt. Sie trug ein Kleid mit einem verworrenen Muster aus Rot und Gold, aber keine Schuhe. Sie stand barfuß im Schnee.

Arlo konnte ihr Gesicht nicht sehen, war sich aber ziemlich sicher, dass er wusste, wer sie war. »Hallo?«

Sie legte den Kopf schief, als würde sie sich über das Geräusch wundern.

»Alles in Ordnung mit dir?«, fragte er.

Sie antwortete nicht, streckte aber ihre linke Hand in die Luft. An den Fingern trug sie Ringe mit goldenen Edelsteinen.

Arlo machte einen Schritt auf sie zu. Sie reagierte nicht. Sie schien seine Schritte nicht zu hören. Auch nicht, als er direkt hinter ihr stand, so nah, dass er sie hätte berühren können.

Sie nahm die Hand herunter. Endlich sagte sie etwas: »Bist du das?«

»Ja.«

»Arlo Finch.« Ihre Stimme schien aus allen Richtungen gleichzeitig zu kommen. Aber es war definitiv eine Mädchenstimme, nicht das raue Flüstern aus dem Wald.

Arlo ging um sie herum, aber ganz egal, wohin er trat, sie drehte ihm immer den Rücken zu. Es war wie bei einer optischen Täuschung, nur mit dem Unterschied, dass er selbst mittendrin steckte. Leicht benommen blieb er stehen.

»Bist du Katie Cunningham?«

Die Frage schien sie zu verärgern. »So heiße ich schon lange nicht mehr.«

»Wie heißt du denn jetzt?«

»Rielle.« Während sie sprach, spielte leise Musik, so, als würde ihr Name nicht aus Buchstaben, sondern aus Noten bestehen, die man auf Saiten zupfte und mit winzigen Glöckchen spielte.

»Ich kenne deinen Cousin Connor. Wir sind zusammen bei den Rangern. Er ist mein Truppführer.« Sie antwortete nicht. »Erinnerst du dich an ihn?«

»Ja.«

»Wurdet ihr entführt?«

Wieder eine Pause. Sie schüttelte den Kopf. »Nein, ich habe nicht in eure Welt gehört. Mein Platz ist das Reich Eldritch.«

»Was ist das Reich Eldritch?«

»Die unheimlichen Länder. Die andere Seite der Long Woods.«

Arlo war verwirrt. Er hatte gedacht, die Long Woods *wären* die andere Seite. Wollte sie etwa sagen, dass es noch einen dritten Ort gab? Und wenn der das Reich Eldritch genannt wurde … »Was sind dann die Long Woods?«

»Wo sich die beiden Länder treffen.« So, wie sie die Arme bewegte, nahm Arlo an, dass sie die Überschneidung mit ihren Händen zeigen wollte.

»Sind wir da jetzt? In den Long Woods?«

»Ich glaube nicht«, sagte sie. »Es ist anders.«

»Ich bin auf einer Straße im Wald. In Pine Mountain. Hier schneit es.« Es war komisch, ihr das sagen zu müssen, wenn man bedachte, dass sie barfuß im Schnee stand.

»Hier ist Herbst«, sagte sie. »Es ist immer Herbst.«

Arlo versuchte, sich vorzustellen, was sie meinte. In Phoenix oder Mexiko war angeblich immer Sommer, weil es dort warm war und niemals schneite. Aber wie konnte es immer Herbst sein? Wenn die Bäume einmal ihre Blätter verloren hatten, kriegten sie bis zum Frühling keine neuen mehr.

Sie fuhr fort: »Ich habe einen Spaziergang im Garten gemacht und der Weg hat sich verändert. Dann habe ich eine Stimme gehört. Eine alte Frau.«

»Ich hab sie auch gehört!«

»Sie ist gefährlich. Du musst dich von ihr fernhalten.«

»Warum? Was will sie?«

»Sie will dich.«

Plötzlich wurde Arlo wieder schwindelig, alles drehte sich. Rielle war losgegangen und er war in ihrem Windschatten gefangen. Er beeilte sich, um sie einzuholen, aber jeder Schritt fiel ihm schwer.

»Warte! Warum will sie mich?«

Sie blieb stehen. Als sie sich umdrehte, stand sie plötzlich hinter ihm. Sie hielt seinen Arm ganz fest, als sie ihm ins Ohr flüsterte: »Weil du auch nicht in diese Welt gehörst.«

Als er sich umdrehte, um sie anzusehen, war sie verschwunden.

Arlo Finch stand allein auf der Straße, der echten Straße, zwischen zwei Reifenspuren im Schnee. Die einzigen Fußspuren waren seine eigenen.

9:45 MORGENS

Arlo beschloss, Wu und Indra alles zu erzählen.

In der Pause drängte sich das Trio neben das eingeschneite Klettergerüst. Indra hörte aufmerksam zu und machte sich in Gedanken Notizen, während Wu auf und ab ging und Eiszapfen zerbrach. Er war aufmerksam, konnte sich aber nicht konzentrieren, wenn er nichts mit seinen Händen anstellte.

Arlo berichtete zunächst von seiner ersten kurzen Unterhaltung mit dem Spiegelbild des Mädchens im Fenster und ihrer unbestimmten Warnung, dass er in Gefahr sei.

Indra unterbrach ihn. »Du glaubst, die Wische waren hinter dir her, nicht hinter Connor.«

»Ich nehme es an. Aber Connor hat definitiv auch damit zu tun. Ich bin mir ziemlich sicher, dass das Mädchen Connors Cousine ist, die, die verschwunden ist, als sie klein waren.« Wu, der völlig von den Socken war, stieß ein leises »Wow« aus. Arlo erzählte, wie er sich Fotos von der jungen Katie Cunningham auf dem Handy seiner Schwester angesehen hatte. Obwohl er sich nicht sicher sein konnte, dass es dasselbe Mädchen war, das er im Spiegelbild gesehen hatte, hatte auch sie verschiedenfarbige Augen, so wie er.

Indra unterbrach ihn wieder, als wäre nur sie in der Lage, die Einzelteile richtig zusammenzusetzen. »Der kleine Connor und die kleine Katie verschwinden also. Sie landen in den Long Woods. Connor schafft es irgendwie herauszukommen, aber Katie bleibt zurück. Und ist die ganze Zeit dort gewesen.«

Wu streckte einen Eiszapfen wie ein Schwert in die Luft. »Wir müssen sie retten.«

»Nein«, sagte Arlo. »Sie ist nicht in den Long Woods. Sie ist im Reich Eldritch.«

»Was ist das Reich Eldritch?«

»Ich will es dir gerade erzählen, aber du unterbrichst mich ja dauernd.«

Indra schnaubte. »Gut. Dann sprich schneller.«

Arlo erzählte von den Ereignissen an jenem Morgen, der mit dem Autounfall begonnen hatte. Die Einzelheiten des Unfalls waren so aufregend, dass er gern länger von ihnen berichtet hätte – immerhin hätte er sterben können –, aber am Ende waren sie nicht so wichtig wie das, was auf der Straße passiert war. Er beschrieb den kristallartigen Schnee, die Stimme im Wald, die verschwundenen Reifenspuren und wie er es einfach nicht geschafft hatte, die Biegung in der Ferne zu erreichen.

»So läuft das«, unterbrach ihn Indra schon wieder. »Ich habe Geschichten darüber gelesen. Von Leuten, die versehentlich in die Long Woods geraten sind …«

»Er hat gesagt, er war nicht in den Long Woods«, sagte Wu.

Arlo versuchte, es klarzustellen. »Wo immer wir waren, sie

ist auch versehentlich dahin gekommen. Sie lebt im Reich Eldritch.«

»Du hast immer noch nicht erklärt, was das ist.«

»Weil du mich ständig unterbrichst.«

»Dann hindere mich halt daran, dich zu unterbrechen!« Indra verschränkte verärgert die Arme.

Arlo fuhr fort, beschrieb das Schwindelgefühl, das er verspürt hatte, als er das Mädchen auf der Straße einholen wollte. Er konnte sich nicht genau daran erinnern, was sie beide gesagt hatten, aber er gab alles so gut wie möglich wieder. Indra kämpfte gegen ihren Drang an, jedes noch so kleine Detail erfahren zu wollen, aber es fiel ihr sichtlich schwer. »Ich habe sie gefragt, ob sie Katie Cunningham ist. Sie hat gesagt, sie würde nicht mehr Katie heißen. Sie sei Rielle.«

»Wie buchstabiert man ...«

Wu brachte sie zum Schweigen. Indra verzog das Gesicht und hob sich die Frage für später auf.

Schließlich erklärte Arlo das Reich Eldritch so gut er konnte. »Ich denke, da ist unsere Welt«, sagte er und streckte die linke Hand aus. »Und da ist das Reich Eldritch.« Er hielt seine rechte Hand daneben. »Und da, wo sie sich berühren, das sind die Long Woods. Wie eine Grenze zwischen zwei Welten.«

Die Pausenglocke klingelte. Sie mussten bald rein.

»Und was machen wir jetzt?«, fragte Wu. »Wir müssen es Connor erzählen, oder nicht?«

Arlo war sich da nicht so sicher. »Eigentlich hat sie auf seinen Namen kaum reagiert. Es war, als wüsste sie, wer er ist, ohne sich große Gedanken um ihn zu machen.«

»Ja, weil es Connor gut geht«, sagte Wu. »Sie ist diejenige, die in Schwierigkeiten steckt.«

Indra schüttelte den Kopf. »Sie hätte Arlo sagen können, dass er eine Nachricht übermitteln soll. Zum Beispiel, dass sie am Leben ist. Es ist verrückt, dass sie es nicht gemacht hat.«

»Vielleicht konnte sie es nicht!«, meinte Wu. »Vielleicht wollte sie Connor nicht in Gefahr bringen. Immerhin sind sie beide entführt worden.«

Indra hielt einen Finger hoch, um ihn zu korrigieren. »Sie hat gesagt, sie seien nicht entführt worden.«

»Als ob sie das wüsste! Sie war ein dummes, kleines Mädchen, als es passiert ist. Dieses Mädchen Katie – oder Rielle, wie auch immer –, sie ist in dieser anderen Welt, dem Reich Eldritch, gefangen. Jemand muss sie retten.«

»Wer? Wir?«

»Vielleicht!«

»Und wie?«

»Ich weiß nicht! Wir müssen uns was einfallen lassen.«

»Typisch«, sagte Indra. »Jetzt geht es wieder los wie bei dem Schlitten. Wilde Pläne ohne jeden Bezug zur Realität.«

»Der Schlitten ist super geworden!«

»Ja, weil jemand – ich! – in der Lage war, praktisch darüber nachzudenken.«

Arlo merkte, dass er eine ganze Weile nichts gesagt hatte. Er hatte einfach zugesehen, wie sie sich stritten wie bei einem Tennismatch im Fernsehen. »Ich glaube nicht, dass Rielle gerettet werden will«, sagte er. »Vor allem hat sie mir dringend geraten, mich rauszuhalten.«

»Genau!«, sagte Wu. »Weil es gefährlich ist. Sie ist in Gefahr. Wenn jemand in Gefahr ist, rettet man ihn. Das ist die Grundregel der Ranger.«

»Damit hat das überhaupt nichts zu tun«, widersprach Indra. »Sagen wir, jemand bricht im Eis ein …«

»Dann rettet man ihn!«

»Aber man rennt nicht einfach blind aufs Eis, denn das Eis könnte brechen und dann würde man auch ins Wasser fallen. Man muss sich langsam bewegen. Man rutscht auf dem Bauch langsam über das Eis und wirft ihm ein Seil zu. Oder noch besser, man schiebt langsam eine Leiter über das Eis.«

Wu war verzweifelt. »Erinnere mich daran, nie mit dir Eisfischen zu gehen. Du würdest mich ertrinken lassen, während du im Flurbuch die richtige Seite suchst.«

»Steht auf Seite vierundachtzig.«

Arlo sah sich auf dem Schulhof um. Die anderen Kinder waren alle schon reingegangen. Noch eine Minute und Mrs Mayes würde sie nachsitzen lassen.

»Ich erzähle es Connor«, sagte er. »Heute Abend, nach den Rangern.«

Wu und Indra sahen ihn an, überrascht, dass er ohne sie zu einer Entscheidung gekommen war. »Ich weiß nicht, was das Richtige ist. Aber Connor hat es verdient, davon zu erfahren.«

KNOTEN

»Das Kaninchen kommt aus dem Loch, läuft um den Baum herum und dann zurück ins Loch.«

Connor zog das Seil fest und zeigte den fertigen Palstek. Er sah genauso aus wie auf der Zeichnung im Flurbuch.

Arlo folgte Connors Anweisungen, bog das Seil, um einen »Baum« und dann ein »Loch« zu machen, und benutzte das lose Ende des Seils dann als Kaninchen, um rein- und wieder rauszukommen. Er zog daran, verhedderte sich aber nur.

»Der Baum muss aus dem Boden wachsen«, erklärte Connor und zeigte ihm, welche Seite der Schlinge oben sein musste. Arlo versuchte es erneut. Diesmal funktionierte es. Der Knoten war fest.

Sie bereiteten sich auf die Knotenstaffel vor, ein Rennen zwischen den Trupps, um herauszufinden, wer zuerst alle zehn Ranger-Knoten knüpfen konnte. Knoten waren immer eine der Stationen beim Derby, weshalb die Kompanie dem Knotenknüpfen viel Zeit widmete. Arlo war sich bewusst, dass er als blutiger Anfänger für den Blauen Trupp eine Belastung darstellte. Er war langsamer als die anderen und die Gefahr war groß, dass er es vermasseln würde.

Außerdem beherrschte er nur acht von zehn Knoten.

Den Kreuzknoten, die Gespannte Leine, den Mastwurf, Schotstek, Zimmermannsknoten und die Zwei Halben Schläge (trotz ihres Namens ein einzelner Knoten) traute er sich zu. Bei Palstek und Blutknoten hatte er Hoffnung. Aber …

»Wenn er Trompetenstich oder Zeppelinstek zieht, sind wir erledigt«, sagte Indra.

Die Trupps hatten sich in ihren jeweiligen Ecken im Keller der Kirche versammelt. Ein paar Ranger dehnten ihre Beine für den Lauf. Arlo war so mit seinen Knoten beschäftigt gewesen, dass er den Lauf völlig vergessen hatte. Er machte den anderen die Dehnübungen nach, obwohl er nicht mal genau wusste, welche Muskeln er eigentlich lockern sollte.

»Denk dran, bei der Gespannten Leine zwei in und einen außerhalb der Schlinge«, sagte Wu. »Und beim Schotstek hoch, herum, dann durchstecken.«

»Warum heißt der eigentlich Schotstek?«

»Weil man früher die Schoten damit verbunden hat«, erklärte Indra. »Eine Schot ist eine Leine, mit der man Segel bedient.«

Arlo strahlte – das war genau der Knoten, den er brauchte, falls er bei einem Felsrutsch aus seinem Zimmer flüchten musste! Er wollte gerade fragen, was ein Trompetenstich war, als Christian zur Versammlung pfiff. Es war Zeit, sich aufzustellen.

Bei sechs Rangern und zehn Knoten würde fast jedes Mitglied des Blauen Trupps zweimal laufen müssen. Connor beorderte Arlo ans Ende der Reihe. »So bist du nur einmal dran.« Arlo nickte erleichtert.

Er zählte die Ranger in den anderen Trupps, rechnete sich aus, gegen wen er laufen musste. Im Grünen Trupp war es ein Mädchen namens Zaylin. Im Roten Trupp war es Russell Stokes. Der rothaarige Brutalo bemerkte, wie Arlo ihn anstarrte, und warf ihm einen wilden Blick zu.

Die Mitglieder des Senior-Trupps stellten die Kampfrichter. Jeder von ihnen besetzte eine der Stationen am Ende des Raums, ausgerüstet mit einem Stapel Karten und einem ein Meter langen Seil zu ihren Füßen.

»Auf die Plätze, Ranger!«, rief Christian. »Fertig! Los!«

Unter den Anfeuerungen ihres Teams begannen die Truppführer mit dem ersten Teil: Sie rannten durch den Raum, um eine Karte umzudrehen, auf der stand, welchen Knoten sie zu binden hatten.

Connor war der Erste, bei dem der Richter mit dem Daumen nach oben zeigte. Er lief zurück und übergab das Seil an Indra. Sie lagen Kopf an Kopf mit dem Roten Trupp. Die Grünen schienen Mühe zu haben, doch Arlo fragte sich, ob sie zu Anfang vielleicht bloß einen schwierigeren Knoten gezogen hatten.

Als die Läufer zurückkamen, riefen sie, welchen Knoten sie gezogen hatten.

»Zimmermannsknoten«, sagte Connor.

»Schotstek«, sagte Indra.

»Mastwurf«, sagte Wu.

»Palstek«, sagte Jonas, als er seiner Schwester das Seil übergab. In den ersten vier Abschnitten hatten die Blauen fast alle Knoten gezogen, die Arlo gut konnte. Als er jetzt vorne in der Reihe stand, hoffte er, dass Julie einen schwierigen gezogen und ihm einen einfachen übrig gelassen hatte. Er sah zu, wie sie ihre Karte umdrehte, sich dann hinkniete und einen Knoten um den Knöchel des Richters band.

»Sie hat die Gespannte Leine«, sagte Wu.

»Das bedeutet, dass du entweder einen Blutknoten, Kreuzknoten, Trompetenstich oder Zeppelinstek bekommst«, sagte Indra. Arlo beherrschte nur die ersten beiden. »Was, wenn ich es nicht kann?«

»Dann war's das mit uns«, antwortete Wu.

Connor legte Arlo die Hände auf die Schultern. »Wir liegen in Führung. Versuch zuerst, ihn richtig zu binden, selbst wenn du langsam machen musst.«

Julies Richter reckte den Daumen in die Höhe und begann, ihren Knoten zu lösen. Arlo spürte, wie sein Herz vor Aufregung mit einem Mal schneller schlug. Julie rannte zurück. Als Arlos Hände das Seil berührten, übernahmen seine Füße. Schon stand er vor dem Richter und drehte die nächste Karte um.

Aber es stand kein Wort darauf geschrieben, nur eine Reihe von Schnörkeln.

Arlo kniff die Augen fest zusammen, versuchte, den Blick scharf zu stellen. Aber die Linien auf der Karte bildeten keine Buchstaben, zumindest keine aus dem Alphabet. Während er noch auf die Karte starrte, kam Russell Stokes an der Station neben ihm an. Der Rote Trupp hatte aufgeholt.

Arlo drehte die Karte um, um sie dem Richter zu zeigen.

»Gajn herodut«, sagte der Richter. Die Worte waren definitiv fremd für ihn und klangen, als würden sie gesungen statt gesprochen.

Doppelt verwirrt schaute Arlo wieder auf die Karte. Die Schnörkel waren immer noch bloß Schnörkel.

Der Knoten, den er am besten binden konnte, war der Kreuzknoten. Also band er ihn. Er nahm beide Enden des Seils, band sie rechts über links, rechts über links. Er zog den Knoten fest und zeigte ihn dem Richter.

Daumen hoch. Arlo löste den Knoten und lief zurück zu seinem Team, wo er Connor das Seil für dessen zweiten Lauf gab. Er hatte Russell um mindestens zwei Sekunden geschlagen.

Wu und Indra klatschten Arlo ab, als er zurück an seinen Platz in der Reihe ging. Russell funkelte ihn an. »Emmn sarup. Ischinu talabritic?«

Am Tonfall erkannte Arlo, dass es eine Beleidigung war, aber er hatte keinen blassen Schimmer, was die Worte bedeuten sollten. »Baru sledith«, antwortete er.

Es fühlte sich an, als hätte sein Hirn versehentlich in eine andere Sprache gewechselt, so wie der Computer seines Dads, wenn er von Englisch auf Chinesisch umstellte. Aus irgendeinem Grund waren die Einstellungen in Arlos Hirn durcheinandergeraten.

Verwundert sah Arlo sich um und staunte über all die Kleinigkeiten, die sich verändert hatten. Über der Tür hing ein leuchtendes grünes Schild. Aber statt des Wortes AUSGANG zeigte es ein Durcheinander zufälliger Formen. An der Wand gegenüber hing ein großes Poster mit dem Ranger-Eid, nur dass keiner der Buchstaben mehr stimmte.

Zugleich kamen sie ihm jedoch seltsam vertraut vor. Irgendwo hatte er sie schon einmal gesehen, er konnte sich nur nicht mehr erinnern, wo das gewesen war. Auch hatte er den Verdacht, dass er die Schrift lesen konnte, wenn er sich nur ein bisschen anstrengen würde. Arlo versuchte, sich zu konzentrieren und die Geräusche der jubelnden Ranger auszublenden. Nach und nach erkannte er sich wiederholende Muster in den Formen, dann einzelne Wörter. Er war ganz nah dran, sie zu verstehen, als …

… Wu und Indra ihn packten. Und jubelten.

Jonas war mit dem Seil zurückgekehrt. Der Blaue Trupp hatte das Rennen mit wenigen Sekunden Vorsprung vor den Roten gewonnen. Die Grünen lagen abgeschlagen auf dem dritten Platz.

»Ich bin so froh, dass du den Kreuzknoten bekommen hast«, sagte Wu.

»Ich auch.«

Arlo warf einen Blick auf den Eid an der Wand. Dort standen wieder vertraute Buchstaben.

Es waren immer vertraute Buchstaben, dachte Arlo. Verändert hatte sich nicht das Poster, sondern sein Gehirn. Einen Moment lang hatte er sie nicht mehr lesen können. Er fragte sich, ob das hier der Grund war, warum ihm das Lesen manchmal so schwerfiel. *Sprach sein Hirn dann die falsche Sprache?*

Das wiederum warf die Frage auf, welche Sprache es eigentlich gesprochen hatte. Könnte es die Sprache des Geisterreiches gewesen sein? Aber gab es dort überhaupt so was wie eine Sprache, und wenn ja, warum sollte Arlo sie können?

»Was ist los? Geht es wieder um den Schlitten? Sagt mir jetzt nicht, dass ihr noch einen gebaut habt.«

Arlo, Indra und Wu hatten Connor gebeten, nach dem

Treffen zu bleiben. Der Versammlungsraum im Keller war fast leer, nur ein paar Mitglieder des Senior-Trupps prüften noch die Bestände im Quartiermeister-Schrank.

»Arlo muss dir etwas sagen«, begann Indra.

Und plötzlich wusste Arlo nicht mehr, wo er anfangen sollte. Sollte er behutsam einsteigen? *Hey, weißt du noch, als du ein Kind warst und im Wald verschwunden bist?* Sollte er gleich mit der Tür ins Haus fallen? *Deine Cousine lebt in einer anderen Welt, heißt aber anders und scheint sich nicht groß dafür zu interessieren, ob du davon erfährst oder nicht.* Er entschied sich für die goldene Mitte. »Ich habe deine Cousine Katie gesehen. Heute Morgen, noch vor der Schule. Und davor schon mal.«

Arlo wartete die Reaktion ab. Er sah, wie Connor den Blick senkte, als ob sich in seinem Hirn ein Bild aufbaute. Seine Lippen bewegten sich, als wollten sie ein Wort formen. Dann nahm er die Schultern zurück und legte den Kopf schief. »Wo?«

»Das erste Mal in einer Spiegelung in meinem Zimmer. Das zweite Mal auf der Straße, die in die Stadt führt, nur dass es gar nicht die Straße war. Wahrscheinlich waren es die Long Woods.«

Connor warf einen Blick zu den anderen Rangern hinüber und vergewisserte sich, dass niemand mithörte. Einer von ihnen war sein Bruder Christian. »Wie bist du dahin gekommen?«

»Ich habe keine Ahnung.«

»Wie bist du zurückgekommen?«

»Weiß ich auch nicht.«

»Und du bist dir ganz sicher, dass sie es war?«

»Ja, ich hab mit ihr gesprochen.«

Connor nickte nachdenklich. »Wie, hat sie gesagt, heißt sie jetzt?«

Arlo zögerte. Er war sich ziemlich sicher, dass es ein Test war. Connor kannte den Namen, er wollte nur sichergehen, dass Arlo die Wahrheit sprach.

Indra mischte sich ein. Sie deutete auf Connor: »Woher wusstest du, dass sie noch lebt?«

Connor ignorierte sie. »Wie heißt sie jetzt?«

»Rielle«, sagte Arlo.

Connor seufzte und fuhr sich mit der Hand durchs Haar. Wu, Indra und Arlo tauschten Blicke, sie waren sich nicht sicher, ob das hier jetzt gut oder schlecht lief.

Connor sah Arlo in die Augen. »Was genau hat sie gesagt?«

»Nicht viel. Vor allem haben wir darüber geredet, dass wir miteinander reden. Ich glaube, sie war so überrascht wie ich.«

Connor schüttelte den Kopf. »Sei dir da nicht so sicher. Du kannst ihr nicht unbedingt trauen.«

»Noch mal«, sagte Wu. »Wie konntest du wissen, dass sie lebt und einen anderen Namen hat?«

»Sie kommt zweimal im Jahr zurück, um ihre Eltern zu sehen. Einmal zu Weihnachten und einmal zur Sommerwende. So lautet die Vereinbarung, die sie getroffen hat.«

»Mit wem?«, fragte Wu.

»Mit den Leuten, bei denen sie jetzt lebt. Den Magus.«

Arlo brauchte eine Weile, bis sein Kopf das verarbeitet hatte. Dieses Mädchen, von dem er annahm, es würde vermisst, wurde überhaupt nicht vermisst. Ihre Familie wusste genau, wo sie war. »Sie hat gesagt, sie lebt im Reich Eldritch.«

»Ich weiß nicht, wie man es nennt, aber ja. Im Ort hinter den Long Woods.«

Indra ging dazwischen. »Als ihr beiden Kinder wart und am Highcross verschwunden seid …«

»Sie wollten nur sie, also haben sie mich gehen lassen. Ich erinnere mich kaum daran. Sie haben meine Erinnerungen gelöscht oder so was.«

Arlo tendierte dazu, ihm zu glauben. Connor schien wirklich nicht zu wissen, was genau passiert war, und hatte sich offenbar auch damit abgefunden, es nie zu erfahren.

»Warum hat niemand versucht, sie zu retten?«, fragte Wu.

»Anfangs haben das ein paar Leute getan.« Connor sah Arlo an. »Dein Onkel zum Beispiel.«

»Onkel Wade hat versucht, sie zu retten?«

»Du hast einen Onkel?«, fragte Wu.

Indra zählte eins und eins zusammen. »Der Typ, der die Tiere ausstopft – das ist dein Onkel, stimmt's?«

Arlo nickte, wollte aber nicht das Thema wechseln. »Ich habe gelesen, dass sie ihn wegen Verdunklungsgefahr verhaftet haben.«

»Er und noch ein anderer Typ haben versucht, uns zu finden«, erzählte Connor. »Aber zu diesem Zeitpunkt hatte meine Familie bereits mit den Magus Kontakt. Sie schlossen einen Handel: Katie würde bleiben und ich könnte nach Hause gehen. Teil der Abmachung war, dass alles geheim bleiben musste.«

»Deshalb sprichst du nie darüber«, sagte Indra.

»Und deshalb könnt ihr es auch niemandem erzählen. Nicht euren Eltern, nicht Jonas und Julie. Wenn es je irgendjemand herausfindet …« Er verstummte. Arlo vermutete, dass Connor die Einzelheiten des Handels nicht kannte und auch gar nicht kennen wollte.

»Warte, nein. Äh …« Wu trat einen Schritt vor. »Deine Familie übergibt deine Cousine einem Haufen Verrückter in einer anderen Dimension und wir sollen einfach die Klappe halten und nicht drüber reden?«

»Sie ist dort besser aufgehoben, wirklich«, sagte Connor. »Es ist, als besäße man einen Wolf und würde ihn in einen Käfig sperren. Wahrscheinlich könnte er überleben, aber er gehört einfach nicht dorthin. Er muss raus in den Wald. Katie war immer schon komisch, sogar schon mit vier. Sie hörte Stimmen. Sie sprach eine andere Sprache, schrieb ein anderes Alphabet.«

Aus dem Reich Eldritch, dachte Arlo.

Connor fuhr fort: »Damals haben sie gedacht, dass etwas nicht mit ihr stimmt, aber …«

»Sie war eine von ihnen«, sagte Indra.

»Nein, eigentlich nicht. Das ist es ja: Sie ist weder das eine noch das andere. Sie brauchen sie für etwas. Irgendwie ist sie etwas Besonderes.«

»Arlo muss auch etwas Besonderes sein«, sagte Wu.

Indra stimmte ihm zu. »Deshalb sind die Wische bei den Zelten aufgetaucht. Wer auch immer sie geschickt hat, war hinter Arlo her.«

Arlo spürte, wie sich sein Magen zusammenzog. Er war wieder bei der letzten Frage angekommen, die er an das Fenster in der Waschküche geschrieben hatte: *Warum ich?* »Warum sollte jemand versuchen, mich umzubringen, wenn ich etwas Besonderes bin?«

»Ich weiß nicht«, sagte Connor. »Vielleicht halten sie dich für eine Bedrohung.«

ZWEI MAHLZEITEN UND EIN SNACK

In den folgenden Wochen wartete Arlo nur darauf, dass etwas Schreckliches geschah. Ihm war klar, dass er wachsam sein musste, weil ihm irgendjemand irgendwo den Tod wünschte.

Jeden Morgen wachte er vor dem Klingeln des Weckers auf, starrte an die Decke und überlegte, wie es passieren könnte.

Er war sich ziemlich sicher, dass sie nicht noch einmal Wische schicken würden. Indra hatte eine Liste von anderen übernatürlichen Wesen gemacht, die ihrer Ansicht nach den Auftrag bekommen konnten, ihn zu töten. Die Liste reichte von fliegenden Wölfen über Schattenschlangen bis hin zu Ohrenspinnen. Nach einem Blick in *Culmans Bestiarium* steckte er sich vor dem Schlafengehen Wattebäusche in die Ohren, nur für den Fall der Fälle. Ob die Watte einen Schwarm hungriger Ohrenspinnen wirklich hätte stoppen können, wusste er nicht sicher, aber vielleicht würde es ihre Mission, sein Hirn aufzuessen, zumindest verzögern.

Mithilfe der Knoten, die er gelernt hatte, fertigte Arlo ein Seil, das vom Fenster bis zum Boden reichte. Er verstaute es in der unteren Schreibtischschublade und übte, es schnell an der Heizung zu befestigen. Er rechnete sich aus, dass er es im Fall der Fälle in unter zwanzig Sekunden nach draußen schaffen würde.

Aber als er eines Morgens an die Decke starrte, realisierte Arlo, wie unwahrscheinlich es eigentlich war, dass man ein Wesen zu ihm nach Hause schicken würde, um ihn umzubringen. Ein mysteriöser Tod wäre zu auffällig, zu nachrichtenträchtig, so wie das Verschwinden von Katie und Connor.

Indra gab ihm recht. »Wer immer dich umbringen soll, er will leise sein. Deshalb haben sie beim ersten Mal die Wische geschickt. Es hätte wie ein Unfall ausgesehen. Als ob du in eine alte Jagdfalle gestolpert wärst.«

Sie saßen auf Bänken aus Schnee am Lagerfeuer und diskutierten die verschiedenen Möglichkeiten. Jonas und Julie waren auf der Beerdigung ihres Großvaters in Tucson, sodass die restlichen vier Mitglieder des Trupps offen reden konnten.

Es war das letzte Zeltlager vor dem Derby und Connor hatte die Bannkreise um das Zelt des Blauen Trupps mit besonderer Sorgfalt gezogen. Wu und Indra hatten geschworen, Arlo auf keinen Fall allein in den Wald zu lassen, wo er geschnappt oder gleich gefressen werden könnte. Auch wenn sie das nicht für wahrscheinlich hielten.

»Wenn ich versuchen würde, dich zu töten, würde ich es von innen tun«, sagte Wu. »Ich würde einen deiner Freunde oder jemanden aus der Familie dafür benutzen.«

»Vielleicht mit einem Zauber«, schlug Connor vor. »Jede Hexe könnte das. Außerdem gibt es Kröten, die Gedanken manipulieren können.«

»Wenn du auf diesem Trip bist, warum dann nicht gleich einen Doppelgänger nehmen?« Indra erklärte, dass ein Doppelgänger ein gesichtsloser Gestaltenwandler war, der die Identität jeder Person annehmen konnte.

»Jeder von uns könnte ein Doppelgänger sein, der nur darauf wartet, dass du einschläfst, damit er dich ersticken kann.« Indra, die Arlos Reaktion bemerkt hatte, fügte schnell hinzu: »Sind wir aber nicht. Wir sind auf deiner Seite.«

»Auf jeden Fall«, sagte Wu.

»Hundert Prozent.«

Arlo glaubte ihnen. Außerdem hatte er einen konkreten Verdacht, wer der Doppelgänger sein könnte.

Jaycee benahm sich ziemlich seltsam. Arlo hatte sie beim Abtrocknen ganz ohne Grund verträumt lächeln sehen. Sie hatte sich bedankt, als Onkel Wade die mit Käse überbackenen Makkaroni weitergereicht hatte, obwohl ihre Mom gar nicht im Zimmer war und sie hätte hören können. Sie duschte lange, rasierte sich die Beine und wickelte sich wie die Frauen im Kino ein Handtuch um den Kopf.

Einmal hätte Arlo schwören können, sie sogar summen zu hören.

Das war nicht seine Schwester. Arlo war sich ziemlich sicher, dass es ein Doppelgänger war, der versuchte, sich wie ein »normaler« Teenager zu benehmen, und nicht wusste, dass die echte Jaycee unglaublich launisch, kühl und so unromantisch war, dass sie sich sogar über Regenbögen lustig machte.

Jaycee war mindestens verhext. Oder sie wurde von einer übernatürlichen Kröte gesteuert.

Ein paar Tage nach dem Lagerfeuer erwischte Arlo seine Schwester am Telefon, dem altmodischen in der Küche. Sicher, der Schnee war zu tief, um zum Signalberg zu gehen, aber es schien dennoch nicht gerade wahrscheinlich, dass Jaycee sich dazu hinreißen ließ, Onkel Wades komisches Schnurtelefon zu verwenden, das nach verbranntem Plastik roch. Aber da war sie, saß auf der Anrichte und wickelte sich beim Reden die Schnur um die Finger.

Arlo versuchte zu lauschen, während er sich eine Scheibe Käse aus dem Kühlschrank holte. Aber Jaycee sagte genau genommen gar nichts. Ihre Redebeiträge beschränkten sich auf »Ja« und »Äh-häh« und »Hör auf!«, versehen mit einem Kichern und einem Lächeln.

Das war ganz bestimmt nicht seine Schwester.

Er wollte seiner Mutter von seinem Verdacht erzählen, aber die benahm sich auch sehr komisch. Seit dem Autounfall wirkte sie auffallend glücklicher. Was seltsam war, denn eigentlich war ihre Lage seither nur noch schlimmer geworden.

Die Reparatur des Kombis kostete Tausende von Dollar – Geld, das sie nicht hatten. Glücklicherweise war Mitch, der Mann, dem die Werkstatt gehörte, ein Highschoolfreund von Arlos Mom. Er hatte angeboten, die Reparatur zu übernehmen, wenn Mom ihm im Gegenzug bei der Buchhaltung half. »Du glaubst nicht, wie schlecht es um seine Bücher bestellt ist«, sagte Arlos Mom. »Er hat alle Rechnungen einfach in eine Schublade gestopft.«

Arlo wusste nicht, was daran so schlimm war, aber seine Mom wusste es, denn in Chicago war sie Buchhalterin gewesen, bevor es sie zerrissen hatte und sie einen Stuhl gegen ein Fenster geworfen hatte. Oder durch ein Fenster. Die genauen Details waren Arlo immer noch nicht ganz klar. Buchhaltung wirkte jedenfalls wie die schlimmstmögliche Kombination von Mathematik und nicht zusammenpassenden Socken an einem Waschtag. Seiner Mutter schien gar nicht bewusst zu sein, wie öde und schrecklich das alles war.

»Oh, so schlimm ist das gar nicht. Ich mag Zahlen. Und es ist schön, jemandem helfen zu können«, sagte sie und stapelte Papierkram aus der Werkstatt auf dem Esszimmertisch. »In der Highschool habe ich immer Mitchs Algebraaufgaben nachgerechnet. Er war immer gut mit Maschinen, aber für Zahlen hatte er noch nie einen Sinn.«

»Dad ist auch gut mit Maschinen«, sagte Arlo. »Zum Beispiel mit Computern.«

»Absolut!« Sie suchte auf dem Tisch nach dem richtigen Stapel für das Blatt in ihrer Hand. »Aber Computer sind eine andere Sorte Maschine. Da geht es eigentlich mehr um Mathematik als um Mechanik. Aber ja, dein Dad ist sehr klug. Ein Genie sogar. Das weißt du, oder? Auf seinem Feld, als Programmierer, ist er einer der klügsten Menschen auf dem Planeten.«

Arlo nickte. »Weißt du noch, als er den Ikea-Tisch zusammengebaut hat und überall diese Teile rumlagen und er keine Ahnung hatte, wie sie zusammenpassen sollten?«

»Ja, das hat eine Weile gedauert. Und nachher hat der Tisch immer noch ziemlich gewackelt.« Seine Mom hatte den richtigen Stapel gefunden. »Niemand ist in allem gut. Und so sollte es auch sein. Dann haben wir einen Grund, um Hilfe zu bitten.«

Arlo sah die Gelegenheit gekommen, um seinen Verdacht zu äußern. »Ich glaube, mit Jaycee stimmt was nicht. Sie benimmt sich echt komisch.«

»Du hast es also auch gemerkt.« Seine Mom senkte die Stimme, obwohl Jaycee nicht in der Küche war und sie gar nicht hören konnte. »Ich habe keinen Beweis, aber ich bin mir ziemlich sicher, dass ich weiß, was vor sich geht.« Arlo nickte, er war auf das Schlimmste vorbereitet. »Ich glaube, deine Schwester hat einen Freund.«

Arlo wusste, dass das unmöglich war. Damit Jaycee einen Freund haben konnte, musste sie zwangsläufig die Freundin von jemandem sein und kein Junge würde jemals mit ihr ausgehen. Sie war launisch und unberechenbar. Sie hasste Kleider und Filme und Blumen. Es gab nur eine Möglichkeit, dass sich jemand darauf einließ, mit ihr auszugehen.

»Er hat sie noch nicht kennengelernt, oder? Es ist eine dieser Internetgeschichten, wo er versucht, ihr Geld zu stehlen.« Arlo hatte fast schon Mitleid mit dem Typen, weil sie doch gar kein Geld besaßen, das er hätte stehlen können. Außerdem musste der Typ mit Jaycee reden und sogar so tun, als würde er sie mögen.

Seine Mom lächelte. »Er heißt Benjy. Ich glaube, er spielt Becken im Orchester.«

»Es gibt ihn also wirklich?«

»Ich glaube schon. Ich mag sie nicht unter Druck setzen, aber ich werde sie mal fragen, ob er nicht zum Abendessen vorbeikommen möchte.«

Fünf Tage später saß Benjy Weeks gegenüber von Arlo. Er war in Jaycees Alter, aber ein paar Zentimeter kleiner und seine Haare fielen ihm immer in die Augen. Abgesehen von ein paar Pickeln schien er an keiner Stelle ernsthaft kaputt zu sein. Er war freundlich und aufmerksam, selbst als Onkel Wade zu einer langen Schimpfrede gegen das amerikanische Bankensystem ansetzte.

Arlos Onkel hatte einen großen Taxidermie-Auftrag von einem Wintersportort in Jackson Hole erhalten. (»Es ist ein Berg! Ich weiß nicht, warum sie es anders nennen.«) Die Bank hatte ein paar Tage gebraucht, um das Geld zu überweisen. »›Oh, Sir, bei Beträgen dieser Größe ist eine telegrafische Geldüberweisung wirklich besser als ein Scheck.‹ Ist das zu fassen, Benjy?«

Der Junge war sich nicht sicher, welche Antwort Wade hören wollte. »Nein?«

»Das haben sie zu mir gesagt. Lieber haben sie einen Haufen willkürlicher Nummern als einen waschechten Scheck. Wenn du mich fragst, ich mache die vielen Videospiele dafür verantwortlich. Die meisten davon haben noch nicht mal mehr Kassetten. Wie soll man wissen, dass einem etwas gehört, wenn man es sich nicht ins Regal stellen kann?« Wieder schien es sich um eine Frage zu handeln, auf die es keine Antwort gab. »Und von Filmen will ich gar nicht erst anfangen.«

Alle passten gut auf, ihn von Filmen gar nicht erst anfangen zu lassen.

Einmal, nach dem Abendessen und vor dem Nachtisch, war sich Arlo ziemlich sicher, dass Jaycee und Benjy unter dem Tisch Händchen hielten.

»Warum tun sie das?«, fragte Wu am nächsten Tag, als sie bei Indra zu Hause Kekse aßen. »Was ist so toll an Händen? Sie sind verschwitzt und unappetitlich.«

»Nicht alle haben verschwitzte Hände«, sagte Indra und schnappte ihm die Kekse weg. »Wahrscheinlich stimmt da mit dir etwas nicht.«

Indras Vater, Dr. Srinivasaraghavan-Jones, holte das nächste Blech mit Keksen aus dem Ofen.

»Das nennt man Hyperhidrose. Es kommt sehr häufig vor. Die ekkrinen Schweißdrüsen sind hochkonzentriert in den Handflächen. In einem trockenen Klima wie Colorado kann das sogar einigermaßen nützlich sein.«

»Seht ihr? Ich habe mich zu etwas Übermenschlichem entwickelt.«

»Mit verschwitzten mutierten Händen.«

Arlo kam der Gedanke, dass Indras Vater ihm vielleicht weiterhelfen könnte. »Dr. S., wenn Sie herausfinden müssten, ob jemand ein Mensch ist oder nicht, woran würden Sie das erkennen?«

Dr. Srinivasaraghavan-Jones, der Arlos Frage ernst nahm, stand mindestens zehn Sekunden reglos da, den Pfannenwender in der Hand. Dann sprach er. »Ich nehme an, ich würde seine Reflexe überprüfen. Es ist äußerst schwer, automatische Reaktionen zu kontrollieren. Zum Beispiel wie jemand reagiert, wenn er sich erschreckt.«

Obwohl Jaycees seltsames Verhalten großteils auf ihre Teenagerverliebtheit zurückzuführen war, wollte Arlo doch sichergehen. Deshalb hockte er sich an diesem Abend in den Flur vor Jaycees Tür, sorgfältig darauf bedacht, dass die Dielen nicht knarrten. Im Schutz der Dunkelheit lehnte er sich an die Wand. Er atmete leise. Er sah auf die Uhr: 18:27. Nur noch drei Minuten bis zum Abendessen. Jeden Moment würde ihre Mom sie runterrufen, damit sie den Tisch deckten.

Aber halb sieben verstrich, ohne dass etwas geschah. Arlo beschloss zu warten.

Bis Viertel vor sieben taten ihm die Beine weh. Sie zitterten und er fragte sich, wie Löwen es schafften, sich stundenlang in der Savanne an ihre Beute heranzupirschen. Er war schon kurz davor aufzugeben, als er endlich seine Mutter von unten rufen hörte. »Arlo! Jaycee! Abendessen!«

Er lauschte auf Jaycees stampfende Schritte hinter der Tür. Sie kam näher. Noch näher.

Der Türknopf drehte sich. Arlo wartete.

Die Tür öffnete sich einen Spalt. Arlo wartete.

Jaycee trat durch die Tür. Arlo sprang mit lautem Gebrüll nach vorn.

Seine Schwester schrie vor Entsetzen. Allerdings schlug das Entsetzen gleich in Wut um. »Du kleiner Widerling!« Sie stieß ihn zurück. »Ich bring dich um! Du bist ja so was von kindisch.«

Wütend stapfte sie davon und ging nach unten.

Arlo hingegen war sehr erleichtert, dass seine Schwester nicht verhext war, ihre Gedanken nicht kontrolliert wurden und sie auch kein geheimer Doppelgänger war.

Sie wünschte ihm nur aus den üblichen schwesterlichen Gründen den Tod.

Unten an der Treppe angekommen, rechnete Arlo damit, dass Jaycee sich bei ihrer Mutter über seinen kindischen Streich beschweren würde. Stattdessen fand er im Wohnzimmer einen Fremden vor. Er trug Jeans und schwere Arbeitsschuhe. Hinten auf seiner Jacke stand *Autowerkstatt Pine Mountain,* daneben prangte die Karikatur eines LKWs mit riesigen Reifen.

Jaycee starrte den Mann mit derselben versteinerten Miene an wie damals Onkel Wade, als der ihr eröffnet hatte, es gebe hier kein Internet.

Der Mann drehte sich zu Arlo um und schaute ihm ins Gesicht. »Du musst Arlo sein. Ich bin Mitch. Ein Freund deiner Mom.«

Mitch sah wie der motorradfahrende Cousin von Superman aus. Er war größer als Arlos Dad, aber auch breiter, sowohl an den Schultern als auch am Bauch. Er trug keinen Bart, schien sich aber einen wachsen lassen zu wollen. Um das Handgelenk hatte er sich ein Halstuch gewickelt.

Arlos Mom kam durch die Küchentür mit grünen Bohnen und Kartoffeln. »Ich hab Mitch zu einem selbst gemachten Essen eingeladen.«

»Bei eurer Mom gab's immer das beste Hackfleisch«, sagte Mitch zu Arlo und Jaycee.

»Das gab's nicht bei mir«, sagte ihre Mom. »Das gab's bei meiner Mutter. Tiefgefrorene Zwiebeln und zwei Dosen gedünstete Tomaten. Das Rezept hier ist aus einer Zeitschrift.«

»Es riecht, als käm' es aus dem Himmel.« Mitch setzte sich an die Mitte des Tisches, auf denselben Platz, den eine Woche zuvor Benjy belegt hatte.

Arlo und Jaycee warfen sich einen fassungslosen Blick zu. Was sollte dieser Typ hier? Wieso hatte ihre Mom ihn eingeladen?

Während das Essen herumgereicht wurde, tauchte Onkel Wade auf. Er hatte ein Talent dafür, erst dann dazuzustoßen, wenn alle unangenehmen Aufgaben, die zu einem Abendessen gehörten, bereits erledigt waren. Er nickte dem Gast zu. »Mitch.«

»Hallo, Wade.« Mitch nahm sich Kartoffeln. »Hab gehört, du hast einen großen Auftrag an Land gezogen. Glückwunsch.«

Onkel Wade blickte nicht von seinem Teller auf. »Ich kann es nicht leiden, wenn die Leute über mein Geschäft reden.«

Mitch nickte. Er verstand. »Also, Arlo. Deine Mom hat mir viel von dir erzählt. Ich habe gehört, du bist bei den Rangern.«

»Ja.«

»Ich auch. Ich war früher mal in deiner Gruppe.«

»Wie weit sind Sie gekommen?«

»Nach der Eule habe ich aufgehört. Zu viel Baseball. Zu viele Auswärtsspiele. Ich hab ständig bei den Treffen gefehlt. Aber, Mann, die Zeltlager habe ich geliebt. Es gibt nichts Besseres, als mit deinen besten Freunden die Nacht unter freiem Himmel zu verbringen.«

»Waren Sie im Roten Trupp?«

»War ich! Gut geraten.« Es war nicht wirklich geraten. Sportskanonen waren immer im Roten Trupp. »Eine der vier Farben musste es ja sein, was?«

»Es gibt nur drei Farben: Rot, Grün und Blau. Der Senior-Trupp trägt keine Halstücher.«

Mitch wollte etwas sagen, hielt dann aber inne. Er tauschte einen schnellen Blick mit Wade. Es ging zu schnell, als dass Arlo hätte erahnen können, worum es ging.

»Mein Fehler«, sagte Mitch. »Ist lange her.«

Während des restlichen Abendessens stellte Arlo keine Fragen mehr, zumindest nicht laut. Doch in seinem Kopf wirbelten viele Fragen umher.

Waren Onkel Wade und Mitch zusammen bei den Ran-

gern gewesen? Sie waren etwa im selben Alter. Arlo hätte sich gleich beim Essen danach erkundigen können, aber damit riskierte er den nächsten Vortrag von Onkel Wade, der sicher irgendetwas finden würde, was ihm missfiel.

Warum hatten Onkel Wade und Mitch sich angesehen? Sie schienen sich nicht zu mögen, aber in diesem einen Augenblick verband sie etwas.

Was, wenn es eine vierte Farbe gab? Nicht jetzt, aber früher, als Mitch und Onkel Wade bei den Rangern waren. Arlo erinnerte sich an sein erstes Treffen bei den Rangern. Der Abend, an dem er Onkel Wades Uniform getragen und das Halstuch in die Tasche gestopft hatte. Welche Farbe hatte es gehabt? Gelb?

Seit jenem Abend hatte er es nicht mehr gesehen. Hatte Wade es wieder an sich genommen?

Zum Nachtisch gab es Apfelstreusel mit Eis. Schnell aß Arlo seine Portion auf und entschuldigte sich dann. Nachdem er sich davon überzeugt hatte, dass niemand ihn beobachtete, öffnete er sehr vorsichtig die Kellertür, um zu verhindern, dass sie in den Angeln quietschte. Er schaltete das Licht an. Die einsame Lampe unten an der Treppe begann zu glühen.

Die Truhe, in der Onkel Wade seine Uniform aufbewahrt hatte, war unter ein paar Kisten begraben, aber es gelang Arlo, sie hervorzuziehen. Seit dem letzten Mal vor ein paar Wochen war sie nicht mehr verschlossen. Drinnen fand er dieselben Erinnerungsstücke wie beim ersten Mal: Wimpel und Notizbücher, Geoden und Flaschenwärmer aus Schaumstoff.

Aber da war kein Halstuch.

Auf dem Boden der Truhe entdeckte er einen kleinen Behälter aus Leder. Er war recht schwer für seine Größe, besaß ein Schnappschloss und hinten einen Ledergurt, der an ein Pistolenhalfter erinnerte. Das Leder war alt und brüchig, vor allem um die Metallteile herum. Arlo öffnete ihn vorsichtig und versuchte, ihn nicht zu beschädigen.

In dem Behälter befand sich ein Gerät kaum größer als ein Kartenspiel. Es war aus angelaufenem Messing und fühlte sich kühl an. Obwohl er es nie zuvor gesehen hatte, wusste er sofort, was es war.

Ein Ranger-Kompass.

Indra und Wu hatten ihm ihre Kompasse gezeigt. Sie waren neu und aus Plastik mit Kompassnadeln, die im Dunkeln leuchteten. Dieser war viel älter. Arlo öffnete den Deckel und brachte eine kegelförmige Nadel zum Vorschein, die unter dem Glas auf und ab hüpfte. Als er sich umdrehte, zeigte die Nadel weiterhin in eine einzige Richtung. Norden, nahm er an.

Genau in diesem Moment hörte er die Türangeln quietschen. Arlo drehte sich um und sah Onkel Wade oben auf der Treppe stehen. Keiner von beiden sagte etwas, als Wade langsam die Treppe runterging. Unter der Glühlampe musste er sich ducken.

Endlich sprach er: »Ich erinnere mich nicht, dir erlaubt zu haben, meine Sachen zu durchwühlen.«

»Tut mir leid.«

Wade zeigte auf den Kompass. »Du weißt, was das ist?«

»Ein Ranger-Kompass.«

»Mein Ranger-Kompass, um genau zu sein.«

»Tut mir leid«, wiederholte Arlo.

»Weißt du, wie er funktioniert?«

Arlo streckte den Arm aus und versuchte, es ihm zu zeigen.

»Ich weiß, dass man die Gradskala so einstellt, dass der Orientierungspfeil mit dem Nordende der Magnetnadel auf einer Linie liegt. Und dann soll sie vibrieren, wenn der Pfeil sich nach Norden ausrichtet. Aber ich sehe nicht, wo die Batterien reinkommen.«

»Keine Batterien. Es ist alles mechanisch. Man muss den Schlüssel benutzen, um ihn aufzuziehen.«

Wade nahm den Lederbehälter und zog einen winzigen Messingschlüssel aus einer Tasche unter der Klappe hervor. »Man muss aufpassen, dass kein Wasser reinkommt, sonst fängt das ganze Ding an zu rosten und ist nutzlos.« Er steckte den Schlüssel hinein und drehte. »Immer mit dem Uhrzeigersinn. Nie mehr als zwölf Drehungen.«

Er drehte den Kompass um und probierte ihn aus, hielt ihn nach rechts und links. Dann nickte er zufrieden. Aber da war noch etwas in seinem Gesichtsausdruck. Eine Sanftmut, die Arlo noch nie zuvor gesehen hatte, so, als ob er sich an etwas erinnern würde – nichts wirklich Glückliches, aber auch nichts wirklich Trauriges.

Dann war der Moment vergangen. Wade steckte den Kompass wieder in den Behälter.

»Ich brauche einen Kompass bei den Rangern«, sagte Arlo. »Für mein Eichhörnchen.«

Wade schob den Schlüssel in die dafür vorgesehene Tasche.

»Ich möchte Mom nicht fragen, weil sie ganz schön teuer sind.«

Wade schloss den Deckel des Behälters.

»Könnte ich deinen haben? Ich passe gut darauf auf, versprochen.«

Nach einer langen Pause runzelte Onkel Wade die Stirn.

»Viele Leute verwechseln das Werkzeug mit der Verwendung des Werkzeugs. Ein Hammer kann kein Haus bauen. Er kann nur einen Nagel einschlagen. Genauso kann ein Kompass dir nur zeigen, wo es nach Norden geht. Nicht, welchen Weg du nehmen sollst.«

Er gab Arlo den Kompass.

»Vergiss das besser nicht oder du bist ganz, ganz verloren.«

DER KOMPASS

Am Sonntagmorgen fand Arlo einen Zettel neben der Müslipackung. Er stammte von seiner Mom. Sie hatte eine Doppelschicht im Restaurant und würde erst kurz vor dem Abendessen wieder zu Hause sein.

Eine Stunde später polterte Jaycee die Treppe runter und verkündete, dass sie mit ein paar Freunden ausgehen würde. Arlo sah, wie ein dreckiger Toyota sie am Ende der Auffahrt abholte. Benjy saß am Steuer. Allein.

Arlo kannte die Führerscheinverordnung von Colorado nicht, war sich aber ziemlich sicher, dass ein Anfänger wie Benjy nicht allein mit einem anderen Teenager im Wagen fahren durfte. Es war gefährlich und seiner Mom würde es bestimmt nicht gefallen. Er überlegte, sie anzurufen oder zu Onkel Wade in seiner Werkstatt zu gehen. Aber er sollte nur in einem echten Notfall im Restaurant anrufen, und das hier schien keiner zu sein. Und Onkel Wade hätte er höchstens bei einer Feuerbrunst in seiner Werkstatt gestört. Also beschloss er, nichts zu sagen.

Außerdem hatte Arlo so den ganzen Tag Zeit, mit dem Ranger-Kompass zu üben. Um den Rang eines Eichhörnchens zu erreichen, würde er den Dunklen Gang absolvieren müssen – einen Test, bei dem er seine Kompassfähigkeiten mit verbundenen Augen unter Beweis stellen musste. Wu hatte ihm das Nötigste erklärt. Man fing damit an, den Pfeil nach dem Magnetzeiger im Inneren auszurichten. Das bedeutete, dass man mit dem Gesicht Richtung Norden stand. Jedes Mal, wenn der Magnetzeiger unter dem Pfeil lag, vibrierte der Kompass, sodass man wusste, wo Norden war, ohne hinsehen zu müssen.

Wus moderner, batteriebetriebener Kompass vibrierte so stark, dass man es durch die Handschuhe hindurch spüren konnte. Aber Onkel Wades altertümliches Gerät funktionierte anders. Es fing schon damit an, dass aus dem Uhrwerk im Inneren fortwährend ein leises Summen drang. Die Vibration war kaum zu spüren. Es fühlte sich an, als würde eine winzige Feder auf seiner Handfläche landen.

Selbst wenn Arlo die Handschuhe auszog, konnte er kaum etwas spüren. Fast hätte er vor lauter Frust aufgegeben.

Dann dachte er an die Filmszenen, in denen der Held es Hunderte von Malen versucht und scheitert, bis er endlich Erfolg hat. Ganz egal, was dieses »es« war – Karate, Tanzen, Laserschwerte –, der Ablauf war immer gleich. Meist gab es einen schrulligen Lehrmeister, der dem Held seine Fehler aufzeigte, und im Hintergrund lief ein Song.

Arlo musste ohne all das auskommen, aber er hatte einen ganzen Tag lang nichts Besseres vor.

Um zu üben, schloss Arlo die Augen, drehte sich und versuchte zu spüren, wo Norden war. Sobald er seine Entscheidung getroffen hatte, öffnete er die Augen und überprüfte, ob der Pfeil auf einer Linie mit dem Anzeiger stand.

Die ersten zwanzig Male irrte er sich.

Die nächsten zwanzig Male irrte er sich auch. Außerdem wurde ihm schwindelig. Er beschloss, sich abwechselnd nach links und rechts zu drehen.

Die nächsten zwanzig Male irrte er sich immer noch. Aber bei einem Versuch war er ziemlich nah dran. Er beschloss, es weitere zwanzig Mal zu versuchen.

Beim zweiten Versuch lag er richtig. Dann irrte er sich vier Mal hintereinander. Dann lag er vier Mal hintereinander richtig. Er fing an, sich Sorgen zu machen, ob er irgendwie schummelte, ob das Sonnenlicht, das durch seine Augenlider drang, ihm einen Vorteil verschaffte. (Er hatte mal davon gelesen, dass es Insekten gab, die sich anhand des Lichtwinkels orientierten, was auch der Grund dafür war, dass Motten endlos um Verandalampen flogen.) Um also jede Form von insektenartiger Einflussnahme auszuschließen, nahm er sein Ranger-Halstuch und wickelte es sich wie eine Augenbinde um den Kopf.

Nach zwanzig weiteren Versuchen in völliger Dunkelheit lag er bei mehr als der Hälfte der Versuche richtig. Wichtiger noch, er begann zu verstehen, warum er sich manchmal irrte. Der Kompass vibrierte nicht nur, wenn er nach Norden zeigte. Er reagierte auch auf zwei weitere Punkte in dem Kreis. Es war ein etwas schwächeres Surren – wie ein Echo. Wenn er sich richtig konzentrierte, konnte er den Unterschied zwischen den nördlichen Vibrationen und den anderen erkennen.

Schließlich gelangen ihm zehn erfolgreiche Versuche am Stück. Er erklärte sich zum Sieger, ging ins Haus und machte sich zur Feier des Tages ein Sandwich mit Erdnussbutter, Chips und Marmelade.

Norden zu finden, war nur ein Schritt. Um den Dunklen

Gang zu bewältigen, würde er mit verbundenen Augen einem bestimmten Weg folgen müssen.

»Das Schwerste ist, gleichmäßige Schritte zu machen«, hatte Wu ihm erklärt. »Wenn du einmal darüber nachdenkst, werden sie immer länger oder kürzer. Du musst deine Schritte zählen können, ohne dich ihrer wirklich bewusst zu sein. Es ist schwieriger, als du jetzt denkst.«

Arlo begann, indem er mit dem Absatz eine Linie in den Schnee trat. Dann ging – schritt – er zehn Schritte die Auffahrt hoch. Er drehte sich um und ging zurück. Vielleicht lag es an dem Gefälle, dass er nur neun Schritte brauchte.

Er versuchte es also noch einmal. Und wieder. Manchmal führten ihn zehn Schritte zu weit. Dann wieder nicht weit genug.

Das Problem waren, wie er herausfand, nicht seine Füße. Stattdessen musste er sich auf den Winkel seiner Beine konzentrieren. Arlo stellte sie sich als eine Schere vor und achtete darauf, dass er sie jedes Mal gleich weit öffnete.

Nachdem er die Startlinie ein paarmal hintereinander in genau zehn Schritten erreicht hatte, versuchte er es wieder mit verbundenen Augen. In gewisser Hinsicht war das leichter, weil er sich auf nichts anderes als auf den Winkel seiner Beine konzentrieren musste. Es gelang ihm beim ersten Versuch, mit dem linken Absatz landete er genau auf der Startlinie.

Er legte noch eine Pause ein. Diesmal genehmigte er sich eine Dose Limo zu seinem Sandwich mit Erdnussbutter. Es war fast drei Uhr. Er hatte beinahe fünf Stunden damit verbracht, dieselbe Strecke in der Auffahrt auf- und abzugehen.

Jetzt war es an der Zeit, alles neu Gelernte auf einmal anzuwenden.

Er begann mit dem Dreieck, von dem Wu meinte, dass es das Einfachste sei. Dafür musste er zwei scharfe Wendungen gehen und exakt dort landen, wo er losgegangen war.

Nachdem er zuerst den Kompasspfeil mit dem Anzeiger abgestimmt hatte, zog Arlo sich das Halstuch über die Augen. Dann ging er zehn Schritte vorwärts. Schnell kam er von dem geräumten Teil der Auffahrt ab und stapfte durch kniehohen Schnee. Trotz des wechselnden Untergrunds glaubte er, seine Schritte gut zu setzen.

Nun kam der schwierige Teil: die Wendung. Um ein Dreieck zu laufen, musste er seine Position um 120 Grad ändern. Hierzu hatte er den Kompass auf die Handfläche gelegt und begann, die Scheibe zu drehen. Es klickte bei der kleinsten Bewegung. Wu hatte gesagt, dass er zwölf Klicks nach rechts gehen müsse. Arlo zählte sorgfältig, hielt den Atem an. Er fühlte sich wie ein Safeknacker, der in einen unsichtbaren Tresorraum einzubrechen versucht.

Als er sich ziemlich sicher war, dass es zwölf Mal geklickt hatte, drehte er sich langsam, versuchte, die winzige Vibration zu spüren, die Norden anzeigte. Das war der Trick – Norden war immer Norden: Wenn man den Kompass erst wieder eingestellt hatte, wusste man, dass man in die richtige Richtung lief.

Es dauerte fast eine Minute, bis er den Kompass ausgerichtet hatte. Er ging wieder zehn Schritte vorwärts. Mit Erleichterung spürte er den festen Schnee der Auffahrt – wenigstens lief er in die richtige Richtung. Fast hätte er versehentlich einen elften Schritt gemacht, gerade noch rechtzeitig ertappte er sich dabei.

Wieder drehte er die Scheibe zwölf Klicks nach rechts und

versuchte dann, Norden zu finden. Aber diesmal war etwas anders.

Der Norden war nicht da, wo er sein sollte.

Arlo bewegte sich langsam im Kreis, weil er vermutete, dass er die falsche Richtung angesteuert hatte. Er wartete darauf, die winzige Vibration zu spüren.

Dann begann der Kompass zu summen. Wie eine elektrische Zahnbürste bebte er in seiner Hand, viel stärker als jemals zuvor.

Das fühlte sich nicht wie Norden an. Das war etwas völlig Neues.

Fast hätte er die Augenbinde abgenommen, dann beschloss er, es weiter zu versuchen. Er drehte sich ein bisschen nach links, ein bisschen nach rechts. Das Summen zeigte definitiv eine einzige Richtung an. Arlo versuchte, sich vorzustellen, wie er stand. Höchstwahrscheinlich war sein Gesicht vom Haus abgewandt und zeigte zur Straße.

Dann hörte er einen Hund bellen. Es klang, als würde er vor Wut rasen. Es klang bösartig.

Arlo zog die Augenbinde runter, blinzelte ins Licht. Er stand tatsächlich mit dem Gesicht zur Straße. Cooper bellte in Richtung Wald, was nicht so ungewöhnlich war. *Nur,* dachte Arlo, *dass ich eigentlich gar nicht in der Lage sein sollte, ihn zu hören.* Das Bellen des Geisterhundes klang laut und klar in der kalten Luft.

Arlo klappte den Kompass zu und wagte sich ein paar Schritte vor. Der Hund sah sich zu ihm um, dann bellte er weiter Richtung Wald. Er hatte den Schwanz gesenkt. Auf seinem Rücken standen die Haare zu Berge.

»Was ist da?«, fragte Arlo.

Der Hund konnte nicht antworten. Musste er auch nicht.

Etwas kam aus dem Wald – ein Schatten bewegte sich flink zwischen den Bäumen. Noch bevor das Sonnenlicht darauffiel, erkannte Arlo das Wesen an seinem Gang.

Es war ein riesiges schwarzes Pferd.

Doch kein normales. Normale Pferde haben keine Hörner wie ein Schafsbock oder glühende rote Augen oder Flammen, die sich aus ihren Nüstern kräuseln. Dieses Pferd hatte all das und es nahm ihn geradewegs ins Visier.

Arlo wusste, dass er jetzt rennen musste, aber seine Füße reagierten nicht. Er war starr vor Angst. Er konnte sich keinen Millimeter bewegen.

Er hörte Hufschläge im Schnee.

Das Pferd öffnete sein Maul und zeigte zwei Reihen scharfer Zähne. Dann riss es sein Maul noch weiter auf, so, als würde es an seinem Kiefer eine Naht auftrennen.

Das Pferd hatte ihn fast erreicht, als es plötzlich fiel und seitlich in den Schnee stürzte. Cooper hatte es angesprungen, riss an seiner Kehle. Die beiden geheimnisvollen Wesen kämpften erbarmungslos, bissen und kratzten sich. Arlo wollte zusehen, wusste aber, dass er rennen musste.

Endlich gehorchten ihm seine Füße.

Er lief zur Haustür. Auf dem Weg rutschte er ein paar Mal aus. Auf der Veranda angekommen, hörte er ein markerschütterndes Jaulen und wusste, dass Cooper den Kampf verloren hatte.

Arlo fummelte am Schloss der Haustür herum, endlich sprang sie auf. Er stürmte hinein und schlug sie hinter sich zu. Er drehte den Schlüssel im Schloss und wich zurück.

Zwei Sekunden später krachte ein enormes Gewicht gegen

AIRMAIL
TO:
NIKO VOGT
FANTASYSTR. 15

die Tür. Die Scharniere dehnten sich, hielten aber. Wieder krachte es. Und wieder. Das Ungeheuer nutzte seine Hörner als Rammbock, bislang aber ohne Erfolg.

Dann war das Krachen mit einem Mal vorbei. Arlo hörte Hufe auf der Holzveranda. Er war sich nicht sicher, was das Pferd tat. Ging es etwa auf und ab? Arlo tastete sich rückwärts die Treppe hoch.

Plötzlich flog die Tür auf. Sie wurde aus den Angeln gesprengt. Wie ein Muli hatte das Pferd mit den Hinterbeinen dagegengetreten.

Jetzt wirbelte das Ungeheuer herum, fixierte seine Beute.

Arlo krabbelte die Treppe hoch, hielt auf sein Zimmer zu. Er konnte hören, dass das Pferd ihm folgte, aber Probleme mit der Treppe hatte. Jeder Schritt war ein Kampf für das merkwürdige Wesen, seine Hufe rutschten über die Stufen.

Arlo knallte die Zimmertür hinter sich zu und drückte den kleinen Knopf auf dem Türgriff, um sie zu verriegeln. Er wusste, dass der Riegel so gut wie nutzlos war. Er war dafür gemacht, jemanden davon abzuhalten, versehentlich hereinzukommen, nicht um ein übernatürliches Ungeheuer auszusperren. *Jaycees Zimmer hat ein richtiges Schloss, eins, das tatsächlich …*

Das Rattern auf der Treppe war verstummt. Das Pferd hatte es in den oberen Flur geschafft. Arlo konnte seine vom Teppich gedämpften Hufe hören. *Klock, klock, klock, klock.* Sein Fell schabte an der Wand entlang. Glas klirrte. Arlo vermutete, dass eine der Lampen von der Decke gekommen war.

Dann kein Hufschlag mehr. Das Ungeheuer stand direkt vor der Tür. Arlo hörte es atmen. Er konnte es sogar riechen: Es roch nach Feuerwerk und faulen Eiern.

Und es schien zu wissen, dass Arlo hier drinnen war. Vielleicht konnte es ihn auch riechen.

Arlo drehte sich zum Fenster. Es war festgefroren. Er schlug mit dem Handballen vor den Fensterrahmen, um es zu lockern.

Das Pferd polterte gegen die Tür. Der Aufprall war nicht annähernd so laut oder stark wie vorhin an der Haustür. Es kann die Tür nicht eintreten, begriff Arlo. Es hat nicht genug Platz, um sich umzudrehen. Stattdessen konnte es nur seitlich mit den Hörnern davor stoßen. Arlo hatte etwas Zeit.

Endlich gelang es ihm, das Fenster zu öffnen, den Rahmen ganz nach oben zu schieben. Ein kalter Windstoß verlieh ihm Kraft. Er hatte ganz schön in seiner Jacke geschwitzt.

Das Pferd hatte aufgehört, gegen die Tür zu schlagen. Aber es war immer noch da. Arlo konnte hören, wie es sich bewegte und atmete. Das Ungeheuer versuchte, sich einen anderen Plan auszudenken. Aber was konnte es schon tun? Es konnte sich nicht umdrehen und selbst ein Rückzug nach unten wäre schwierig.

Da bemerkte Arlo ein Licht, das unter der Tür durchschien.

Es begann mit einem schwachen Leuchten, wurde aber stetig heller wie ein langsam aufgedrehter Dimmer. Dann schoss ein weißer Lichtstrahl durch das alte, unbenutzte Schlüsselloch. Am Türrahmen sickerte noch mehr Licht durch.

Arlo holte sein Rettungsseil aus der untersten Schublade. Als er es an der Heizung befestigte – er verwendete zwei Halbe Schläge –, sah er, dass die Schatten an der Wand in Bewegung gerieten. Langsam kletterten sie die Tapete hoch bis zur Decke, wo sie ineinanderflossen. Die tiefschwarze Dunkelheit kräuselte sich wie eine auf den Kopf gestellte Pfütze. Das war nicht gut.

Arlo sprang, er stürzte halb aus dem Fenster. Die Hände fest um das Seil geschlungen, konnte er sein Gewicht halten, hätte sich dabei aber fast die Arme ausgerissen. Sein Gesicht klebte an der Hauswand. Seine Beine strampelten, versuchten, das Seil zu finden.

Er sah nach oben. Das Ungeheuer steckte mit einem kehligen Schrei den Kopf zum Fenster heraus. Es wölbte den Hals, schnappte nach ihm.

Voller Panik ließ Arlo das Seil los und fiel.

Der schneebedeckte Dornenbusch unter seinem Fenster dämpfte seinen Sturz, seine Jacke schützte ihn vor den Dornen.

Er lag auf dem Rücken und blinzelte, überrascht, dass er nicht verletzt war. Arlo starrte zu seinem Fenster hinauf, wo sich das Ungeheuer immer noch vergeblich nach ihm streckte. Es heulte vor Wut. Aber es war viel zu groß, um durch das Fenster zu passen.

Mühsam rappelte er sich auf. Er sah wieder zum Fenster hinauf. Das Pferd war nicht mehr da – doch ein helles Licht begann zu leuchten.

Arlo wusste, dass er verschwinden musste. Aber wohin?

Er konnte die Straße runterrennen, doch bis zum nächsten Haus waren es zwei Kilometer und das Pferd war schneller.

Der Wald lag näher. Vielleicht konnte er auf einen Baum klettern. Doch in dem tiefen Schnee würde er nur langsam vorankommen. Und das Ungeheuer stammte aus dem Wald.

Das Beste war, sich im Haus zu verstecken, vielleicht im Keller. Es sei denn …

Die Werkstatt. Arlo hatte seinen Onkel zwar den ganzen Tag lang nicht gesehen, aber er hatte auch nicht gesehen, wie er gegangen war. Sein LKW stand noch immer mit schneebedeckter Windschutzscheibe in der Auffahrt. Wahrscheinlich war er da draußen und arbeitete an seinem großen Auftrag für Jackson Hole.

Aber was, wenn nicht? Um zur Werkstatt zu kommen, musste Arlo um das ganze Haus herumrennen. Wenn er dort ankam und sie verschlossen war, gab es nichts, wo er sich verstecken konnte.

Er sah wieder zum Fenster hoch. Das Licht war verschwunden. Das Ungeheuer war nicht länger in seinem Zimmer eingesperrt. Wo war es dann? Arlo konnte sich keinen Reim auf seinen Schattenzauber machen. Aber er war sich sicher, dass es irgendwo sein musste. Und dass es ihm nachkommen würde. Arlo musste sich entscheiden.

Er entschied sich für die Werkstatt.

Er rannte los. Als er sich der Auffahrt näherte, geriet er ins Stolpern. Es überraschte ihn mehr, als dass es wehtat. Schnell raffte er sich auf und lief weiter.

Als er um die Ecke bog, sah er, was er am meisten befürchtet hatte: Die Werkstatttür war zu. Verschlossen.

Er blieb wie angewurzelt stehen, sah sich nach einer anderen Möglichkeit um. Die Tür zur Waschküche war für gewöhnlich auch verschlossen, weil die Klinke nicht richtig funktionierte. Der Holzstapel bot ihm keinen wirklichen Schutz. Und selbst wenn er es bis zu Onkel Wades LKW schaffte, hatte er keine Schlüssel, um damit zu fahren.

Dann hörte er ein Splittern aus dem zweiten Stock. Sein Blick wanderte nach oben zu dem unfertigen Teil des Gebäudes. Unter den blauen Planen erkannte er eine Bewegung.

Plötzlich sprang das Ungeheuer unter der Plane hervor. Arlo nahm es wie in Zeitlupe wahr. Er sah das Pferd durch die Luft fallen. Es landete im Galopp, machte einen großen Bogen und lief geradewegs auf ihn zu.

Da er keine andere Wahl hatte, rannte Arlo weiter zur Werkstatt. Als er näher kam, sah er, dass das Schloss offen war, es baumelte am Haken. Immerhin war es aufgesperrt. Auch wenn Onkel Wade nicht da war, würde er hineinkönnen.

Arlo riss an der Tür und versuchte, sie aufzuschieben. Sie war viel, viel schwerer, als er erwartet hatte, und bewegte sich immer nur ein paar Zentimeter. Aber das war alles, was er brauchte. Er quetschte sich durch den Spalt und begann, die Tür wieder zuzuschieben.

Der Spalt wurde schmaler und schmaler. Er konnte die Hufe des Ungeheuers hören. Es schrie vor Wut.

Die Tür schloss sich mit einem befriedigenden dumpfen Ton. Arlo hatte es geschafft.

Er trat zurück und atmete tief durch.

Dann, als seine Augen sich an die Dunkelheit gewöhnt hatten, fragte sich Arlo Finch, ob er vielleicht nicht doch besser draußen geblieben wäre.

DIE WERKSTATT

Namen sind komisch. Sie können einem eine Vorstellung vom Wesen eines Dings geben, die mit dem Ding an sich gar nichts zu tun hat.

Arlos erstes Fahrrad war zum Beispiel ein *Zephyr Fireball Maxx* gewesen. Er hatte es sich mit seinem Vater im Laden ausgesucht und darauf bestanden, es in seinem Zimmer und nicht in der Garage abzustellen. Das Fahrrad war windschnittig und schnell, auf Geschwindigkeit ausgelegt. In jenem Sommer fuhr er jeden Nachmittag in einem Affenzahn die Sackgasse in der Nähe ihres Hauses in Philadelphia hoch und runter.

Er stellte sich vor, wie er eines Tages die Tour de France mit seinem Fahrrad gewinnen würde. Erst als er im September wieder zur Schule ging, entdeckte er im Ständer neben seinem ein identisches Rad. Es hatte die gleichen Reifen, den gleichen Rahmen, alles war gleich. Außer dass es einen anderen Namen hatte: Mountaineer. Es war ein langsames, aber stabiles Geländerad, wie gemacht für steinige Wege und steile Abhänge.

Und doch war es genau das gleiche Fahrrad. Nur der Name hatte sich verändert.

Onkel Wade hatte das Gebäude hinten im Garten seine »Werkstatt« genannt. Bei dem Namen hatte Arlo an die Werkstatt des Weihnachtsmanns gedacht oder an die Fernsehsendung, in der dieser Kerl mit den Hosenträgern Schubladen mit Schwalbenschwanzverbindungen tischlerte. In Gedanken hatte Arlo seinen Onkel mit verschiedenen ausgestopften Tieren in verschiedenen Fertigungsstadien vor sich gesehen: einen halb ausgestopften Adler hier drüben, ein Kaninchen, das geleimt wird, dort. Er hatte sich die Werkstatt genauso vorgestellt wie das Haus, überladen, aber gemütlich, vielleicht sogar ein bisschen kuschelig.

Das war unzutreffend, ein Missverständnis, das wegen des Namens *Werkstatt* entstanden war.

Wenn Arlo diesem Ort einen Namen gegeben hätte, dann hätte er »der unheimliche dunkle Terrorschuppen« geheißen. Denn das wäre angemessen gewesen.

Zu seiner Linken waren an einer Wand rostige Klingen in jeder vorstellbaren Form und Länge angebracht. Einige sahen aus, als hätte sie jemand aus verschiedenen Geräten herausmontiert: Schredder, Pflüge, Rasenmäher. Andere schienen keinen anderen Zweck zu haben, als ihm Angst einzuflößen. Die Klingen hingen ordentlich aufgereiht an Haken bis zur Decke, von der an Drähten noch mehr Klingen baumelten.

Zu seiner Rechten stand ein schiefer Schrank, darin Hunderte auseinandergenommene Puppen. Sie schienen nach Körperteilen sortiert – Köpfe, Beine, Torsos, Arme –, aber die einzelnen Teile waren wahllos auf überhäufte Regale gepackt worden. Dreckige Puppengesichter starrten Arlo aus leblosen Augen an.

Geradeaus sah er ein schwaches Licht durch einen von der Decke hängenden, schmutzigen Plastikvorhang schimmern. Er schien als Eingang zum hinteren Teil des Schuppens zu dienen.

An diesem Ort war alles so verstörend, dass Arlo das Ungeheuer, das ihn töten wollte, fast vergessen hätte. Fast.

»Onkel Wade? Bist du hier?« Arlo konnte seinen Atem in dem schmalen Lichtspalt erkennen, der durch die Tür drang.

Keine Antwort.

Wenn sein Onkel hier war, dann auf der anderen Seite des Plastikvorhangs. Arlo gab sich einen Ruck und schob ihn zur Seite, um dahinter auf einen größeren Raum zu stoßen. Eine Welle warmer Luft schlug ihm entgegen.

Sein Onkel saß auf einem Stuhl, mit riesigen Kopfhörern auf den Ohren und dem Rücken zu Arlo. Er arbeitete an etwas, hob Werkzeuge und Bürsten auf und legte sie wieder hin. Eine Dampfwolke stieg von einem Lötkolben auf. Zu seinen Füßen glühte ein Elektrokocher.

»Onkel Wade?«

Immer noch keine Antwort. Arlo konnte die Musik hören, die aus den Kopfhörer drang: lauter Heavy Metal, nur hämmernde Drums und verzerrte Gitarren.

Aber da war noch ein anderes Geräusch, eins, das Arlo an das Holzxylofon aus der dritten Klasse erinnerte. Sein Blick wanderte zu den Dachbalken hinauf, wo an Drähten fünf dunkle Holztafeln mit chinesischer Schrift hingen. Ein runder Hammer in der Mitte schwang wild umher, schlug vor die Tafeln, von denen jede einen anderen Ton machte. Es war wie ein Windspiel. Nur dass kein Wind ging. Arlo hatte keinen blassen Schimmer, was den Hammer so ziellos umherschwingen ließ.

»Onkel Wade!« Diesmal schrie er regelrecht. Immer noch keine Antwort. Die Musik im Kopfhörer seines Onkels war einfach zu laut. Da er keine andere Möglichkeit sah, tippte Arlo ihm von hinten auf die Schulter.

Onkel Wade erschreckte sich dermaßen, dass er vom Stuhl fiel und in einen Stapel Pappkartons krachte. Schließlich landete er neben einem ausgestopften Biber, der eine Zahnbürste hielt.

»Entschuldigung!« Arlo reicht ihm die Hand, um ihm aufzuhelfen. Doch Onkel Wade verweigerte die Hilfe und kniete sich hin.

»Du darfst hier nicht reinkommen. Das ist die einzige Regel.«

»Ich weiß, aber …«

»Kein Aber, keine Ausnahmen.« Wade stand auf und befreite sich aus dem Kopfhörerkabel. »Das ist mein Heiligtum. Hier lebe ich meine Kunst aus!«

»Ich weiß. Es ist nur …«

Onkel Wade brachte ihn mit einem *Psst-psst* zum Schweigen und lauschte. Er sah zu den Holztafeln hoch, die über ihnen baumelten und wirkte plötzlich besorgt. »Wie lange macht es das schon?«

»Ich weiß nicht«, sagte Arlo. »Was ist das?«

»Ein Alarm. Hier ist was, das hier nicht sein sollte.« Er drängte sich an Arlo vorbei in den vorderen Raum.

»Ich weiß! Deshalb …«

Schon war Wade durch den Plastikvorhang verschwunden. Arlo wollte ihm nicht folgen. Allein bleiben wollte er aber auch nicht. Er holte seinen Onkel ein, gerade, als der dabei war, die schwere Tür aufzuschieben.

»Nein, nein! Tu das nicht! Es ist da draußen!« Arlo stellte sich vor die Tür, versuchte, ihn aufzuhalten. »Es ist ein Ungeheuer. Es kommt aus dem Wald.« Sein Onkel gab nach und hörte zu, während Arlo fortfuhr: »Ich war vorne, habe mit dem Kompass geübt. Deinem Kompass. Und dann fing er an zu vibrieren.«

»Dazu ist der da. Das ist Norden.«

»Es war nicht Norden. Es war etwas anderes. Und dann kam dieses Ding – wie ein Pferd, aber kein richtiges Pferd – aus dem Wald gestürmt. Cooper hat versucht, es aufzuhalten, aber …« Plötzlich merkte Arlo, dass er den Hund seit dem ersten Zusammenstoß nicht mehr hatte bellen hören. »Ich glaube, es hat ihn getötet.«

»Cooper ist schon tot. Das weißt du. Er ist ein Geisterhund.«

»Aber er hat mit dem Ungeheuer gekämpft. Ich habe es gesehen.«

Onkel Wade zog die Augenbrauen zusammen, er sah skeptisch aus, aber nicht abweisend. Dann nickte er. »Also gut. Lass uns mal nachsehen.« Er schnappte sich eine Schaufel als Waffe und bevor Arlo ihn daran hindern konnte, schob er die Tür auf.

Wade blinzelte in die Sonne hinaus. Durch den Türspalt drang kalte Luft herein. Arlo bereitete sich auf den Aufprall vor.

Aber er kam nicht.

»Da draußen ist nichts.« Wade schob die Tür weit genug auf, dass Arlo hinaussehen konnte.

Onkel Wades Augen wurden eindeutig schlechter, denn das Pferd war nicht mehr als sechs Meter von ihnen entfernt, es lief auf und ab wie ein Löwe im Zoo.

»Siehst du es wirklich nicht? Es ist gleich da vorne.« Arlo zeigte auf das Pferd.

Wade zuckte mit den Schultern. »Ich sehe nichts. Aber das heißt nicht, dass nichts da ist. Viele Magus sind eigentlich unsichtbar. Deshalb gibt es auch keine Fotos von ihnen.«

»Warum kann ich es dann sehen?«

»Aus demselben Grund, aus dem du Cooper sehen kannst, nehme ich an. Vielleicht sind es deine komischen Augen.« Arlo wusste, dass das nicht als Beleidigung gemeint war. »Was tut es?«

»Es läuft einfach auf und ab. Warum versucht es nicht hereinzukommen?«

»Ich habe ein paar starke Bannkreise um dieses Gebäude gezogen. Es ist nicht nur der Alarm, ich habe auch echte Totems in den Wänden verbaut. Hat mich eine Stange Geld gekostet. Aber es hält das böse Zeug draußen.«

»Wir sind also in Sicherheit? Wir können einfach hierbleiben und abwarten, dass es vorbeigeht?«

Wade schüttelte den Kopf. »Warten ist nicht gut. Was, wenn deine Mom zurückkommt? Oder deine Schwester? Nur weil sie es nicht sehen können, bedeutet das nicht, dass es nicht da ist. Irgendwie müssen wir damit klarkommen.«

»Du meinst, es töten?«

Wade spottete: »Na, viel Glück dabei.« Er trat wieder hinter den Plastikvorhang. Arlo, nervös, weil die Schuppentür noch offen stand, folgte ihm.

Sein Onkel durchwühlte gerade einen Müllhaufen, er suchte

etwas. Dabei wirkte er nicht halb so panisch, wie er es Arlos Meinung nach hätte sein sollen. »Das Beste wäre, wir könnten es verschwinden lassen. Es dahin zurückschicken, wo es hingehört.«

»Du weißt, wie das geht?«

»Nicht genau.« Er zog ein Buch aus dem Haufen. Das falsche. Er warf es zur Seite.

»Aber grundsätzlich schon?«

»In der Theorie, klar. Zuerst müssen wir herausfinden, womit wir es zu tun haben.« Endlich fand er, wonach er gesucht hatte. Es war ein altes Buch und ganz krumm vor Wasserschäden. Arlo erkannte den Umschlag sofort: *Culmans Bestiarium.* Onkel Wade hatte die ganze Zeit eins gehabt. »Also, du sagst, es ist ein Pferd?«

»Wie ein Pferd. Aber mit Hörnern.«

Onkel Wade überflog das Register hinten im Buch.

»Was für Hörner? Elch? Nashorn? Einhorn?«

»Es gibt Einhörner?«

»Was denn, glaubst du etwa, die Leute denken sich das nur aus?«

»Ich weiß nicht. Ich meine, was gibt es denn noch? Drachen? Riesen?«

Onkel Wade klappte seine Lesebrille zusammen. Über seinem Nasenrücken verband ein Magnet die beiden Gläser. »Konzentrieren wir uns zuerst auf das Ding, das dich töten will, okay?«

»Es hat runde Hörner. Sie sind so ineinandergedreht.« Arlo zeichnete es mit den Fingern in der Luft nach. »Und sein Maul ist mega-, megaweit aufgerissen.«

»Klingt wie ein Nachtmahr.«

Arlo nickte. Er kannte das altmodische Wort. Es bedeutete Albtraum. »Das war's auch«, sagte er.

»Nein, Nachtmahr wie Nachtmähre. Mähre ist ein anderes Wort für Pferd.«

Arlo nickte wieder. Nachtmahr war der perfekte Name für diese Kreatur.

Wade hatte große Probleme, die Seite zu finden, nach der er suchte. Dann merkte er, dass einige Seiten zusammenklebten. Er trennte sie vorsichtig voneinander, zerriss dabei an einigen Stellen das Papier. Er drehte das Buch, um Arlo die Zeichnung zu zeigen. »Ist es das?«

Es war nur eine Federzeichnung, aber es war bestimmt dasselbe Wesen. »Das ist es. Das ist da draußen.«

Wade las die Textstelle leise murmelnd vor sich hin. Doch Arlo kriegte nicht viel mit. Sein Blick wanderte zur Werkbank hinüber. Er konnte sehen, woran sein Onkel arbeitete. Es war keins der üblichen ausgestopften Tiere, wie sie im Esszimmer standen, sondern ein Dachs mit einer Krone, der in einen aus Puppenarmen gefertigten Thron gesunken war. Drei als Narren verkleidete Eichhörnchen jonglierten zur Unterhaltung des Dachskönigs, während eine Taube mit einem Schwert Wache hielt. Selbst in diesem unfertigen Stadium war das Stück außergewöhnlich, zu gleichen Teilen unheimlich und wunderschön und lustig.

Arlo zeigte darauf. »Das ist echt cool.«

»Oh. Danke. Hab was Neues ausprobiert.« Onkel Wade wandte sich wieder seinem Buch zu: »Wir müssen etwas Salz auftreiben.«

Laut *Culmans Bestiarium* konnten Schattenwesen nur durch tief in den Long Woods verborgene, mondbeschienene

Seen in unsere Welt gelangen. Das magische Wasser aus diesen Seen klebte an ihrem Fell und schützte sie, während sie reisten. *Deshalb hat es so geglänzt*, dachte Arlo.

Wade las vor: »Das Wesen wird sofort vertrieben, wenn das Wasser trocknet oder mit Salz verunreinigt wird.«

»Wir müssen also einfach nur Salz draufkippen.«

»Genau.«

»Hast du Salz?«

»Nicht hier draußen. Alles Salz, das wir haben, befindet sich im Haus. In der Küche, neben dem Ofen.«

Aber das bedeutete, die Sicherheit des unheimlichen dunklen Terrorschuppens zu verlassen. Arlo wartete darauf, dass sein Onkel sich anbot, den Gang zu übernehmen. Beide sagten einen Moment lang keinen Ton. Dann nickte Wade.

»Ich finde, du bringst die besseren Voraussetzungen mit«, sagte er. »Du kannst es sehen. Ich nicht. Außerdem bist du kleiner und kannst schneller rennen.«

»Ich kann nicht schneller rennen als ein Pferd.«

»Richtig. Das ist auf jeden Fall richtig.« Doch Wade schien einen Plan auszuhecken. »Lass uns mal sehen, ob wir dir nicht vielleicht einen Vorsprung verschaffen können.«

Bevor Arlo etwas entgegnen konnte, riss Wade den Plastikvorhang runter. Jetzt konnte Arlo geradewegs durch die offene Tür nach draußen sehen, wo das Pferd immer noch auf und ab lief und darauf wartete, dass jemand rauskam.

Aber sein Onkel konnte es nicht sehen. »Es ist noch da, oder?«

Arlo nickte.

»Dann lassen wir dich hinten raus.« Wade rückte einen Tisch weg und schob ein paar Kisten zur Seite, bis die hölzerne Wand dahinter zu sehen war. Er steckte eine Kreissäge in ein schweres oranges Verlängerungskabel. Das Sägeblatt erwachte surrend zum Leben.

»Du schneidest ein Loch?«

»Ein kleines. Du bist ja ziemlich klein.« Er kniete sich hin, um loszusägen.

»Macht das nicht die Bannkreise kaputt? Die, die uns schützen?«

»Hm. Vielleicht. War mir nie ganz klar, wie diese mystischen Dinger funktionieren. Aber wenn du vorne raus…«

Arlo unterbrach ihn. »Ist schon in Ordnung. Leg los.«

Er sah zu, wie sein Onkel die Wand durchsägte. Falls die Bannkreise gebrochen waren, schien das Pferd nichts davon zu bemerken. Das Ungeheuer lief immer noch auf der verschneiten Auffahrt hin und her.

Mit zwei weiteren Schnitten hatte Wade eine Öffnung von der Größe einer Hundeklappe geschaffen. Auf der anderen Seite lag tiefer, harter Schnee, aber durch den oberen, ein paar Zentimeter breiten Spalt schien Sonnenlicht.

»Das dürfte funktionieren. Also, du musst um das Haus herumlaufen, weil …«

»Die Tür vom Waschraum ist verschlossen.«

»Genau. Ich weiß ganz sicher, dass die Glasschiebetür offen ist, weil ich heute Morgen da rausgegangen bin.« Onkel Wade schloss das Haus nie ab, nur seine Werkstatt. »Wenn du drin bist, bleibst du nicht mehr stehen, bis du das Natriumchlorid in der Hand hältst. Das ist der wissenschaftliche Begriff für Salz.«

»Wie wende ich es an?«

»Steht nicht im Buch, aber ich nehme mal an, du kannst es

auf das Pferd werfen. Du wirst merken, ob es funktioniert, denn wenn nicht, bist du tot.«

Gegen Onkel Wades Logik war nichts einzuwenden, Arlo wünschte jedoch, Wade würde sich bedachter ausdrücken.

Er legte sich auf den Bauch, um durch das Loch zu kriechen. Weil er Angst hatte, hängen zu bleiben, zog er sich die Jacke aus. Dass er frieren könnte, war seine kleinste Sorge.

»Denk wie ein Eichhörnchen«, sagte Wade. »Sie schnappen sich einfach die Nuss und hauen ab.«

Eichhörnchen, dachte Arlo und atmete aus. *Sei tapfer wie ein Eichhörnchen.*

»Möchtest du, dass ich dich schiebe?«, fragte Wade. Arlo nickte. Das könnte helfen. »Okay. Drei, zwei, eins.«

Onkel Wade schob. Arlo schwenkte die Arme und schwamm im Schnee. Innerhalb von nur drei Sekunden war er draußen im grellen Sonnenlicht. Er rappelte sich auf und rannte so schnell er konnte.

Er sah sich nicht um. Das musste er auch gar nicht. Das Pferd stieß einen Schrei aus, als es ihn entdeckte.

Arlo rannte an der Waschküche vorbei. Die Veranda war in Sichtweite. Fast wäre er ausgerutscht, als er die Glasschiebetür erreichte. Er riss an ihrem Griff.

Sie bewegte sich nicht. Verschlossen. *Jaycee,* dachte er. Sie hasste es, wenn Wade nicht abschloss. (»Jeder Penner kann einfach hereinspazieren.«) Sie musste sie abgeschlossen haben, bevor sie mit Benjy weggefahren war.

Das Ungeheuer raste direkt auf ihn zu. Er hatte keine andere Wahl, als wegzurennen. Er bog scharf um die Hausecke, damit das Pferd einen weiteren Bogen laufen musste. Er konnte seine Hufschläge hören. Es war nah.

Als er um die nächste Ecke bog, hatte er die Vorderseite des Hauses erreicht. Die Veranda lag direkt vor ihm. Aus dem Augenwinkel konnte er sehen, wie das Pferd näher kam. Arlo raste die Stufen hoch, durch die kaputte Haustür.

Hufe auf Holz. Noch ein Schrei. Arlo konnte den Atem der Kreatur spüren. Sie war direkt hinter ihm.

Er bog nach rechts, schoss durch das Esszimmer zur Küchentür. Drinnen bewegte sich das Pferd langsamer. Schwerfällig. Seine Größe hielt es auf.

Arlo schaffte es in die Küche. Er wusste, was er suchte: einen blauen Pappbehälter mit einem Metalldeckel. Wade hatte gesagt, das Salz stehe beim Ofen. Aber da war keins.

Er wirbelte herum, sah sich auf den Arbeitsflächen um. Genau in diesem Moment krachte das Pferd durch die Schwingtür. Arlo wich zurück. Es gab immer noch das Badezimmer. Vielleicht konnte er sich durch das Fenster nach draußen quetschen.

Da sah er ihn: den Salzstreuer. Er stand neben dem Pfeffer auf dem Küchentisch. Es war nicht der Behälter, nach dem er gesucht hatte, aber zumindest war es Salz. Es könnte reichen.

Unglücklicherweise stand da ein Ungeheuer im Weg. Das riesige Wesen quetschte sich durch die Tür.

Was würde ein Eichhörnchen tun?, dachte Arlo. Die hatten es doch ständig mit größeren Raubtieren zu tun. Meist rannten sie davon. Aber was machten sie, wenn sie in die Enge getrieben wurden?

Sie nutzten ihre fehlende Größe zu ihrem Vorteil.

Das Pferd war jetzt in der Küche. Als es sein Maul aufriss, um nach ihm zu schnappen, sah Arlo seine Chance. Er tauchte unter dem Pferd hindurch und huschte unter den Küchentisch. Mit seinen Hinterhufen zerquetschte das Ungeheuer fast seine Hand.

Es schoss herum und krachte in die Stühle. Der Tisch bebte. Arlo sah, wie der Pfefferstreuer zu Boden fiel und zerbrach. Aber der Salzstreuer stand immer noch an Ort und Stelle.

Arlo griff blindlings nach oben auf die Tischplatte. Er ertastete die Servietten und die Zuckerschale. Als das Pferd sich umdrehte, bebte der Tisch erneut. Plötzlich spürte Arlo es: einen gläsernen Würfel mit einem Metalldeckel. Er packte ihn und zog ihn nach unten.

Der Salzstreuer. Arlo lächelte vor Erleichterung.

Das Ungeheuer knickte mit den Beinen ein und versuchte, seine Beute zu erreichen. Von seinen eckigen Zähnen tropfte Geifer.

Arlo krabbelte zur Hintertür Richtung Esszimmer. Er lief vorne raus und schraubte den Deckel des Salzstreuers ab.

Er sprang die Stufen runter und rannte durch den Schnee. Onkel Wade stand in der Auffahrt und hielt die Schaufel wie eine Keule. »Hast du es?«

»Ich hab's!« Arlo blieb stehen und wirbelte herum, um zurück zum Haus zu sehen. Das Pferd stürmte aus der Haustür, sprang von der Veranda.

Arlo schüttete sich das Salz in die Hand und ließ den Streuer fallen. Er musste warten, bis das Ungeheuer nah genug war. Zu früh und das Salz würde es verfehlen.

Das Monster senkte die Hörner, während es heranstürmte. Es würde ihn rammen.

Arlos Herz klopfte bis zum Hals. Ein bisschen Salz rann ihm durch die Finger. Hatte er überhaupt genug?

Das Pferd war fünfzehn Meter entfernt. Zehn.

Fünf Meter. Drei.

Arlo warf das Salz. Es breitete sich in der Luft aus, als wäre es Sand vom Spielplatz.

Das Ungeheuer sprang. Es sah aus wie eine Faust, die ihn zu zertrümmern versuchte.

Arlo rührte sich nicht.

Das Monster geriet in den Salzregen und explodierte in einem Donnerschlag aus Rauch. Nach dem Donner folgten ein Knall und ein Knistern. Einen Moment lang hing tiefschwarzer Dunst, der immer noch die Form eines Pferdes hatte, in der Luft. Dann löste er sich auf und regnete als schwarze Asche auf den weißen Schnee.

Das Ungeheuer war vertrieben.

Arlo, in dessen Ohren es immer noch rauschte, drehte sich zu seinem Onkel um.

»Zum Henker, ich hab's gesehen!«, rief Wade. »Zack! Bumm! Das war hammermäßig.«

REPARATUREN

Onkel Wade stützte sich auf seine Schaufel. »Wir sollten das Zeug besser wegmachen, bevor deine Mom und deine Schwester zurückkommen.«

Arlo stimmte ihm zu.

Ihre größte Sorge war die Haustür, die, aus den Angeln gerissen, flach im Eingang lag. Sein Onkel nahm eine Tube Epoxid, um den Rahmen zu kleben. Es roch nach geschmolzenem Plastik und Kartoffelchips mit Essiggeschmack. Arlo half ihm, die Tür wieder anzubringen, und schlug die Stifte mit dem Hammer ein.

Während sein Onkel damit beschäftigt war, das Schloss einzusetzen, folgte Arlo den Spuren des Ungeheuers durch das Haus.

Jeder Schritt hatte einen Hufabdruck aus Asche hinterlassen. Die Holzstufen waren leicht zu fegen, aber für den flauschigen Teppich oben musste er den altertümlichen Staubsauger holen. Er schob ihn vor und zurück und war sich nie sicher, ob er den Ruß tatsächlich aufsaugte oder nur in den Stoff rieb. So oder so, der Teppich kriegte wieder eine gleichmäßige Farbe.

Die Küche war schnell gereinigt. Für die Reparatur des Pfefferstreuers schaffte Wade einen anderen Kleber heran, einen, der, so versicherte er Arlo, nicht giftig war. Man musste wirklich genau hinsehen, um den Riss zu erkennen.

Die Lampe im Flur war irreparabel zerbrochen. Sie tauschten sie gegen eine aus dem Wäscheschrank aus, die überhaupt nicht aussah wie die alte. Aber Wade sagte, das mache nichts. »Niemand läuft herum und guckt, was plötzlich anders ist. Dazu sind alle viel zu sehr mit ihren eigenen Angelegenheiten beschäftigt.«

Arlo stellte bald fest, dass Wade recht hatte. Als Jaycee nach Hause kam, ging sie, ohne das Flurlicht oder den dreckigen Teppich oder die leichten Beulen in der Haustür zu kommentieren, geradewegs in ihr Zimmer. Was sie betraf, konnte das Haus in Flammen stehen, solange es nur ihren Alltag nicht durcheinanderbrachte.

Als sein Onkel gerade letzte Hand an die Haustür legte, sah Arlo die Scheinwerfer des Wagens seiner Mutter in der Auffahrt.

»Was machen wir, wenn noch ein Ungeheuer auftaucht?«, fragte er.

Wade machte seine Werkzeugkiste zu. »Ich habe einen Kumpel, der ein paar richtige Bannkreise um das Haus ziehen kann. Aber sicherheitshalber solltest du den Salzstreuer immer zur Hand haben.«

Arlos Mom parkte und stellte den Motor aus. Onkel Wade ging zurück in die Werkstatt. In diesem Moment fiel Arlo auf, wie selten er seine Mutter und seinen Onkel hatte miteinander reden hören. Sie wirkten weniger wie Geschwister als vielmehr wie unfreiwillige Mitbewohner. Sie gingen sich aus dem Weg.

Auf den letzten Metern bis zum Haus hielt seine Mutter inne. Sie sah zu Arlo herüber. »Gibt es etwas, das du mir sagen möchtest?«

Sie deutete auf Arlos Seil, das immer noch aus dem Fenster baumelte. Über die ganze Aufräumerei hatte er es komplett vergessen.

»Ich habe meine Knoten geübt.« Das war noch nicht mal gelogen. Die beiden Halben Schläge hatte ihm das Leben gerettet.

Seine Mom schüttelte eher müde als sauer den Kopf. »Sei bitte vorsichtig. Du könntest fallen. Ich möchte nicht, dass du dir wehtust.« Arlo nickte. »Was hast du heute sonst noch gemacht?«

Er dachte zurück und ihm fiel auf, wie ereignisreich sein Tag gewesen war, sogar ohne das Ungeheuer. »Ich habe herausgefunden, wie man den Ranger-Kompass benutzt. Es ist echt schwer, aber ich glaube, ich hab es jetzt raus.«

Als er vor dem Schlafengehen am Fenster den Vorhang zuzog, glaubte Arlo, unten auf der Straße eine Bewegung wahrgenommen zu haben.

Sein erster Impuls war, nach Onkel Wade zu suchen, aber dann fiel ihm ein, dass er den LKW nach dem Abendessen hatte wegfahren hören.

Wahrscheinlich besuchte Wade seinen Freund wegen der neuen Bannkreise.

Das bedeutete, dass Arlo selbst herausfinden musste, ob dort draußen etwas war. Er schnappte sich seine Taschenlampe und den Salzstreuer – im Küchenschrank hatte er einen Ersatzstreuer entdeckt – und huschte leise die Treppe runter.

Er schlüpfte in seine Wanderschuhe und zog die Jacke über den Schlafanzug. Die Haustür öffnete sich leise. Wahrscheinlich funktionierte sie besser als vorher.

Der Schnee knirschte unter seinen Füßen. In der Nacht war es um einiges kälter als am Nachmittag. Seine Ohren schmerzten im Wind. Er hätte eine Mütze aufsetzen sollen.

Arlo leuchtete mit der Taschenlampe in die Dunkelheit. Nichts als Bäume.

Er ging den ganzen Weg runter bis zur Straße. Was immer er gesehen hatte, war weg. Wahrscheinlich hatte er es sich ohnehin nur eingebildet.

Gerade, als er sich wieder zum Haus umdrehte, sah er es. Dicht am Boden eilte eine Gestalt auf ihn zu. Das Licht fiel geradewegs durch sie hindurch.

Es war Cooper.

Der Geisterhund humpelte ein bisschen, schien aber sonst unverletzt. Er war so untot wie eh und je. Arlo streckte die Hand aus, aber Cooper beachtete sie nicht. Der Alltag hatte ihn wieder.

Arlo lächelte. »Guter Junge.«

DAS FREUDENFEUER

In den folgenden Wochen versuchte niemand, Arlo Finch umzubringen. Was frustrierend war, da er sich richtig gut vorbereitet hatte.

Über die Weihnachtsferien hatte er eine Liste von sechzehn Wesen aus *Culmans Bestiarium* erstellt, die mit dem Salz, das er immer in der Tasche trug, vertrieben werden konnten. Er hatte einen Karabiner an seinem Fluchtseil angebracht, sodass er nur noch sieben Sekunden brauchte, um durch das Fenster zu flüchten. Er hatte sogar damit begonnen, jeden Abend Liegestützen zu machen, für den Fall, dass es zu einer körperlichen Auseinandersetzung kommen sollte.

Am nächsten kam er dem Tod noch mit einer Erkältung, die nach den Ferien in der sechsten Klasse wie das Klassenmeerschweinchen von einem zum anderen gereicht wurde. Er verpasste nur einen Schultag und keine Klassenarbeit. Seine Temperatur stieg nicht über 37,8 Grad.

Arlo hätte es niemals zugegeben, aber er war zusehends enttäuscht von den geheimnisvollen Mächten, die ihm nach dem Leben trachteten. Er konnte es auch an den Gesichtern seiner Freunde ablesen. Jeden Morgen freuten sie sich, ihn zu sehen, waren aber auch ein bisschen überrascht. »Nichts?«, fragte Wu.

»Ich wurde fast von einem Auto überfahren, aber das war vor allem meine Schuld. Ich hab mich nicht umgeschaut.«

Indra versuchte, optimistisch zu bleiben. »Unfälle sind die Haupttodesursache bei jungen Menschen. Vielleicht versuchen sie, es ganz normal aussehen zu lassen.«

»Es war Mrs Mayes gerade eben auf dem Parkplatz. Wenn sie wirklich wollen, dass meine Lehrerin mich umbringt, müssen sie sie nur dazu bringen, uns noch eine Hausaufgabe über den Fruchtbaren Halbmond aufzugeben.«

Aber am dritten Freitag im Januar befürchtete Arlo, dass der Tag endlich gekommen sein könnte.

Es war das Derbywochenende, der einzige Campingausflug, der sowohl Freitag- als auch Samstagnacht umfasste. Da sie direkt von der Schule in die Berge fuhren, waren sie bereits in Uniform in die Schule gekommen. Indra und Wu hatten endlos viele von Merilee Myers Fragen zu ihren Aufnähern und der Bedeutung des Fünfecks über sich ergehen lassen müssen. »Manchmal träume ich von der Zahl Fünf«, sagte sie. »Und wenn ich aufwache, starrt mein Goldfisch mich an.«

In der Pause übte Arlo mit Indra und Wu seine Knoten und die Benutzung des Kompasses. Nach dem Mittagessen rasten sie dann in die Bibliothek, um einen letzten Blick in *Culmans Bestiarium* zu werfen. Mrs Fitzrandolph hatte sich so sehr an sie gewöhnt, dass sie die Schublade nicht mehr verschloss – unter der Bedingung, dass jeder von ihnen sich ein Buch auslieh, in dem es nicht um Ungeheuer ging. (Arlo entschied sich für *Ein Jahr als Robinson.* Er hatte schon immer einen zahmen Falken haben wollen.)

Als es um 15:05 Uhr klingelte, liefen sie ohne Umwege mit ihren Rucksäcken zum Parkplatz. Eine Stunde später wanderten sie schon zum Zeltplatz hinauf und bauten ihre Zelte auf. Connor überprüfte die Bannkreise drei Mal, aber Arlo fühlte sich auch ohne ihren Schutz ausgesprochen sicher.

Anders als bei einem gewöhnlichen Zeltlager waren an diesem Wochenende dreißig Trupps von acht verschiedenen Kompanien auf dem Berg. Wo immer er auch hinsah, waren Ranger und Betreuer, die bei Laternenlicht kochten. Er sah Schnipslichter, Schneeballschlachten und lodernde Marshmallows an Stöcken. Wenn ihn jemand angreifen wollte, konnte er sich unmöglich anschleichen. Zwischen ihm und Arlo würden eine Menge Unbeteiligter stehen.

Das war natürlich ein ziemlich düsterer Gedanke, gestand er sich ein. Aber ein tröstlicher.

Die Stichflamme schoss fünfzehn Meter hoch in die Luft. Es war so heiß, dass Arlo fürchtete, seine Augenbrauen würden versengt. Dann teilte sich die Flammensäule in drei glühende Stränge, die sich zuckend umeinanderwanden und ineinanderverflochten wie ein lodernder Zopf.

Dreihundert Ranger jubelten wie wild. Das Freudenfeuer der Eröffnungsnacht war alte Tradition beim Derby, aber diesmal war es wirklich einmalig.

Arlo beobachtete die drei Betreuer am Feuer. Wenn sie ihre Hände bewegten, wirkte es, als würden die Flammen ihnen folgen wie geschmolzenes Glas. Der Betreuer, der Arlo am nächsten stand, war ein bärtiger Mann mit Hosenträgern. Er schien der Anführer der drei zu sein und dirigierte die anderen beiden mit einem gelegentlichen Nicken.

»Wie machen die das?«, fragte Arlo.

»Das sind Feuerwerker«, erklärte Indra. »Elementare Magie. Superfortgeschritten und gefährlich.«

Wu mischte sich ein. »Ich hab gehört, sie waren alle Bären, damals, als sie noch bei den Rangern waren. So was bringen sie einem in den geheimen Camps bei.« Arlo hatte gar nicht darüber nachgedacht, dass viele der Betreuer früher bestimmt selber Ranger gewesen waren. Er hatte sie bislang für ganz normale Eltern gehalten.

Kaum dass der Feuerzopf fertig war, ballte der bärtige Betreuer die Hand zur Faust. Die drei Flammenstränge vereinten sie hoch oben an der Spitze.

»Okay«, rief er. »Das war unser Teil. Jetzt seid ihr dran. Ranger, Schnipslichter! Bei drei.« Rings um Arlo hoben Ranger ihre Hände, Wu und Indra auch. Arlo beschloss, dass er es ebenso gut auch versuchen könnte. »Eins, zwei, drei!«

Hunderte Schnipslichter flogen aus der Menge. Sie stiegen auf und eine eigentümliche Schwerkraft bestimmte ihren Weg durch die Nacht, bis sie einen flirrenden Ring um die Feuersäule bildeten. Neue Schnipslichter kamen hinzu und der Ring strahlte immer heller.

Wu ließ einen los, der es bis in die Säule schaffte. Die Zwillinge machten es ihm nach. Indra gelang es gleich zwei Mal. Arlo schnipste und schnipste, aber vergebens. Dann versuchte er es mit der linken Hand. Dann leckte er sich über die Finger. Vielleicht war seine Haut einfach zu trocken. Aber immer noch nichts. Kein Funke, kein Licht.

»Was mache ich falsch?«

»Nichts«, antwortete Connor. »Es klappt, wenn es klappt.« Er hatte leicht reden. Er schnipste ein Dutzend Lichter am Stück.

Frustriert streifte sich Arlo die Handschuhe über und schaute wieder den Feuerwerkern zu. Der bärtige Mann sah aus, als hätte er Mühe, die Feuersäule zu halten. Sie war wie ein wütender Hund an der Leine. Niemand anders schien es zu bemerken. Sie hatten alle Hände voll mit ihren Schnipslichtern zu tun.

Arlo folgte dem Blick des Mannes die Feuersäule hinauf, wo die Flammen immer wieder ausbrachen. Sie streckten sich und zogen sich wieder zurück, fast wie der Kopf einer Schlange.

Der bärtige Mann steckte jetzt eindeutig in Schwierigkeiten. Arlo konnte sehen, wie er schwitzte. Die anderen beiden Betreuer warfen ihm sorgenvolle Blicke zu.

Jetzt brachen auch die ersten Schnipslichter aus, gerieten aus ihrer Umlaufbahn. Einige schossen himmelwärts und formten einen Krokodilschädel mit Ziegenhörnern. Andere Lichter schwärmten aus, um glühende Flügel zu bilden.

Arlo konnte es genau sehen. Das war …

»Ein Drache.« Er sagte es gleichzeitig mit einem Mädchen, das neben ihm stand.

Er schaute nach links und entdeckte Rielle. Alle anderen waren verschwunden. Zusammen standen sie am verlassenen Lagerfeuer und starrten ehrfürchtig zu dem riesigen, flammenden Drachen hinauf, der über ihnen hing.

Er bewegte sich nicht. Er brannte nur. Doch Arlo spürte, dass er lebte.

»Er schläft«, sagte Rielle. »Er schläft seit Jahrhunderten.«

»Wie ist er hierhergekommen?«, fragte Arlo.

»Er hat diesen Ort erschaffen. Das ist sein Traum.«

»Wie sind dann *wir* hierhergekommen?«, fragte Arlo.

Rielle musterte ihn. »Wir haben unseren Weg gefunden. Das macht uns so wertvoll.«

Arlo sah, wie sich das Feuer in ihren verschiedenfarbigen Augen spiegelte. Als er wieder zum Drachen hinaufsah, konnte er spüren, wie Rielle ihn verließ. Oder vielleicht hatte er sie verlassen. Wenn das alles ein Traum war, dann wachte er gerade auf.

Die Betreuer standen wieder am Lagerfeuer und versuchten verzweifelt, die Flammen unter Kontrolle zu bringen. Arlo sah, dass sie in echter Panik waren, doch überall um ihn herum jubelten die Ranger ausgelassen. Sie glaubten, der Flammendrache gehöre zur Show.

Der bärtige Betreuer nickte den anderen beiden zu, bedeutete ihnen stillzuhalten. Dann, auf das Zentrum der Flammen zielend, verschränkte er seine Hände. Danach löste er sie wieder.

Der Drache explodierte in Tausende winzige Punkte aus Licht. Sie fielen wie Glühwürmchen vom Himmel, verblassten in der Nacht.

Überall um sich herum hörte Arlo die Ranger jubeln. Wu war der lauteste von allen. »Das war super! Ich will Feuerwerker werden.«

»Sicher doch«, sagte Indra. »Ein Pyromane bist du ja schon.«

Für Arlo stand fest, dass er seinen Freunden erzählen musste, dass er Rielle gesehen hatte. Aber zuerst musste er noch etwas herausfinden.

Als die Trupps zurück zu ihren Zelten gingen, entdeckte er den bärtigen Betreuer im Gespräch mit einer Gruppe anderer Erwachsener. Er wartete, bis sie fertig waren, dann, als der Mann gerade seine Laterne anzündete, ging er zu ihm hinüber. Die Hand, mit der der Mann das Streichholz hielt, zitterte.

»Das war nicht Ihr Drache, oder?«, fragte Arlo.

Der bärtige Mann sah ihn an. Er kniff die Augen zusammen und bedachte Arlo mit einem prüfenden Blick. »Feuer ist eine verzwickte Sache. Manchmal überrascht es dich.«

Er blies das Streichholz aus.

DER LAUF

Sie waren dabei zu gewinnen.

Arlo, vorne am Schlitten, konnte nicht sehen, wie dicht die anderen Trupps ihnen auf den Fersen waren. Aber er wusste, dass Blau an der Spitze lag.

Sie hatten am Wendepunkt die Führung übernommen und das riesige Totem in einem großen Bogen umkurvt, um Fahrt aufzunehmen. Der Rote Trupp war zuerst dort gewesen, aber in der Wendung stecken geblieben. Connor hatte genau das vorhergesagt, als sie am Morgen die Strecke abgegangen waren.

»Bevor wir mit unserem Rennen dran sind, haben schon zwanzig andere Trupps den Schnee verteilt.« Geradeaus stellte das kein Problem dar – tatsächlich fuhr es sich auf den flachen Abschnitten leichter –, aber für die Wende war lockerer Pulverschnee besser.

Also hielt sich der Blaue Trupp außen und überließ es den anderen, in den Furchen der vorherigen Rennen stecken zu bleiben. Arlo hörte, wie Russell Stokes seine Teamkollegen vom Roten Trupp anbrüllte. Sie richteten gerade wieder den Schlitten auf. Selbst Grün mit seinen klingelnden Glöckchen hatte zu kämpfen und hing hinter zwei überraschend schnellen Trupps aus Nederland, Colorado, fest.

Während alle anderen in der Kurve feststeckten, war Blau bereits auf dem Weg ins Ziel. Das wochenlange Training zahlte sich aus. Mr Henhao funktionierte makellos.

Nicht, dass es leicht war. Arlos Lunge brannte. Seine Beine schmerzten. Aber er lief immer weiter. Sie würden gewinnen. Nur noch zwanzig Meter bis zur Ziellinie. Fünfzehn. Zehn.

Da hörte er es. Ein Keuchen. Ein Kratzen. Dumpfe Schritte.

Plötzlich war Russell Stokes direkt neben ihm. Dann zog er an ihm vorbei. Der Rote Trupp zog an ihnen vorbei.

Arlo rannte schneller als jemals zuvor in seinem Leben, aber es reichte nicht. Russells Hand zerriss das Zielband aus Toilettenpapier. Der hintere Teil des Schlittens der Roten überquerte die Linie vor dem vorderen Teil des Blauen Schlittens.

Es gab keine Zweifel, keine Diskussion. Rot hatte gewonnen. Blau war Zweiter.

Arlo brach noch auf der Ziellinie im Schnee zusammen, schnappte nach Luft und starrte in den hellblauen Himmel. Jeder Nerv zuckte. Ihm war gleichzeitig heiß und kalt. Er rieb sich die Augen. Das waren Schweißtropfen, keine Tränen. Da war er sich ziemlich sicher.

Aus dem Augenwinkel sah er Russell Stokes. Er war auf die Knie gesunken und rang nach Atem. Er klatschte sich ein paar Mal mit seinen Kumpels ab. Dann bemerkte Russell, dass Arlo ihn beobachtete, und formte mit Zeigefinger und Daumen ein L vor seiner Stirn. *Loser.*

Connor war nicht enttäuscht. Zumindest gelang es ihm gut, seine Enttäuschung zu verbergen. »Hört mal, wir sind Zweiter in unserem Umlauf geworden. Wir haben den Grünen Trupp geschlagen, das ist fantastisch.«

»Wir hätten Rot schlagen sollen«, sagte Wu. »Wir lagen in Führung.«

»Ja, und sie waren schneller«, sagte Jonas. »Sieh sie dir an. Das sind alles Sportskanonen. Sie machen Leichtathletik und spielen Football. Wir können trainieren, wie wir wollen, die werden immer schneller sein. Es ist völlig unmöglich, dass wir sie schlagen.«

»Du hast recht«, sagte Connor. »Wir können ihnen nicht davonlaufen. Aber denkt dran, dass man für den Lauf nur zehn Punkte kriegt. Wir haben immer noch alle Stationen vor uns, plus Teamgeist und die Beurteilung des Schlittens. Noch können wir sie schlagen.«

»Dazu müssen wir in allem perfekt abschneiden«, sagte Wu.

»Dann lasst uns perfekt abschneiden. Denn sie werden es nicht tun. Denkt dran: Sind sie bei den Knoten besser als wir? Nein. Wie sieht's mit den Signalen aus? Auf keinen Fall. Julie und Jonas sind unschlagbar.«

Connor hatte recht: Die Zwillinge waren beängstigend gut bei den Signalen. Sie waren wie Telepathen.

»Wu ist ein großer Feuermacher. Im Wasserkochen sind sie auch nicht schneller als wir.«

Arlo hatte Wu in unter einer Minute aus Feuerstein und Stahl eine lodernde Flamme machen sehen. Wu wusste immer ganz genau, wann er mehr Zündholz hinzufügen und wie viel er pusten musste. Er nannte es seinen Drachenatem.

»Und beim Kartenlesen ist keiner besser als Indra«, ergänzte Connor. »Ich garantiere euch, der Rote Trupp verirrt sich irgendwann. Das wird sie Zeit kosten.«

»Wir könnten die Ziellinie als Erste überqueren«, sagte Indra. »Damit alleine würden wir alle Punkte aufholen, die wir verloren haben.«

»Leute, wir schaffen das«, sagte Connor. »Ehrlich. Wir können gewinnen.«

Alle im Trupp nickten, bissen sich auf die Lippen und stimmten zu. Connor hatte sie überzeugt. Bis …

»Du hast Arlo vergessen«, sagte Julie. »Worin ist er gut?«

Arlo spürte, wie ihn alle anstarrten. Beurteilten. Versuchten, sich etwas Nettes einfallen zu lassen, was sie jetzt sagen konnten. Er war froh und glücklich gewesen, übersehen worden zu sein. Die Wahrheit war, dass er in gar nichts besonders gut war.

»Teamgeist«, entschied Connor. »Er ist unser Maskottchen. Er gewinnt für uns.«

Wu klopfte ihm auf die Schulter. Arlo lächelte.

»Kommt, wir üben unseren Ruf«, sagte Connor. »Das muss krachen.«

Sie stellten sich in einer Reihe auf. Arlo stand ganz am Ende, weil er der Kleinste war. Connor rief: »Eins!«

Die Zwillinge riefen: »Zwei!«

Wu und Indra riefen: »Drei!«

Arlo rief: »Vier!«

Klatscht und stampft, wir wollen es wagen!
Der Blaue Trupp ist nicht zu schlagen!
Schneller als ein Schneeschuhhase,
stärker als ein Grizzlybär,
stets vorweg um eine Nase,
der Blaue Trupp macht's allen schwer!

KNAUTEN

Sinn und Zweck des Derbys war es, die sechs elementaren Fähigkeiten unter Beweis zu stellen, die man für ein Leben unter freiem Himmel, benötigte: Signale, Knoten, Rettung, Identifizierung, Feuer und Teamarbeit, auch bekannt unter der Abkürzung SKRIFT.

An jeder Station des Derbys stand eine dieser Fähigkeiten im Mittelpunkt. Während die Trupps sich grundsätzlich vorbereiten konnten – etwa indem sie Knoten und Erste Hilfe übten –, hatten sie keine Ahnung, welche Herausforderung sie an einer Station erwartete, ehe sie dort ankamen. Erst wenn sie sich bei dem Stationsleiter gemeldet hatten, erfuhren sie, was zu tun war.

»Im letzten Jahr mussten wir als Teamarbeit eine Brücke über einen Graben schlagen und alle hinübergehen«, erklärte Connor. »Was einfach gewesen wäre, wenn sie einem genug Baumstämme gegeben hätten. Der Trick war, dass man die Ankunft eines anderen Trupps abwarten und die Baumstämme zusammenlegen musste. Der Grüne Trupp war der erste, der das kapiert hat.«

Um gut abzuschneiden, mussten die Trupps fix und fehlerlos arbeiten. An jeder Station konnte man maximal zehn Punkte erreichen, aber aufgrund von Zeitstrafen und anderen Abzügen waren die schwer zu erreichen. »Letztes Jahr hatten wir drei Punkte bei den Signalen. Wir haben es einfach nicht hingekriegt. Ständig sind andere Trupps an uns vorbeigezogen.«

Obwohl das Derby es vorsah, sechs unterschiedliche Fähigkeiten unter Beweis zu stellen, spielte noch ein siebter Faktor eine wesentliche Rolle: Glück. Die Trupps mussten die Stationen in einer auf ihrem Laufzettel festgelegten Reihenfolge ansteuern, obwohl einige davon mehr als einen Kilometer weit auseinanderlagen. »Wenn du einen miesen Zettel ziehst, musst du oft wieder umkehren. Das kostet Zeit.«

Nach der Bewertung der Schlitten – sie erreichten neun von zehn Punkten –, wurde es Zeit für den Höhepunkt. Die Truppführer versammelten sich an der Startlinie, wo jeder von ihnen einen versiegelten Umschlag von einem Stapel nahm und ihn hoch in die Luft hielt. Der bärtige Betreuer vom Vorabend rief: »Truppführer! Möget ihr sicher ankommen!«

Einstimmig antworteten sie: »Möge unser Ziel wahrhaftig sein!«

»So lasst das neunundvierzigste Derby auf mein Zeichen beginnen!« Alle Ranger jubelten, dann ließen die Betreuer Donnerschläge los. Sie waren so laut, dass der Hall von den weit entfernten Bergen zurücktönte.

Connor rannte zu seinem Trupp und riss im Laufen den Umschlag auf. Den Zettel gab er Indra, die die Route nachzuzeichnen begann.

»Erst haben wir Rettung, dann Knoten. Die Stationen liegen echt weit auseinander.«

Jonas schüttelte den Kopf. »Wir haben ein schlechtes Los gezogen.«

»Eigentlich gar nicht. Signale, Identifizierung und Feuer kommen als Nächstes und sie liegen alle ziemlich dicht beieinander. Teamarbeit ist allerdings auf der anderen Seite. Das führt uns ein ganzes Stück von der Ziellinie weg.«

»Dann rennen wir bis zum Ende«, sagte Connor. »Wir geben alles, was wir haben.«

Sie liefen in gleichmäßigen Tempo und waren der erste Trupp, der die Rettungsstation erreichte. Der Stationsleiter – ein Mitglied des Senior-Trupps einer anderen Kompanie – reichte ihnen eine Tafel, auf der ihre Aufgabe klebte.

Ein explodierender Aurora-Geysir hat sämtliche Mitglieder eures Trupps vorübergehend geblendet, bis auf ein Mitglied, das von einem Baum gefallen ist und sich beide Beine gebrochen hat. Wählt ein Mitglied eures Trupps zum Verletzten. Der Rest des Trupps muss sich um die Verletzungen kümmern, eine Trage bauen und das Opfer mit verbundenen Augen zum Sanitätszelt bringen. Das Opfer kann sehen und die Richtung vorgeben.

Indra quietschte vor Entzücken. Erst vor einer Woche hatten sie ein fast identisches Szenario geübt.

Wu spielte den Verletzten. Er gab Anweisungen, ohne nur einmal die Nerven zu verlieren. Arlo half, Wus linkes Bein zu schienen, bevor er sich am Bau der Trage beteiligte. Er fühlte sich nie unsicher, was als Nächstes zu tun war. Der Trupp funktionierte wie ein einziger zwölfhändiger Organismus.

Der Weg zum Sanitätszelt war voller Hindernisse – hauptsächlich Fässer und Pfosten –, doch Wu lenkte sein Team, während sie ihn auf der Trage transportierten. »Setzt mich ab!«, rief er. »Wir sind da!« Sie hörten eine Pfeife, das Signal, die Augenbinden abzunehmen. Arlo blinzelte ins helle Licht und schaute zurück auf ihren Kurs. Sie hatten das Ziel erreicht, bevor die anderen Trupps auch nur ihren Verletzten bestimmt hatten.

Connor holte ihre Karte beim Stationsleiter ab und sah auf das Ergebnis. »Zehn Punkte!«, rief er. Der Trupp jubelte. Das war ein perfekter Start.

Auf der Fahrt zu den Knoten kreuzte sich ihr Weg sowohl mit dem Roten als auch mit dem Grünen Trupp. Beide hatten ihre erste Aufgabe offenbar schnell gemeistert und waren jetzt unterwegs zu ihrer nächsten Station. »Sie haben ein besseres Los gezogen«, stellte Jonas fest.

»Konzentrieren wir uns auf unser Rennen, nicht auf ihres«, sagte Connor.

Auf den ersten Blick schienen die Knoten einfach zu sein – sie mussten nur die gleichen zehn Knoten binden, die sie seit Monaten geübt hatten. Die Überraschung war das Seil selbst: Es war neun Meter lang und fünf Zentimeter dick. Zusammen zerrten sie es durch den Schnee, um die nötigen Schlaufen und Haken zu formen. Es war nicht nur anstrengend, es war auch schwer, sich die Knoten in einem so riesigen Maßstab vorzustellen. Arlo half, den Palstek zu knüpfen, dabei schlüpfte er in die Rolle des Kaninchens, kroch aus dem Loch und krabbelte um den Baum.

Erneut erreichten sie volle zehn Punkte. »Wir dürfen jetzt nicht übermütig werden«, warnte Connor.

Bei der Signalstation mussten sich die Trupps in zwei Gruppen aufteilen, wobei eine von ihnen zur Hügelspitze wandern musste. Oben angekommen, bestand ihre Aufgabe darin, eine Reihe von Codewörtern zwischen den Standorten hin und her zu übermitteln. Arlo, Connor und Jonas gehörten zum Team auf dem Hügel, während die anderen drei unten am Stützpunkt blieben.

Wie sie die Codewörter übermittelten, war nicht vorgeschrieben. Wie Arlo beobachtete, morsten die meisten Trupps sie mit Spiegeln oder Taschenlampen, aber Jonas und Julie hatten seit Wochen Flaggensignale trainiert, die ursprünglich von Schiffen auf See verwendet wurden. Mit ihnen ging es möglicherweise schneller. Denn indem sie ihre Flaggen in bestimmten Winkeln hielten, konnten die Zwillinge Nachrichten senden, einen Buchstaben auf einmal. »B-L-A-U-B-E-E-R-E«, übersetzte Jonas die Signale seiner Schwester. Arlo sah *Blaubeere* in der mitgelieferten Tabelle nach und fand die dazu passende Antwort: *Elefant.*

Innerhalb von zwei Minuten hatten sie alle Codewörter zusammen und rasten zurück zu den anderen. Sie bekamen nicht nur zehn Punkte, der Stationsleiter verriet ihnen auch, dass sie bisher der schnellste Trupp gewesen waren.

Mit der Identifizierung kamen Indra und Connor alleine klar – sie waren wandelnde Naturlexika. Der Rest des Trupps folgte ihnen einfach, während sie Fichten von Tannen unterschieden (Zapfenlesen), Grasmücken von Zaunkönigen (Vogelkunde) und Eichhörnchen von Streifenhörnchen (Spurenlesen). »Der Schwanzabdruck ist verräterisch«, sagte Connor.

Einzig bei einem Kothaufen kam es zu Diskussionen. Aufgrund seiner Farbe und Struktur war Indra sich sicher, dass es sich um die Hinterlassenschaften eines Elches handelte. Connor war nicht weniger überzeugt, dass sie vom kleineren Rothirsch stammten. »Es gibt auch kleine Elche«, sagte Indra. »Und kleine Elche haben kleine Hintern. Schau dir doch an, wie viel Zellulose dadrin ist. Überhaupt nicht wie bei einem Rothirsch.« Connor gab sich schließlich geschlagen. Er schrieb »Elch« auf das Klemmbrett.

Doch als er vom Stationsleiter wiederkam, verriet sein Miene Arlo schon alles. Es waren die Hinterlassenschaften eines Rothirschs gewesen. Ausgerechnet an der Station, bei der sie sicher mit der vollen Punktzahl gerechnet hatten, bekam Blau nur neun Punkte.

»Das machen bestimmt viele Trupps falsch«, sagte Connor, als sie die Station verließen. »Ich bezweifle, dass hier irgendwer alle Punkte kriegt.« Aber Arlo wusste, dass Indra außer sich war. Noch als Wu bei der Feuerprüfung das Wasser in Windeseile zum Kochen brachte, fluchte sie leise über ihren Fehler. Als der Trupp seinen Ruf ertönen ließ, jubelte sie zwar mit. Doch kaum sah der Stationsleiter nicht mehr hin, verschwand ihr Lächeln wieder.

Als sie das Feuer hinter sich gebracht hatten, war Mittagszeit. Die Derbyregeln sahen eine ganze Stunde für das Mittagessen vor, es gab also keinen Grund, das Hühnchen-Chili runterzuschlingen. Während Arlo zwei Schüsseln mit einer Extraportion Käse und Keksen verschlang, aß Indra kaum ihre erste Schüssel leer.

Arlo wollte ihr sagen, dass jeder einmal Fehler machte. Dass der Trupp sich froh und glücklich schätzen konnte, sie zu haben. Dass sie ohne ihre Beharrlichkeit gar nicht hier wären. Doch Indra schnitt ihm gleich das Wort ab. »Ist okay. Ich muss das nur erst verarbeiten. Irgendwann schreibe ich in meinen Memoiren darüber.«

Arlo gestand ihr, dass er nicht wusste, was Memoiren waren.

»Wenn berühmte Leute ein Buch über ihr Leben schreiben und über alles, was sie durchgemacht haben. Wenn man da keine Fehler eingesteht, wirkt es, als wäre man ein Angeber und die mag keiner. Deshalb ist es eine gute Sache, dass ich das heute verpatzt habe. Es beweist, dass ich menschlich bin.«

Arlo fragte sich, ob der Wunsch, menschlich zu wirken, vielleicht ein Indiz dafür war, dass jemand in Wahrheit nicht sehr menschlich war. Aber um das weiter zu diskutieren, fehlte die Zeit. Der Trupp packte zusammen. In fünf Minuten würden sie zu ihrer letzten Station aufbrechen.

An der Station Teamarbeit trafen sie auf drei weitere Trupps. Die Aufgabe war offensichtlich zeitaufwendig, denn im Laufe des Tages hatte sich ein Rückstau gebildet.

»Wir sind schon seit einer halben Stunde hier«, erzählte eine Truppführerin aus Canyon City. »Und wir haben noch zwei Stationen vor uns. Vielleicht nehmen wir einfach die Strafpunkte in Kauf und lassen die hier aus.« Sie dachte pragmatisch. Es war bereits nach eins und die Trupps mussten bis fünf Uhr die Ziellinie überquert haben, sonst wurden sie disqualifiziert.

»Ich habe euch doch gesagt, dass wir ein schlechtes Los gezogen haben«, sagte Jonas. »Wenn wir diese Station gleich am Anfang gehabt hätten, würden wir jetzt nicht hier herumhängen und warten.«

Diesmal versuchte Connor nicht, Jonas seine schlechte Laune auszureden.

Nach zehn Minuten wendete der Trupp aus Canyon City den Schlitten und fuhr weg. Jetzt waren nur noch zwei Teams vor den Blauen an der Reihe.

Um sich die Zeit zu vertreiben, baute Arlo einen Schneemann. Jonas und Connor gingen auf und ab. Julie und Indra unterhielten sich mit einem Mädchen aus einem anderen Trupp. Wu lehnte sich gegen den Schlitten und schlief ein.

Ein zweiter Trupp beschloss abzufahren. Jetzt wartete nur noch einer vor den Blauen.

Arlo begann, einen Schneehund für seinen Schneemann zu bauen. Er bemerkte schnell, warum er noch nie zuvor einen gesehen hatte – ohne Beine sahen Schneehunde einfach wie Krokodile oder Sitzkissen aus.

Der Stationsleiter winkte den nächsten Trupp heran, zeigte dann auf die Blauen. Sie waren auch dran. Arlo gab seinen Schneehund auf. Seine Handschuhe waren so nass, dass er sie auszog.

Teamarbeit erforderte Geduld und Kommunikation. Den Truppen wurden vier spezielle Seile gegeben. Bei jedem waren die Enden zusammengeklebt, die Seile waren rund und hatten den Durchmesser eines Hula-Hoop-Reifens. Allein mithilfe dieser Seile mussten sie einen aus vier Teilen bestehenden Totempfahl auseinandernehmen, bewegen und wiederaufbauen. Jedes Mal, wenn jemand den Pfahl mit der Hand berührte, wurde ein Punkt abgezogen.

»Was ist die höchste Punktzahl, die ein Trupp verloren hat?«, fragte Wu.

»Zehn«, sagte der Leiter. »Hatten eine Menge Trupps hier, die mit null Punkten abgezogen sind.«

Der Trick bestand darin, die Seile aus verschiedenen Winkeln um alle Teile des Pfahls zu wickeln und dann gleichzeitig zu ziehen, um sie anzuheben und zu bewegen. »Wie eine Hängebrücke«, sagte Wu. Arlo fand, dass das Ganze eher an eine Tasche erinnerte, die mit einer Kordel zugezogen wurde.

Das Problem war, dass alle gleich fest ziehen mussten. Wenn irgendein Seil durchhing, fiel ein Teil runter. Wenn aber alle zu fest zogen, kippte es auch.

Es war schon schwer genug, das erste Teil anzuheben, aber damit zu gehen, war fast unmöglich. Arlo stapfte rückwärts durch den Schnee und hielt dabei die Ellenbogen fest an die Brust gedrückt. Das Seil schnitt in seine Hände. Er bereute es, die Handschuhe ausgezogen zu haben.

Es dauerte fünf Minuten, das erste Teil zu bewegen, aber schließlich gelang es ihnen, es in einem rechten Winkel auf das Podest zu stellen. Beim zweiten Teil ging es schneller. Sie fanden ihren Rhythmus, arbeiteten als Team. Das dritte Teil in Position zu bringen, bereiteten ihnen wieder größere Schwierigkeiten. Im letzten Moment rutschte das Seil der Zwillinge ab. Jonas griff instinktiv nach dem Teil, als es fiel.

Der Stationsleiter pfiff. Es gab einen Punkt Abzug.

Nach ein paar frustrierenden Momenten hatten sie das runtergefallene Totemteil aus dem Schnee geborgen und auf den Pfahl gesetzt. Arlos Arme zitterten vor Anstrengung. Er wickelte das Seil um seine Hand und versuchte, es beim letzten Teil fester zu halten.

»Langsam und gleichmäßig«, sagte Connor. »Besser, es dauert zehn Minuten, als dass es rutscht.«

Arlos Handflächen schwitzten. Er spürte ein seltsames Kribbeln. Ein Krampf? Als er nach unten sah, stellte er fest, dass das Seil nicht mehr um seine rechte Hand gewickelt war. Aber, und das war das Entscheidende, er hatte es immer noch fest im Griff.

Quälend langsam gelang es dem Trupp, das letzte Teil zu platzieren. Arlo öffnete seine Hand. Der Knoten hatte einen roten Abdruck hinterlassen.

Während sie auf das offizielle Ergebnis warteten, brachten Indra und Arlo die Seile zurück. »Warte mal, ist das deins?« Indra hielt sein kreisförmiges Seil hoch und zeigte ihm den einfachen Überhandknoten darin.

Arlo erinnerte sich nicht an den Knoten. »Ich nehme mal an. Warum?«

»Das ist ein Knauten.« Es klang seltsam bedeutungsvoll, wie sie es sagte, ohne dass Arlo aber gewusst hätte, warum.

»Ja. Das ist ein Knoten.«

»Nein! Kein Knoten! Ein Knauten.« Das machte die Sache nicht verständlicher. Schließlich buchstabierte sie das Wort. »K-N-A-U-T-E-N. Ein Knoten, den man nicht bindet, sondern irgendwie macht.«

»Ich verstehe kein Wort.«

Wu kam zu ihnen und nahm einen Schluck aus seiner Wasserflasche. Indra schnappte sich ihren Freund und reichte ihm einen zweiten Seilreifen.

»Dieses Seil ist ein Kreis, nicht wahr? Da sind keine losen Enden. Aber um einen Überhandknoten wie den hier zu machen, braucht man mindestens ein loses Ende.«

»Warte mal«, sagte Wu plötzlich ganz aufgeregt. »Hat er etwa einen Knauten gebunden?«

»Einen Schlingknauten, glaube ich.« Sie gab Wu das Seil. Er fasste es so vorsichtig an, als wäre es zerbrechlich.

Arlo begann zu verstehen. Ein paar Knoten, der Trompetenstich zum Beispiel, konnten in der Mitte eines Seils geknüpft werden. Aber bei den meisten Knoten musste man ein loses Ende durch oder um etwas wickeln. Mit einem kreisförmigen Seil war das nicht möglich.

»Wie hast du das gemacht?«, fragte Wu.

»Ich weiß nicht. Es war ein Versehen.«

»Knauten stehen nicht mal mehr im Flurbuch«, sagte Wu. »Man hat sie rausgenommen, weil sie zu gefährlich sind.«

Indra schüttelte den Kopf. »Man hat sie rausgenommen, weil niemand sie mehr knüpfen konnte. Man braucht es nicht mal mehr für den Bären.«

Wu sah Indra an. »Wir sollten ihn aufmachen.«

»Wenn jemand das tun sollte, dann er. Er hat ihn geknüpft.«

Wu gab Arlo das Seil. »Schau mal, ob du ihn aufmachen kannst. Langsam.«

Arlo steckte seine Finger vorsichtig in die Schlaufen des Knotens. Er spürte, dass eine Energie darin pulsierte. Als er aufsah, stellte er fest, dass Wu und Indra einen Schritt zurückgetreten waren.

»Er explodiert doch nicht, oder?«

»Nein«, sagte Indra mit dem leichten Anflug eines Fragezeichens in ihrer Stimme. »Aber nach allem, was ich gehört habe, sind Schlingknauten nicht sehr stabil, also …«

»Es passiert nichts«, sagte Wu. »Vielleicht machst du nur einfach nicht so schnell.«

»Aber auch nicht herumtrödeln. Er kann jeden Moment zusammenfallen.«

Arlo zog sanft an den Rändern des Knauten. Er sah Licht durch die Fasern schimmern. Sein Daumen rutschte in die Schlaufe …

… und verschwand. Es war sehr verwirrend.

Er konnte spüren, dass sein Daumen immer noch da war. Er konnte mit ihm wackeln, aber er konnte ihn nicht sehen. Er war unsichtbar.

Er zog seinen Daumen zurück und der Daumen tauchte unversehrt wieder auf.

»Habt ihr das gesehen?«, fragte er.

»Was gesehen?«, fragte Wu.

Plötzlich ging das Seil auf, der Knauten löste sich von selbst. Welcher Zauber ihn auch immer geformt hatte, er war vorbei.

»Leute!«, rief Connor. »Lasst uns gehen!« Er war mit ihrem ausgefüllten Laufzettel zum Schlitten zurückgekehrt. Widerwillig ließ Arlo das kreisförmige Seil fallen und eilte mit Wu und Indra zurück.

»Wir haben neun Punkte bekommen«, sagte Connor. »Der Leiter sagt, dass bislang nur ein Trupp eine Zehn bekommen hat.«

Jonas wurde munter. »Wir könnten Rot immer noch schlagen. Es gibt eine Chance.«

Als Arlo seine Handschuhe wieder anzog, rieb er den roten Fleck auf seiner Handfläche, den der Knauten hinterlassen hatte. Er kribbelte immer noch.

»Bist du okay?«, fragte Wu.

»Mir geht's gut«, sagte Arlo. »Kommt, wir schlagen die Roten.«

56 Grad

Als sie eine größere Straße erreichten, hielt Indra den Schlitten an, um die Karte mit ihrem Kompass abzugleichen. »Sechsundfünfzig Grad. Immer geradeaus. Die Ziellinie ist weniger als einen Kilometer entfernt.«

Jonas deutete auf die Spuren im Schnee. »Hier sind bisher nur zwei oder drei Schlitten durchgekommen. Wir werden einer der ersten sein. Dafür bekommen wir bestimmt Extrapunkte.«

»Lass uns erst ankommen und uns dann Gedanken über das Ergebnis machen«, sagte Connor.

Wu ließ das Seil fallen. »Bin gleich wieder da.« Er eilte zu den Bäumen hinüber.

»Wo gehst du hin?«, rief Indra.

»Ich muss pinkeln! Einen Kilometer schaffe ich nicht mehr. Geht schon vor!«

»Wir teilen den Trupp nie auf«, sagte Connor. »Beeil dich einfach.«

Wu verschwand hinter einem Baum.

Julie holte ihre Wasserflasche aus dem Schlitten. »Meint ihr, wir können den Roten Trupp wirklich schlagen?«, fragte sie. »Er lag vor uns.«

»Sie haben uns beim Lauf geschlagen, aber wir wissen nicht, wie ihr Schlitten abgeschnitten hat«, sagte Indra. »Das sind auch zehn Punkte. Vielleicht haben die Richter ihren Schlitten angeguckt und waren der Meinung, dass sie ihn nicht selbst gebaut haben, wohingegen Mr Henhao eindeutig Handarbeit ist.«

Indra war das einzige Kind, das Arlo je kennengelernt hatte, das »wohingegen« sagte. Sie klang wie eine Juristin oder eine Politikerin im Fernsehen. Er konnte sich vorstellen, wie sie auf einem Podium stand, halb sprach, halb schrie und mit ihren Händen gestikulierte, um ihren Worten noch mehr Nachdruck zu verleihen. Wenn sie sich für ein Amt bewerben sollte, würde Arlo sie wählen. Sie war stur und Ehrfurcht einflößend, aber auch von einer Entschlossenheit, die die meisten Menschen nicht aufbrachten.

Arlos Aufmerksamkeit schwand, als die anderen die mögliche Punktzahl ihrer Konkurrenten diskutierten. Er konnte dazu nichts beitragen. Seine Aufmerksamkeit wanderte zu den Wipfeln der sich wiegenden Kiefern, wo sich das Sonnenlicht in alle Farben des Regenbogens spaltete.

»Keiner rührt sich von der Stelle«, flüsterte Connor.

Arlo rührte sich. Er drehte sich um und sah in die Richtung, in die Connor blickte.

Ein riesiger Bär brach vor ihnen auf die Straße. Sein mächtiger Körper wabbelte und waberte bei jedem Schritt. Er wandte ihnen den Kopf zu und sah sie an. Seine Ohren waren neugierig nach vorn gerichtet, aber er blieb dicht am Boden.

Arlo erstarrte. Sein Herz klopfte.

Im Flurbuch gab es mehrere Seiten über Bärenarten. Aber auf einmal konnte sich Arlo an keine einzige von ihnen erinnern. Das Fell dieses Bären war dunkel, aber war es ein Braunbär? Ein Schwarzbär? Ein Grizzly? Er war sich sicher, dass es kein Eisbär war. Es sei denn, es war ein sehr dreckiger Eisbär …

»Es ist ein Grizzly«, flüsterte Connor. »Wir müssen langsam zurückweichen. Keiner rennt.«

»Donnerschläge!«, flüsterte Jonas. »Wir verschrecken ihn.«

»Nein! Das würde ihn wütend machen«, zischte Indra. »Lasst ihn einfach gehen.«

Der Bär drehte sich zu ihnen um und setzte sich auf sein Hinterteil. Er schien kein Interesse daran zu haben weiterzuziehen.

Connor übernahm das Kommando. »Seht ihm nicht in die Augen. Jeder hält das Seil fest. Wir ziehen den Schlitten in die andere Richtung. Wenn wir außer Sichtweite sind, überlegen wir, was wir machen.«

Alle nickten und gingen langsam in die Knie, um das Schlepptau aufzuheben. Gemeinsam drehten sie den Schlitten mit aller Vorsicht um. Der Bär wirkte interessiert, aber unbeteiligt. Dann …

»Leute!«, rief Wu und zog den Reißverschluss seiner Hose hoch. »Zur Ziellinie geht's da lang!«

Er zeigte direkt auf den Bären. Als er den panischen Blick seiner Freunde bemerkte, folgte Wu seinem Finger und sah, wie sich der riesige Bär auf die Hinterbeine stellte. Er brüllte.

»Lauft!«, schrie Jonas.

Arlo war sich ziemlich sicher, dass das im Widerspruch zu

den Anweisungen im Flurbuch stand. Dort hieß es, dass man im Angesicht eines aggressiven Grizzlys nicht von der Stelle weichen dürfe. Aber seine Füße überlegten nicht. Das Seil um seinen angewinkelten Ellenbogen gewickelt, rannte er, so schnell er konnte.

Wu holte den Schlitten ein und packte ihn, um zu lenken.

Vor ihnen lag eine Kreuzung. »Links oder rechts?«, rief Arlo. Die eine Hälfte des Trupps sagte links, die andere rechts. Nicht sehr hilfreich.

Unterdessen stürmte der Bär heran. Es war unmöglich, ihm zu entkommen.

Plötzlich stand mitten auf der Straße eine Frau. Sie trug eine Betreueruniform, sah aber viel zu jung aus, um die Mutter eines Rangers zu sein. Sie hatte beide Arme ausgestreckt und war offensichtlich konzentriert.

Als sie ihre Arme zum Himmel hob, wirbelte der Schnee an beiden Seiten der Straße plötzlich zu einem Blizzard auf. Heulende Winde hüllten alles ringsum in Weiß, von einer winzigen Stelle rund um den Schlitten abgesehen. Hier war es ganz ruhig. Sie steckten im Auge des Sturms.

Wu stieß eine Reihe von Flüchen aus, ein Ausdruck seiner Überraschung. Was für eine besondere Betreuerfähigkeit das auch war, sie wollten sie alle sofort erlernen.

Irgendwo in dem wirbelnden Schnee brüllte der Bär.

Die Frau forderte sie auf, ihr zu folgen. Schnell.

»Los!«, schrie Connor.

Die Frau führte den Trupp von der Straße, schlängelte sich zwischen den Bäumen hindurch. Sie war bemerkenswert schnell und lief eher wie ein Reh als ein Mensch. Arlo hatte große Schwierigkeiten, sie nicht aus den Augen zu verlieren.

Jedes Mal stand sie bereits an der nächsten Abbiegung und zeigte ihnen, welchen Weg sie nehmen sollten.

Arlo sah zurück. Weder der Blizzard noch der Bär waren noch zu sehen. Die Frau führte sie weit aus seinem Revier. Sie ging auf Nummer sicher.

Dieser Teil des Walds war anders als der Rest. Er schien größer zu sein. Älter. Sie wanden sich zwischen riesigen mit Flechten bedeckten Findlingen hindurch und überquerten zugefrorene Bäche. Selbst der Gesang der Vögel klang hier anders.

Ein paar Minuten später verlor Arlo die Frau ganz aus den Augen. Dabei war er sich sicher, dass sie auf die Lichtung zugehalten hatte, die da vor ihnen in der Sonne lag.

Der Schlitten wurde langsamer, blieb dann stehen. Arlo sah nach unten und erkannte den Grund. Da war kein Schnee mehr unter seinen Schuhen, nur nasse Erde und Fichtennadeln.

Einer nach dem anderen stellten sie sich jetzt vor dem Schlitten auf und sahen sich verwundert um. Wu zog seine Mütze und die Handschuhe aus. Er brauchte sie nicht mehr.

Sie standen am Eingang eines flachen Flusstals. Die mit Schnee bedeckten Berge in der Ferne waren größer als alles, was Arlo bisher gesehen hatte. Sich jemals vorgestellt hatte. Sie füllten den halben Himmel aus. Der Wind blies Eisbrocken von den zerklüfteten Gipfeln.

Aber im Tal war es warm.

In der Mitte der Lichtung stand eine mächtige, lodernde Fichte. Sie schickte eine Fahne aus grauem Rauch in den Himmel, die sich dort langsam im Purpur auflöste. Ascheflocken trieben im Wind.

Durch die Flammen konnte Arlo das Skelett des Baumes sehen, seine glühenden Äste bebten in der Hitze des Feuers. Er hörte die Flammen knistern und zischen.

Aber so schnell der Baum niederbrannte, so schnell wuchs er auch wieder. Neue Zweige trieben aus dem Stamm und entzündeten sich schließlich, während andere Äste aus orangeweißer Asche in sich zusammenfielen.

Es war ein perfektes *Equilibrium.* Ein immerwährendes Feuer.

Von dem brennenden Baum ging solch eine Hitze aus, dass der Schnee im Tal geschmolzen war.

Wu drehte sich zum Trupp um. »Leute. Wo sind wir?«

DAS TAL DES FEUERS

Indra hielt den Kompass in der ausgestreckten Hand. Der Trupp drängte sich um sie, um zuzusehen, wie sich die Nadel langsam im Uhrzeigersinn drehte. Norden war überall und nirgends.

Sie waren in den Long Woods.

»Es war diese Frau, die Betreuerin«, sagte Wu. »Sie hat uns mit Absicht hierhergeführt.«

Indra klappte den Kompass zu. »Sie hat kein Wort gesagt. Ist euch das aufgefallen?«

»Sie wollte den Bären nicht aufschrecken«, sagte Julie. Von den sechs Truppmitgliedern wirkte sie am wenigsten besorgt, so, als hätte sie noch gar nicht begriffen, wie schlecht es um sie stand.

Connor öffnete den Reißverschluss seiner Jacke. »Ich bin mir nicht mal sicher, ob da überhaupt ein Bär war. Es kann auch alles Einbildung gewesen sein.«

»Glaubst du, sie ist eine Hexe?«, fragte Indra.

»Oder so was in der Art.«

»Moment mal, gibt es Hexen?«, fragte nun Julie.

»Ja, aber keine Vampire«, sagte Arlo. »Was mir komisch vorkommt.«

Jonas legte seine Jacke auf den wachsenden Stapel auf dem Schlitten. »Sagen wir mal, sie ist eine Hexe – oder so was Ähnliches wie eine Hexe. Warum sollte sie uns hierherführen? Um uns aufzufressen?«

Connor, Wu und Indra sahen Arlo an. Sie wollten es nicht sagen, also tat er es: »Sie wollte mich.«

»Warum?«, fragte Julie. »Was ist so besonders an dir?«

Es war keine Zeit, von den Wischen zu erzählen und von Connors Cousine und dem Nachtmahr, also machte Indra es kurz: »Wir sind uns nicht sicher. Aber ein paar Kreaturen haben versucht, Arlo umzubringen.«

»Und die Hexe ist wahrscheinlich diejenige, die sie geschickt hat«, fügte Wu hinzu.

Seit Wochen hatte Arlo ein schlechtes Gewissen, weil er Connor, Indra und Wu mit in die Sache hineingezogen hatte. Sie waren treue Freunde, die sich nie beschwerten, aber das war eindeutig nicht ihr Kampf. Er nahm an, dass bereits seine Nähe Gefahr bedeutete.

Und jetzt hatte er ein noch schlechteres Gewissen, weil er Julie und Jonas über Monate im Dunkeln gelassen hatte. Sie waren Teil des Trupps, aber nicht Teil des inneren Zirkels. Er kam sich wenig loyal und verlogen vor. Die Zwillinge hatten sich aus Gründen, die sie unmöglich verstehen konnten, in die Long Woods verirrt.

Jonas deutete in den Wald.

»Schaut doch, wir können einfach unsere Schritte zurückverfolgen. Vor fünf Minuten waren wir in unserer Welt. Wir können einfach zurückgehen.«

»Können wir nicht«, widersprach Connor. »In den Long Woods stimmen die Himmelsrichtungen nicht.«

»Wir brauchen den Kompass gar nicht«, sagte Julie. »Der Schlitten hat eine Spur hinterlassen. Wir folgen ihr einfach, bis wir wieder zurück sind.«

Arlo schüttelte den Kopf. »Das klappt nicht. Die Spuren werden verschwinden oder uns im Kreis führen.«

»Das ist unmöglich.«

»Ja, aber das ist der brennende Baum auch«, sagte Indra. »Genau wie diese Berge. Wir sind an einem unmöglichen Ort. Alles hier läuft anders als in unserer Welt.«

Jonas begann, den Weg zurückzugehen, den sie gekommen waren. »Wir können es wenigstens versuchen. Im Ernst, was haben wir zu verlieren?«

»In dem Moment, wo du außer Sichtweite bist, werden wir dich nie wiedersehen«, sagte Connor. »Glaub mir. Ich war schon einmal hier.«

Indras Augen wurden zu Schlitzen. »Warte mal, hier? Wie hier? Hier in diesem Tal, an dieser Fichte?«

»Ich glaube. Vielleicht.« Connor trat einen Schritt vor und musterte die Wiese, die vor ihnen lag. »Es sieht vertraut aus, so, wie ein Traum vertraut wirkt. Und es sind nicht nur der Baum und die Berge. Da drüben, die Moräne …« Connor deutete auf einen Abhang voller mächtiger Felsbrocken. Er sah wie eine Felswand aus, die von einer riesigen Faust zertrümmert worden war. »Ich habe das Gefühl, dass ich da schon mal gewesen bin. Wir haben uns da eine Weile versteckt.«

»Wer? Du und Katie?«, frage Indra. Connor nickte. »An was erinnerst du dich noch?«

»Da war ein Haus. Ich erinnere mich, dass ich an die Tür geklopft habe. Sie schwang auf, als hätte sie kein Schloss.«

»Was war in dem Haus?«

Connor versuchte, sich zu erinnern, hatte aber keinen Erfolg. »Danach wird alles schwarz. Das Nächste, was ich weiß, ist, dass ich Wochen später in Kanada war. Katie war fort. Sie wollten mich nicht. Sie wollten nur sie.«

»So, wie sie jetzt nur Arlo wollen?«, fragte Julie. Langsam begann sie zu verstehen. »Wenn sie hinter ihm her sind, dann lassen sie uns vielleicht auch gehen.« Sie wich Arlos Blick bewusst aus, als sie das sagte.

Indra war beleidigt. »Das meinst du jetzt nicht ernst. Wir geben Arlo nicht auf. Er ist unser Freund und Teammitglied.«

»So wie wir«, sagte Jonas. »Und trotzdem habt ihr uns nicht gesagt, was los ist. Wir sind wegen euch hier. Und wegen ihm.«

»Wir lassen Arlo nicht hängen«, sagte Connor. »Wir finden einen Weg, wie wir gemeinsam hier rauskommen, als Trupp. Keine Diskussionen, keine Zweifel. Verstanden?«

Jonas und Julie nickten widerwillig.

Wu hatte sich aus dem Streit rausgehalten. Jetzt zeigte er blinzelnd in die Ferne. »Leute? Da drüben ist was.« Er kramte das Fernglas aus dem Schlitten, sah hindurch und stellte es dabei ein. »Sieht aus wie eine kleine Steinhütte.«

Er reichte Connor das Glas und alle warteten auf dessen Einschätzung. Connor nickte langsam. »Ja. Sieht aus wie das Haus, an das ich mich erinnere.«

Das Fernglas ging von Hand zu Hand. Als Arlo schließlich an der Reihe war, schien ihm sowohl *Haus* als auch *Hütte* nicht der angemessene Begriff. Das Gebäude war ein runder Steinhaufen, der mit Lehm zusammengehalten wurde. Das Dach bestand aus durchgebogenen Holzlatten und Tierhäuten. Eine zerbrochene Tür hing schief im Rahmen.

Das war bestenfalls ein Schuppen.

»Wir müssen uns das ansehen«, sagte Wu.

Indra verzog spöttisch das Gesicht. »Du machst Witze, oder? Das ist offensichtlich eine Falle. Es könnte auch gleich aus Lebkuchen sein. Diese Hexe oder Halbhexe wartet doch nur darauf, dass wir reingehen, damit sie uns fangen kann so wie Connor und Katie, als sie klein waren.«

»Sie hat recht«, sagte Arlo. »Wir sollten nicht hingehen.« Indra war froh, dass wenigstens einer noch genug gesunden Menschenverstand hatte. Aber dann fuhr Arlo fort. »Ich sollte alleine hingehen.«

Connor verwarf die Idee. »Erste Entdeckerregel: Nie die Gruppe aufteilen.«

»Es sei denn, man schickt einen Kundschafter vor. So steht's unter Fährtenlesen.« Arlo hatte im Flurbuch weitergelesen. »Ich bin der Kundschafter. Ihr bleibt hier und zieht einen Bannkreis um den Schlitten. Ich weiß nicht, ob er euch wirklich schützt, aber schaden kann es nicht.« Er zog seine Jacke aus und warf sie über die der anderen, die bereits auf dem Schlitten lagen.

Indra versuchte zu argumentieren. »Arlo, du bist derjenige, den sie will. Wenn du reingehst, schnappt sie dich. Und dann? Das hilft uns auch nicht weiter.«

Jonas stimmte ihr zu. »Wir brauchen dich als Druckmittel.«

»Das habe ich überhaupt nicht gesagt«, fuhr Indra ihn an.

Wu fixierte seinen Freund mit den Augen. »Arlo, du kannst da nicht reingehen. Wenn sie dich sieht, bist du tot oder noch Schlimmeres.«

»Sie wird mich nicht sehen.«

Arlo löste das Seil vom Schlitten. Er war sich nicht sicher, ob es funktionieren würde, aber irgendetwas sagte ihm, dass es machbar war. Von dem Moment an, in dem sie das Tal erreicht hatten, hatte er etwas gespürt. Ein Prickeln auf der Haut. Ein Ziehen in den Knochen. Zuerst hatte er gedacht, es wäre die Angst, doch nachdem die anfängliche Panik gewichen war, wurde das Gefühl nur noch stärker. Die Long Woods vibrierten. Jeder Baum, jedes Blatt, jeder Felsen summte.

Er hielt das Seil in den Händen und fing an, es in Schlaufen zu legen. Indra verstand als Erste, was er vorhatte. Sie bedeutete den anderen, ihm Platz zu machen.

Im Gegensatz zum Palstek oder zwei Halben Schlägen schien es für das Knüpfen eines Knauten keine sichere Methode zu geben. Es war eher wie eine Kunst. Man arbeitete einfach, bis man eine Veränderung wahrnahm.

Das Seil wurde langsam geschmeidiger und er konnte die einzelnen Schlaufen nicht mehr deutlich unterscheiden. Aber seine Finger blieben immer an derselben Stelle. Sie wogten vor uns zurück, drückten und zogen.

Arlo schloss die Augen, spürte, wie Leben die Fasern erfüllte. Sie begannen, sich zu bewegen – aber sie standen immer noch unter seinem Befehl. Das Seil wurde immer wärmer. Er roch wie angesengt. Arlo machte langsamer. Er nahm sich Zeit. Noch ein paar Wendungen, dann glitten die letzten Schlaufen an ihren Platz.

Er öffnete die Augen. Er breitete die Hände aus. Da, in der Mitte des Seils, war ein einfacher Überhandknoten. Bei näherem Hinschauen sah er winzige Lichter in den Fasern funkeln.

Er hatte einen Laufknauten geknüpft. Diesmal mit Absicht.

Indra war fasziniert. »Wie hast du das gemacht?«

»Ich weiß nicht. Es ist, als würde sich das Seil durch sich selbst fädeln.«

»Es muss extradimensional sein«, sagte Wu. »Denkt doch mal nach. In einer dreidimensionalen Welt kann man so einen Knoten nicht knüpfen, nicht ohne ein loses Ende. Aber in der vierten Dimension wäre es einfach.« Er merkte, dass er übertrieben hatte, und fügte hinzu: »Na ja, nicht einfach, aber möglich.«

Indra stimmte ihm zu. »Vielleicht kann man Knauten deshalb nur in den Long Woods oder in ihrer Nähe knüpfen.«

»Es ist wie mit Schnipslichtern und Donnerschlägen«, sagte Connor. »Man muss dafür den Raum krümmen.«

»Schnipslichter und Donnerschläge sind nützlich«, sagte Julie. Sie deutete auf Arlos Seil. »Aber wie soll uns das da weiterhelfen?«

Arlo bohrte den Finger in den Knauten und zog ihn vorsichtig auf. Wie schon zuvor verschwanden seine Daumen. Im Inneren des Knauten schimmerte es seifenblasenartig. Arlo zog so lange am Seil, bis der Knauten den Durchmesser eines Fahrradreifens hatte. Die ganze Zeit spürte er, wie der Knauten versuchte, sich wieder zusammenzuziehen. Aber Arlo packte das Seil und trat mit dem rechten Fuß in die Öffnung. Sein Bein verschwand bis zum Oberschenkel, dennoch stand er immer noch vor den anderen.

»Wow«, sagte Jonas und sprach für die ganze Gruppe.

Arlo trat mit dem linken Fuß in den Knauten. Auch der verschwand, sodass jetzt nur noch die obere Hälfte seines Körpers zu sehen war. »Ich weiß nicht, wie lange das anhält. Fangt am besten schon mal mit dem Bannkreis an.«

»Und was machen wir, wenn sie auftaucht?«, fragte Wu.

Arlo sah Connor an. »Mach einen Donnerschlag. Dann renne ich zurück.«

»Warte«, sagte Indra. »Ich geh mit dir.«

Wu warf ihr einen Blick zu. »Du hast gesagt, es ist eine Falle!«

»Weshalb wir ihn auch nicht alleine gehen lassen können. Er bringt sich um.« Sie stützte die Hände auf Arlos Schultern, bereit, in das Rund des Knauten zu steigen. »Abgesehen davon – sollte etwas Wichtiges in der Hütte sein, erkenne ich wahrscheinlich besser, was es ist.«

In diesem Punkt musste Arlo ihr zustimmen.

Er hielt das Seil fest, während Indra hineinstieg. Es war eng, aber sie passten beide hinein. Dann zog er mit einem Ruck die Schlaufe über ihre Köpfe. Als das Seil zu Boden fiel, zog sich der Knauten plötzlich zusammen. Die Fasern bebten, pulsierten vor Energie.

Arlo und Indra waren verschwunden.

DER SCHUPPEN

Sie waren da und waren doch nicht da.

Rechts von ihnen sammelten Wu und Julie rote Steine. Hinten beim Schlitten sortierten und stapelten Connor und Jonas die Steine, um die Bannkreise zu bauen. Arlo und Indra konnten sehen, wie ihre Lippen sich bewegten, aber nicht hören, was sie sagten.

»Warum hören wir sie nicht?«, fragte Indra.

Arlo fiel das überfüllte Schwimmbecken in Philadelphia ein und wie laut es an der Wasseroberfläche gewesen war und wie leise darunter. »Ich glaube, es ist, als wären wir unter Wasser.«

Indra nickte – so fühlte es sich an. Selbst die Luft schien dicker und krümmte das Licht so, dass es schimmerte. Ihre Hände funkelten, als hätten sie sie in Glitzer getaucht. Sie deutete auf das Seil, der Knauten leuchtete hell. »Sollen wir es mitnehmen? Falls wir es noch mal brauchen?«

Arlo griff nach unten, um es aufzuheben. Seine Finger fuhren einfach durch das Seil. Verwirrt tastete er nach dem Schlitten. Seine Hand glitt durch den Rahmen.

Der Zauber des Laufknauten hatte sie nicht nur unsichtbar, sondern auch körperlos gemacht. Weder konnten sie etwas berühren noch berührt werden – und dennoch stürzten sie nicht durch den Boden zum Mittelpunkt der Erde, was ein echter Pluspunkt war.

Arlo dachte an Cooper, der zwischen den Welten hing, und geräuschlos Dinge anbellte, die nicht da waren. Vielleicht war der Tod wie ein Laufknauten, der niemals aufging.

Der Gedanke ließ ihn schaudern. Er und Indra waren durch ein Loch ins Land der Toten gestiegen. Mit einem Mal schien ihm das gar keine so gute Idee mehr zu sein.

Wenigstens war er nicht alleine.

»Wir sollten gehen«, sagte Indra. »Wer weiß, wie viel Zeit wir haben.« Arlo stimmte ihr zu. Er hoffte, dass der Effekt länger als ein paar Minuten anhalten würde, aber wesentlich kürzer als für immer.

Gehen war ganz normal möglich, nur dass ihre Schritte vollkommen geräuschlos waren. Als sie die Fichte erreicht hatten, konnten Arlo und Indra die einzelnen Nadeln brennen sehen. Erst glühten sie rot, dann krümmten sie sich, bevor sie schließlich zu weißer Asche zerfielen.

Indra versuchte, die Asche aufzufangen, aber sie regnete einfach durch ihre Hand.

Der Schuppen lag direkt vor ihnen. Er stand inmitten eines Flussbettes, in dem sich ein kleiner Strom aus geschmolzenem Schnee über die Felsbrocken ergoss. Libellen sausten von Pfütze zu Pfütze. Tierknochen und Kadaver lagen auf den glatten Steinen verstreut wie nach einer Mahlzeit zur Seite geschleuderte Reste.

Indra zeigte auf die Tür. Sie bewegte sich leicht, so, als wäre sie gerade eben erst geöffnet worden. Es sei denn, es war der Wind gewesen.

Sie näherten sich vorsichtig. Der Spalt zwischen Tür und Rahmen war breit genug, dass Arlo hineinspähen konnte. Indra drückte sich an seine Schulter, bemüht, auch etwas zu sehen.

Der Schuppen bestand aus einem einzigen Raum, der auf nackter Erde errichtet war. Kein Fenster, keine richtigen Möbel, nur eine schmutzige Matratze, aus der das Stroh ragte. Über der Asche eines Feuers hing ein schwerer Kessel. Vom Türspalt abgesehen, stammte das einzige Licht von einem Riss in der Decke. *Definitiv keine Hütte,* dachte Arlo.

Plötzlich huschte eine Gestalt vorbei. Indra schnappte nach Luft und drängte sich an die Schuppenwand. Arlo fiel auf den Hintern.

Die Frau hatte an der einzigen Stelle im Schuppen gestanden, die sie nicht einsehen konnten. Langsam drehte sie sich zu Arlo um. Einen Moment lang war er sich sicher, dass sie ihn sah. Aber ihr Blick traf ihn nicht. Der Zauber des Laufknauten schien zu wirken.

Er setzte sich vorsichtig auf, beugte sich dicht an die Tür.

Die Frau war nicht länger wie eine Betreuerin angezogen. Stattdessen trug sie ein schmutziges blaues Sommerkleid mit zerrissenem Saum. Trotz des Zustands ihrer Kleidung war sie unbestreitbar schön: groß und stark wie die Frauen auf Modezeitschriften. Sie schien von innen zu leuchten. Arlo hätte ihr stundenlang zusehen können, ohne auch nur einmal den Blick abzuwenden.

Sie sprach – aber mit wem? Er war sich ziemlich sicher, dass sich sonst niemand im Schuppen befand. Wegen des Zaubers konnte er nicht hören, was sie sagte. Und es war ja auch nicht so, dass er sie zwangsläufig verstanden hätte.

Indra flüsterte, obwohl das wahrscheinlich nicht nötig war. »Das Ding in ihrer Hand. Das ist eine Sprechmuschel. Ich habe davon gelesen.« Die Frau hielt eine spiralförmige Muschel an ihr Ohr, als würde sie dem Meeresrauschen lauschen. »Es gibt sie im Doppelpack. Alles, was man in die eine spricht, flüstert aus der anderen heraus – wie ein Dosentelefon, nur ohne Schnur.«

Arlo erinnerte sich, einmal so ein Ding gemacht zu haben, aber aus zwei Plastikbechern und Zahnseide. »Sie spricht mit jemandem. Vielleicht erzählt sie, dass wir hier sind.«

»Oder sie erhält Anweisungen, was sie als Nächstes tun soll.« Wie auf Kommando hielt die Frau die Muschel wieder an ihr Ohr.

»Was glaubst du, ist sie?«, fragte Arlo.

»Wenn ich raten müsste, würde ich sagen, sie ist eine Drude. So was wie eine Waldhexe. Das ist definitiv nicht ihre wahre Gestalt.«

»Woher weißt du das?«

»Schau auf ihre Füße. Sie ist barfuß, aber ihre Füße sind total sauber. Ich glaube, es ist eine Illusion.«

Plötzlich war die Frau – die Drude – fertig mit ihrem Telefonat. Sie verstaute die Muschel in einer Nische in der Wand und ging dann zur Tür. Arlo und Indra wichen zurück, damit sie nicht geradewegs durch sie hindurchging.

»Wir müssen ihr folgen«, sagte Arlo.

»Warte. Sie geht nicht in Richtung des Schlittens.« Indra hatte recht. Die Drude hockte über einer Pfütze. Sie sahen, wie sie ein Netz aus dem Wasser zog. Es war viel größer, als sie es für möglich gehalten hätten. Die Drude suchte Flusskrebse und Seeigel aus dem Netz und zerschlug sie auf den Steinen.

Arlos Augen wurden zu Schlitzen. »Ich glaube, sie hat Hunger.«

»Gut. Wir haben ein paar Minuten.« Bevor er etwas einwenden konnte, betrat Indra den Schuppen. Arlo beschloss, ihr zu folgen. Wenn der Zauber verflog, wären sie so von draußen wenigstens nicht zu sehen.

Die Stelle im Schuppen, die sie nicht hatten einsehen können, war die interessanteste. Auf einem einfachen Regal fanden sich verschiedene Kräuter und Zutaten. Einige der Gläser stammten eindeutig aus der normalen Welt, sie hatten verblasste Supermarktetiketten, auf denen *Thymian* oder *Rosmarin* stand. Aber darin befanden sich schwirrende Käfer, Spinnen oder Sand. Indra, die vergessen hatte, dass ihre Finger nichts greifen konnten, versuchte, eins der Gläser vom Regal zu nehmen.

Von einem Seil an der Schuppendecke baumelte ein Käfig. Er war nicht aus Draht, sondern aus dünnen Zweigen, erinnerte aber im Großen und Ganzen an das Heim eines Papageis oder Nymphensittichs. Abgesehen von den unteren Zentimetern war er mit einem dreckigen Stück Stoff umwickelt.

Arlo beugte sich vor, um hineinzusehen. Der Boden des Käfigs war mit zersplitterten Knochen bedeckt. Sie waren nicht nur aus dem Fleisch gerissen worden. Sie waren auseinandergebrochen worden, um das Mark herauszusaugen.

Plötzlich wackelte der Käfig. Er schwang hin und her und drehte sich. Arlo wich zurück, als der Stoff vom Käfig glitt. Plötzlich war der Schuppen hell erleuchtet.

Im Käfig schwebten zwei Wische. Sie rammten die hölzernen Stäbe und versuchten vergeblich, Arlo zu erreichen.

Die alte Panik stieg wieder in ihm auf, das Herz schlug ihm bis zum Hals. »Sie können uns sehen! Wir sind nicht unsichtbar.«

Indra näherte sich vorsichtig dem Käfig. Sie fuhr mit der Hand an ihm entlang. Die Wische achteten nicht auf sie. »Ich glaube nicht, dass sie uns wirklich sehen können. Aber sie können spüren, dass du hier bist. Es ist, als hätte sie jemand darauf abgerichtet, dich zu finden.«

Arlo spähte aus der Tür. Die Drude hockte immer noch über der Pfütze und pflückte etwas aus ihrem Netz. Trotz ihrer Raserei machten die Wische offensichtlich nicht genug Lärm, um ihre Aufmerksamkeit zu erregen. »Sie war es, die sie geschickt hat. In dieser Nacht im Wald, sie haben gezielt nach mir gesucht.«

»Ich denke ja.« Indra sah sich um. »Wir müssen weitersuchen. Es könnte …« Plötzlich stutzte sie und wurde unruhig.

Sie spürten es beide. Etwas geschah.

Waren sie eben noch unter Wasser gewesen, dann erinnerte sie, was jetzt geschah, an Auftauchen. Mit einem vernehmlichen Rauschen brach der Zauber plötzlich ab. Sie hatten das Gefühl, zurück in die gewöhnliche Welt gestoßen zu werden – oder doch zumindest in die außergewöhnliche Welt der Long Woods.

Ihre Haut schimmerte nicht mehr. Sie waren wieder sichtbar.

Etwas benommen ging Arlo zur Tür, um nach der Drude zu sehen. »Sie ist immer noch da.«

»Lass uns weitersuchen. Vielleicht finden wir was Brauchbares.« Im Licht der Wische konnten sie erkennen, dass die Wände voller Nischen waren. Darin fanden sich dünne Halsketten, lange Nadeln, Vogelschädel und Murmeln.

Hoch oben an der Wand, wo er nicht richtig hinsehen konnte, berührten Arlos Finger etwas Weiches. Stoff. Er zog ihn herab. Er war gelb wie der Senf aus dem Supermarkt. Noch bevor er ihn auseinanderfaltete, wusste er, was es war.

Das Halstuch seines Onkels. Er erkannte die getrockneten Blutspuren.

Indra nahm ihm das Tuch ab. Verwirrt betrachtete sie den Schriftzug. »Das ist von der Pine-Mountain-Kompanie.«

»Es hat meinem Onkel gehört. Er hat es mir geliehen. Ich hatte es beim ersten Treffen dabei, aber danach konnte ich es nicht mehr finden.«

Es ist nicht verloren gegangen, dachte Arlo. *Es wurde gestohlen.*

»Aber das ist unmöglich«, sagte Indra. »Wir hatten nie einen Gelben Trupp.«

Arlo konnte es nicht erklären. »Er hat gesagt, es sei seins.«

Auf Verdacht hielt Indra das Halstuch an den Käfig. Die Wische drehten gleich durch, versuchten verzweifelt daranzukommen.

»Sie sind wie Bluthunde«, sagte sie. »Sie sind auf den Geruch abgerichtet oder auf etwas Vergleichbares. So haben sie dich aufgespürt, sogar als sie dich nicht sehen konnten.«

Sie gab ihm das Halstuch zurück. Er stopfte es in die Tasche an seinem Oberschenkel, als …

BUMM! Ein Donnerschlag.

Arlo sah hinaus. Die Drude war nicht mehr da.

TOOBLE

Der Wind hatte sich gedreht.

Der Rauch des lodernden Baums trieb jetzt über den Grund des Tals. Arlo blinzelte, seine Augen brannten. Er konnte die Drude nicht mehr sehen. Er konnte seine Freunde beim …

BUMM! Noch ein Donnerschlag.

Sie steckten in Schwierigkeiten.

Arlo und Indra rannten los. Der Rauch wurde dichter, kratzte in ihren Kehlen, brannte in ihren Lungen.

Indra nahm ihr Halstuch ab und tauchte es in eine der dreckigen Pfützen. Sie hielt es sich an den Mund und atmete hindurch. Sie reckte den Daumen – es half. Arlo machte es ihr nach und tauchte sein eigenes Halstuch in den Dreck. Der nasse Stoff roch nach abgestandenem Wasser und Sportsocken. Aber es funktionierte. Er konnte wieder atmen.

Sie kämpften sich durch den dichten Rauch. Der brennende Baum war nicht mehr als ein orangeroter Fleck im Dunst. Aber sie kamen voran. Der Waldrand – und der Trupp – mussten direkt vor ihnen liegen.

Plötzlich drehte sich der Wind wieder und hob den Rauch wie ein Bettlaken an. Völlig überrascht, auf einmal wieder sichtbar zu sein, ließen sich Arlo und Indra auf den Boden fallen und suchten hinter einem flachen Felsen Deckung.

Die Drude war nur ein paar Meter vor ihnen. Sie wandte ihnen den Rücken zu. Das Fischernetz hatte sie sich wie eine Schärpe um die Hüfte gebunden. Der Trupp kauerte hinter dem Schlitten. Connor schirmte Julie und Jonas ab. »Seht ihr nicht in die Augen!«, warnte er. Wu hatte den Blick nach unten gerichtet, hielt aber gleichzeitig den Chilitopf wie eine Waffe vor sich.

Indra deutete auf die Steinhaufen. »Die Bannkreise funktionieren«, flüsterte sie. »Sie kann nicht näher kommen.«

Tatsächlich sah es aus, als würde ein unsichtbarer Wall der Drude den Weg versperren. Sie begann, den Schlitten zu umkreisen, tastete mit der Hand nach Rissen im Wall. Der Trupp am Schlitten hielt Abstand und wich vor ihr zurück, immer darauf bedacht, den Bannkreis nicht zu übertreten.

Obwohl die Drude in Menschengestalt auftrat, besaßen ihre Bewegungen etwas Übernatürliches. Jeder Schritt war zu groß, jede Geste zu ausladend. Sie schien noch zu lernen, wie sie ihren Körper gebrauchen konnte.

Wu entdeckte Arlo und Indra. Sie pressten die Finger an die Lippen: *Leise!* Er nickte.

Die Drude hatte den Bannkreis einmal umrundet und immer noch keinen Weg gefunden, ihn zu überwinden.

»Sie sind in Sicherheit«, flüsterte Arlo.

»Bannkreise halten nicht ewig. Wir müssen die Drude irgendwie aufhalten.«

Plötzlich hatte Arlo eine Idee. Er griff in die Tasche an seinem Hosenbein und tastete nach dem Glas. Dann zog er ihn raus: seinen Salzstreuer.

»Wofür ist das?«

»Vielleicht kann ich sie wie den Nachtmahr vertreiben.«

»Das wird nicht funktionieren. Sie wurde nicht hergeschickt. Das hier ist ihr Zuhause.«

Indra zog an ihrem Ohr. Das tat sie immer, wenn sie nachdachte, Arlo wusste das, also hielt er den Mund. Die Idee mit dem Salz hatte er trotzdem noch nicht ganz aufgegeben. Seit Wochen trug er es mit sich herum, für genau so einen Notfall wie diesen. Vielleicht konnte er die Drude wenigstens ablenken. *Niemand mag es, wenn man Salz auf ihn wirft. Nicht mal Druden,* schätzte er.

Indra fing an, ihre Taschen zu leeren. Arlo hatte gar nicht gemerkt, dass sie alles, was sie in der Hütte gefunden hatten, eingesteckt hatte. Sie hielt ein schmutziges Glas mit einem löchrigen, rostigen Deckel hoch. »Das könnte funktionieren.« Im Glas schwirrten drei schillernde Käfer. »Feenkäfer.«

Arlo nahm das Glas in die Hand und bewunderte die seltsamen Insekten. Jetzt verstand er, warum Wu, als sie sich kennengelernt hatten, einen hatte fangen wollen. Sie changierten in immer anderen Farben.

Die Drude hatte sich vor den Schlitten gekniet. Sie presste ihre Finger in die Erde. Aber jetzt waren es keine Finger mehr. Es waren Klauen. Die Drude nahm ihre ursprüngliche Gestalt an: ledrige blaue Haut, mit Narben übersät. Ein Gewirr von schwarzen Haaren. Zwei knochenweiße Hörner ragten auf ihrer Stirn.

Um die Hände der Drude tat sich ein Strudel aus Erde auf.

Dann begann der Boden zu beben. Arlo hatte noch nie ein richtiges Erdbeben erlebt, war sich aber sicher, dass das hier eines war.

Die aufgestapelten Steine des Bannkreises gerieten klappernd in Bewegung. Connor begriff plötzlich, was die Drude plante. »Sie dürfen nicht fallen!«

Connor, Wu und Julie versuchten wie wild, die Steinhaufen zu stabilisieren. Aber das Beben war einfach zu stark. Die Steine wankten, stürzten. Der Bannkreis brach ein.

»Lauft!«, schrie Connor. »Lauft zu den Felsen! Versteckt euch!« Er schob sie an.

Langsam erhob sich die Drude. Sie reckte den Hals und Stück für Stück kehrte ihre menschliche Gestalt zurück. Zuerst ihre Hände, dann ihre Beine, schließlich das Gesicht. Sie lächelte finster. Sie genoss es.

Mit einer geschmeidigen Bewegung zog sich die Drude das Netz von der Hüfte und schleuderte es auf den vorbeilaufenden Jonas. Er stolperte und stürzte schwer. Die magischen Fasern des Netzes begannen, sich um seine Beine zu ranken wie das Netz einer Spinne, die ihre Beute umgarnt. Er schrie vor Panik.

Wu und Connor machten kehrt, um ihm zu helfen. Mit ihren Taschenmessern begannen sie, die Fäden zu durchtrennen. Doch für jeden Faden, den sie durchschnitten, erschienen zwei neue. Es war sinnlos.

Indra griff nach Arlos Arm. »Wirf es!«

Er hatte die Feenkäfer in seiner Hand völlig vergessen. Arlo stand auf, zielte gründlich und warf das Glas mit voller Wucht nach der Drude.

Er verfehlte sie.

Das Glas segelte an ihr vorbei und landete neben Wu auf dem Boden.

Die Drude fuhr herum und entdeckte Arlo. Augenblicklich verlor sie das Interesse an den anderen. »Tooble!«, sagte sie mit einem unnatürlich breiten Lächeln.

Sie war es. Das war die Stimme, die er im Wald hatte rufen hören.

Indra stellte sich schützend vor ihn und senkte drohend den Blick. »Ich lasse nicht zu, dass du ihm etwas antust.«

Arlo schob sie zur Seite. »Lauf! Lauf einfach los. Sie will nur mich.« Er wich nicht von der Stelle. Er wollte seinen Freunden nur Zeit verschaffen. Er sah der Drude in die Augen.

Plötzlich war alles in Ordnung.

Nein, es war besser als das. Besser, als es je zuvor gewesen war.

Arlo fand sich in seinem fast-schon-zu-weichen Bett wieder, er sah die Morgensonne auf den verblassten Schneeflockenblumen der Tapete glitzern. Er konnte Pfannkuchen mit Ahornsirup riechen, war aber zu faul zum Aufstehen. Er streckte die Hand nach seinem Zephyr Fireball Maxx aus. *Ring!*

Ein Klopfen. Er sah, wie seine Mom die Tür öffnete. »Willst du den ganzen Tag schlafen?«, fragte sie lächelnd. Mit einer Hand auf ihrer Schulter schob Arlos Dad die Tür noch ein bisschen weiter auf. »Lass ihn ausruhen. Wir haben heute Nachmittag eine lange Fahrt vor uns. Zehn Kilometer!« Arlo betätigte den Hebel der Fahrradklingel. *Ring!*

Cooper blickte vom Fußende des Betts auf, wo er jede Nacht schlief.

»Arlo?«, fragte der Hund. »Arlo!« Komisch, Cooper hatte noch nie zuvor gesprochen. Arlo hatte nicht gewusst, dass sein Hund eine Mädchenstimme hatte. Cooper schien aufgebracht zu sein. Das sah ihm gar nicht ähnlich.

Plötzlich knurrte er und biss ihn in die Hand.

Arlo schaute auf die Wunde. Auf ihrer Oberfläche erschien ein Tropfen Blut. Er hob den Kopf und sah Indra neben sich im Tal stehen, in ihrer Hand eine der Nadeln der Druden. »Arlo! Lauf!«, rief sie.

Er wusste, dass er sich rühren musste. Verstecken. Indra war klug und stur und hatte meistens recht. Aber es war so viel einfacher, sich nicht vom Fleck zu rühren. Seine Eltern waren da, standen zusammen in der Tür. Wenn er sich der Illusion nur hingeben könnte, wäre alles wundervoll.

»Leute!«, rief Wu. »Kopf runter!«

Arlo drehte sich um und sah gerade noch, wie Wu das Glas warf. Mit einem vernichtenden Schlag traf es die Drude seitlich am Kopf. Die in Panik geratenen Feenkäfer entleerten sofort den Inhalt ihrer Blasen. Bei Kontakt mit der Luft verwandelte sich die klare Flüssigkeit in klebrigen purpurfarbenen Schleim.

Etwas davon landete auf Arlos Uniform. Indra bekam etwas in die Haare. Aber der größte Teil landete im Gesicht der Drude und nahm ihr die Sicht. Sie brüllte so laut, dass es im Tal widerhallte.

Arlos Trancezustand war mit einem Schlag beendet. Er war wieder zurück in seinem Körper, zurück im Tal. Er lief zu dem felsigen Abhang hinüber, Indra gleich neben sich.

Connor zerschnitt das Netz, in dem Jonas gefangen war – es reparierte sich nicht mehr von selber. Wu half beiden auf und alle drei Jungen rannten zum Moränenfeld, wo Julie bereits auf die mächtigen Felsen krabbelte.

Die Drude, noch immer geblendet, heulte auf und streckte ihre Arme zum Himmel. Die Erde begann wieder zu beben. Seltsame, verdrehte, hölzerne Stacheln brachen aus der Erde hervor, jeder so lang wie ein Speer. Es waren die gleichen wie in der Grube, in die Arlo beinahe gefallen wäre, als er den Wischen nachgejagt war. Niemand hatte diese Grube ausgehoben. Die Drude hatte sie herbeigezaubert.

»Das sind Wurzeln!«, schrie Indra. »Das sind die Wurzeln des Baums.«

Tatsächlich waren die Spitzen der langen Stacheln mit Glut bedeckt. Ringsum schossen sie jetzt wie wilde Hindernisse aus dem Boden.

Die Drude konnte ihre Beute nicht sehen, aber an der Flucht konnte sie sie hindern.

Die Stacheln kamen in Wellen. Dem Trupp blieb nur, ihnen auszuweichen, um nicht aufgespießt zu werden. Arlo lief nach links, während Indra nach rechts rannte. Es lagen höchstens drei Meter zwischen ihnen – und ein Dutzend schwelender Pfähle voller Widerhaken.

Arlo stolperte und rollte auf die Seite, gerade als ein neuer Stachel aus dem Boden brach.

»Lauft zu den Felsen!«, schrie Connor. »Da ist es sicher!« Er hatte recht: Die Stacheln durchstießen nur die Erde. Die Felsen waren ein sicherer Ort. Arlo schätzte den Weg ab. Es waren nur etwa dreißig Meter, aber weil immer neue Stacheln aus der Erde brachen, musste er alle paar Schritte ausweichen.

Ein letzter Satz und er hatte einen Felsen von der Größe seines Schultischs erreicht. Er sah zurück, erstaunt, wie dicht das Stachelfeld jetzt war. Dahinter bäumte sich die Drude immer noch auf und versuchte, sich den purpurfarbenen Schleim aus den Augen zu reiben.

Rechts von sich sah er Connor, Wu und Jonas, die alle sicher entkommen waren. Julie hockte schon zwischen zwei Felsen. Nur Indra konnte er nirgends entdecken.

»Arlo!«, rief sie. Sie war ganz nah. Endlich entdeckte er sie, eingekreist von einem Dutzend Stacheln. Sie konnte nirgendwohin ausweichen.

Über die Felsen kletternd, kam er ihr so nah wie möglich. »Hier drüben kannst du durchklettern!«, rief er und deutete auf ein von zwei sich kreuzenden Pfählen geformtes V.

»Ich komme da nicht rauf! Es ist zu hoch!« In diesem Moment brach ein weiterer Stachel hinter ihr durch. Fast wäre sie aufgespießt worden.

Indra warf ihr Haar zurück und fing sich wieder. Sie betrachtete die Stacheln vor ihr. Es gab einfach keinen Weg hindurch. Doch plötzlich hatte sie eine Idee.

Sie zog sich den Gürtel aus der Hose und wickelte ihn um einen der Pfähle. Sie nahm das Leder fest in die Hand und stemmte einen Fuß gegen den Pfahl. Dann den nächsten, höher diesmal. Arlo sah zu, wie Indra den Gürtel ein paar Zentimeter höher ansetzte und das Spiel wiederholte und sich wie ein Holzfäller, der einen Baum erklimmt, langsam ihren Weg nach oben bahnte.

Der schwierigste Teil war der Übergang. Sie trat mit dem linken Fuß in das V und betete, dass es sie halten würde. Dann verlagerte sie ihr Gewicht auf die andere Seite. Es gab nichts mehr zu tun, außer …

»Spring! Ich fang dich auf!«, rief Arlo.

Indra ließ ihren Gürtel los und machte einen Satz. Arlo fing sie nicht auf, eher diente er ihr als Sprungtuch. Durchgeschüttelt, aber unverletzt fanden sie sich auf dem Felsen wieder.

»Klettert weiter!«, schrie Connor. »Verteilt euch!«

Arlo blickte zum Felshang über sich auf. Er war so breit wie ein Fußballfeld, voller Ecken und Winkel. Ein ausgezeichnetes Versteck. Und sich zu verstecken, schien ihre einzige Hoffnung zu sein.

Als er sich in den schmalen Spalt unter einem Felsblock quetschte, war Arlo auf einmal froh, der kleinste Ranger zu sein. Es würde ihm vielleicht das Leben retten.

Der geschmolzene Schnee hatte die Felsen rutschig gemacht. Als er sich tiefer in den Spalt quetschte, spürte er die Kälte durch seine Uniform sickern.

Aus diesem Winkel konnte er den Wipfel der Immer-brennenden-Kiefer sehen, die ihre Rauchsäule in den purpurfarbenen Himmel schickte. Er hörte das Blut in seinen Ohren rauschen.

Vielleicht waren sie davongekommen. Vielleicht suchte die Drude sie im Wald statt auf dem Felshang. Vielleicht …

»Tooble! Tooooo-ble!« Ihre Stimme war wie ein rostiges Scharnier. Arlo atmete aus und drängte sich noch tiefer in den Spalt. Verärgert schoss eine kleine orange Eidechse heraus. Die drei Augen des Tieres blinzelten nacheinander, musterten den Jungen. Arlo nahm sich vor, die Eidechse im Flurbuch zu suchen, wenn er zu Hause war.

Wenn er je wieder nach Hause kam.

Rechts von sich hörte er Klauen auf den Felsen. Die Drude war nah. Arlos perfektes Versteck schien ihm plötzlich nicht mehr ganz so ideal. Er hatte sich keinen Fluchtweg offengelassen. Sie würde ihn finden oder nicht und es gab nichts mehr, was er tun konnte.

Die nackten Füße einer Frau kamen in sein Sichtfeld, der zerrissene Saum ihres schmutzigen Kleides bedeckte ihre Waden. Ihre Haut war glatt und rein wie Marmor.

Am Rand des Felsens hockte die dreiäugige Eidechse wie gelähmt und starrte nach oben – bis eine Klaue sie plötzlich packte. Arlo hörte, wie die Drude der Eidechse die Knochen brach und sie mit einem Schlürfen erledigte.

Was auch immer es für ein Zauber war, der die Drude schön wirken ließ, ihre Essgewohnheiten machten ihn zunichte. Arlo sah, wie die Knöchel der Drude dunkelblau anliefen, wie Beulen und Narben erschienen. Dicht unter ihrer Haut wanden sich Würmer. Ihre Zehennägel waren in Wahrheit spitze Krallen, die über den Felsen schabten.

Mit einem Stöhnen war sie verschwunden. Arlo konnte nur annehmen, dass sie auf den Felsen geklettert war, um das Moränenfeld besser überblicken zu können.

Er wusste, dass er sich nicht vom Fleck rühren durfte. Als Sekunden zu Minuten wurden, begann er zu zittern vor Aufregung und vor Kälte. Sein linker Fuß wurde taub. Er konnte auch nicht richtig atmen.

Nach Ablenkung suchend, sagte Arlo stumm den Ranger-Eid auf:

Wahrhaftig, tapfer, gütig, treu,
Hüter zugleich von Alt und Neu.

Ich hüte die Wildnis,
schütze die Schwachen,
markiere den Weg,
will es richtig machen.
Geister des Waldes, seid bereit,
höret meinen Ranger-Eid.

Arlo lächelte. Zum ersten Mal hatte er die richtigen Worte in der richtigen Reihenfolge aufgesagt.

Angenommen, er würde der Drude entkommen und seine Freunde finden und irgendwie aus den Long Woods gelangen – angenommen, er würde überleben –, dann würde er sicher das Eichhörnchen schaffen.

Aber erst einmal musste er sich bewegen. Er konnte es nicht riskieren, länger hierzubleiben. Das eisige Wasser, das durch die Felsen sickerte, würde irgendwann zu einer Unterkühlung führen. Er musste einen trockeneren Platz finden, an dem er sich verstecken konnte.

Stück für Stück bewegte er sich Richtung Licht. Seine Hemdknöpfe blieben an einem winzigen Felsvorsprung hängen. Es gab nicht genug Platz, um seine Finger zu Hilfe zu nehmen, also atmete er tief aus und zog die Brust ein. Das ging. Er schlängelte sich an dem Hindernis vorbei und schnappte nach Luft.

Arlo lauschte, ob er die Krallen hörte. Schritte. Kies, der über die Felsen rieselte. Da war nichts außer dem Wind. Wenn die Drude nah war, dann war sie ganz still.

Er fasste mit der Hand um die Felsenkante. Dann hörte er es: die klingenden Glöckchen eines Katzenhalsbandes. Das leise Blubbern des purpurnen Glibbers. Er erstarrte.

Es war ganz nah. Das musste die Drude sein, es sei denn … Seltsam, dass er nichts davon gehört hatte, als sie genau über ihm gestanden hatte. Vielleicht war es ihr auf magische Weise gelungen, den Glibber loszuwerden.

Aber warum hörte er ihn dann jetzt?

Langsam zog er den Arm zurück unter den Felsen. Wieder hörte er das Klingeln. Es kam von ihm selbst. Auf seinem Ärmelaufschlag entdeckte er einen Fleck des purpurfarbenen Schleims. Er seufzte vor Erleichterung. Dann …

Ein Schrei. Das war ein Mädchen. Julie, nicht Indra. Sie klang weit weg.

Arlo zwängte sich aus dem Spalt und versuchte, sich zurechtzufinden. Es begann zu regnen – eigentlich zu schneien, aber der Schnee schmolz noch in der Luft, bildete einen feinen Nebel.

»Bitte, hilft mir jemand?!« Die Stimme kam vom Fuß des Abhangs. Er kletterte auf einen Felsen und überblickte das Feld. Connor war in der Nähe. Er entdeckte Wu auf halbem Weg nach unten.

Dann sah er die Drude. Sie stand ganz unten am Abhang, zog Julie an den Haaren. Sie befanden sich auf einem flachen Felsen.

Ein Donnerschlag. Die Drude sah neugierig zu Connor hoch. Er schoss drei Schnipslichter auf sie ab. Sie taten ihr nicht weh, lenkten sie aber so weit ab, dass Julie sich losreißen und zwischen die Felsen fliehen konnte.

Noch ein Schnipslicht schoss vorbei, diesmal aus einer anderen Richtung. Es musste von Jonas gekommen sein. Dann ein drittes – das nicht weit genug reichte. Indra. Wu versuchte es auch, aber das Licht löste sich nicht von seinem Finger.

»Versucht es weiter!«, rief Connor. »Lenkt sie ab!«

Arlo sah auf seine schmutzige Hand. Er hatte keine Ahnung, ob er wirklich ein Schnipslicht losschicken konnte. Er hatte noch nie auch nur einen Schimmer hingekriegt. Aber er musste es versuchen.

Er holte aus, als wollte er einen Baseball werfen. Als seine Hand sich hob, spürte er ein Prickeln wie eine statische Ladung. Es war die gleiche Energie, die er beim Binden des Knauten im Seil gespürt hatte, nur dass sie diesmal in ihm steckte.

Er presste den Daumen gegen den Mittelfinger.

Ein Funken. Ein Rauschen. Arlo konnte spüren, wie die Luft um ihn herum sich krümmte.

Eine flüssige Bewegung aus dem Ellenbogengelenk. Seine Hand schoss vorwärts. Sein Zeigefinger deutete direkt auf die Drude.

Und er schnipste.

Das Licht blendete wie ein Kamerablitz in einem dunklen Raum. Es knisterte, als es seine Fingerspitze verließ, zeichnete einen geraden Strich in die Luft. Es machte keinen Bogen. Es war zu schnell. Zu stark.

Ein Pfeil aus Licht im zurückweichenden Dunst.

Der Blitz schlug der Drude gegen die Brust, schleuderte sie vom Felsen. Arlo sah sie fallen und dann gar nicht mehr.

Ungläubig schaute er auf seine Hand. Ein Schnipslicht machte so was nicht. Es war immerhin nur ein Licht – keine Hitze, keine Kraft. Dennoch hatte es sie wie eine Kanonenkugel getroffen.

»Was war das?!«, schrie Wu.

»Ich weiß nicht.«

Die Luft roch versengt. Arlo betrachtete seine Fingerspitzen. Sie waren rau und rot vom Klettern auf den Felsen, aber nicht verbrannt. Er hatte keine Ahnung, wie er das gemacht hatte oder ob er es noch einmal machen könnte.

Unten am Abhang kletterte Julie vorsichtig bis an den Rand der Felsen. »Leute! Kommt mal hier runter!«

Arlo und der Rest des Trupps bahnten sich einen Weg zu ihr. Abgesehen von ein paar Kratzern und Schrammen war niemand von ihnen verletzt. Arlo war der Letzte, der den Rand des Moränenfelds erreichte. Der Letzte, der sah, was geschehen war.

Die Drude war auf einen ihrer Stachel gefallen. Er hatte sich durch ihre Brust gebohrt und ließ sie jetzt hilflos ein paar Zentimeter über dem Boden baumeln.

Es gab kein Blut. Die Wunde war ganz trocken.

Tatsächlich schien alles im Wald ganz ausgetrocknet. Ihre blaue Haut war so rau wie Baumrinde. Ihre Finger sahen aus wie krumme Zweige.

»Sie wird zu Holz«, stellte Indra fest. Arlo sah, dass sie recht hatte. Die Veränderung hatte in ihrer Brust begonnen, verbreitete sich von dort aber in Windeseile. Nicht mehr lange und sie würde sich vollständig verwandelt haben.

Die dunklen Augen der Drude – bald nur noch holzige Knorren – waren auf Arlo gerichtet. Unerschrocken trat er näher. Er spürte eine Mischung aus Mitleid und Abscheu.

»Warum hast du versucht, mich umzubringen?«, fragte er.

Die Drude lächelte, ein paar Zähne fielen ihr aus dem Mund. Sie hob ihre Zweighand und deutete auf Arlos verschiedenfarbige Augen.

»Tooble«, flüsterte sie.

Und dann war sie verschwunden. Arlo konnte spüren, wie ihr Geist dahinschied, lediglich eine hölzerne Hülle blieb zurück. Welche Antwort die Drude auch immer für ihn gehabt hatte, sie hatte sie mit sich genommen.

DER WEG ZURÜCK

Die Drude war fort.

Kaum war sie verschwunden, zogen sich die stacheligen Wurzeln in die Erde zurück. Danach war das Tal übersät von kleinen Pockennarben. Als der Körper der hölzernen Drude auf den Boden aufschlug, zerbrach er in tausend Teile. Von gewöhnlichem Feuerholz war er jetzt nicht mehr zu unterscheiden.

Die Kiefer brannte immer noch. Ihr Zauber war offensichtlich unabhängig von ihr. Das Feuer, das so bedrohlich gewirkt hatte, war jetzt fast tröstlich. Es erinnerte Arlo an das erste Lagerfeuer, das sie in Ram's Meadow abgehalten hatten, bevor ihr aller Leben in Gefahr geriet.

Alle Mitglieder des Trupps standen um den Schlitten und tranken aus ihren Wasserflaschen. Connor sammelte sicherheitshalber die Steine des Bannkreises ein.

Indra band das Seil wieder an den Schlitten. Die Zwillinge spülten ihre Kratzer ab und legten Verbände an.

Niemand sagte ein Wort. Sie waren zu erschöpft, zu angespannt.

Wu trank einen letzten Schluck. Er schraubte seine Flasche zu. »Leute «, sagte er. »Wie kommen wir hier raus?«

Sie dachten alle das Gleiche. Die Drude war die größte Gefahr gewesen, jetzt war der Ort ihre größte Sorge. Sie waren in der falschen Welt, ohne auch nur den Hauch einer Ahnung, wie sie in ihre eigene zurückfinden sollten.

Julie sprach zuerst. »Wir dürfen uns nicht von der Stelle rühren. Das haben unsere Eltern uns schon beigebracht, als wir klein waren. Wenn du dich im Wald verläufst, suchst du dir eine freie Fläche und bleibst dort. So können die Suchtrupps dich finden.«

»So, wie sie Connor und Katie gefunden haben?«, fragte Indra. Sie bedauerte auf der Stelle ihren Tonfall. Julie war den Tränen nahe.

»Es tut mir leid. Es ist doch nur, dass niemand weiß, dass wir in den Long Woods sind. Wir können nicht erwarten, dass uns jemand hier findet. Zumindest niemand, von dem wir wollen, dass er das tut.«

»Was willst du damit sagen?«, fragte Connor.

Indra tauschte einen Blick mit Arlo. »Im Schuppen haben wir gesehen, wie die Drude mit jemandem gesprochen hat. Auf magische Weise – es war niemand persönlich da. Aber hinter alldem steckt definitiv noch jemand anderes. Zu unserer eigenen Sicherheit sollten wir davon ausgehen, dass wir gesucht werden.«

»Dann müssen wir verschwinden«, sagte Connor. »Wir suchen uns den höchsten Punkt in der Umgebung und halten dort Ausschau. Dann entscheiden wir uns für eine Richtung und ziehen los.«

»Was ist mit dem Schlitten?«, fragte Wu.

»Wir lassen ihn hier. Wir nehmen mit, was wir tragen können.«

Wu war fassungslos. »Wir lassen Mr Henhao nicht im Stich! Er gehört zum Trupp.«

Jonas verdrehte die Augen. »Mr Henhao ist ein zerbrochener Stuhl und ein Paar alte Skier. Du wirst es überleben.«

»Wir sind Zweiter mit ihm geworden!«, brüllte Wu. »Das war echt gut!«

»Wir haben ihn selbst gemacht, Jonas«, sagte Indra. »Was habt ihr beiden je gemacht, außer rumgemosert und euch retten lassen?«

Connor ging dazwischen. »Es reicht! Alle!«

Der Trupp schwieg. Julie ließ ihren Tränen jetzt freien Lauf. Den Versuch ihres Bruders, sie zu trösten, tat sie mit einem Achselzucken ab. »Es ist hoffnungslos«, sagte sie kopfschüttelnd. »Wir werden hier sterben, oder?«

»Nein, werden wir nicht«, antwortete Arlo. »Ich kann uns nach Hause bringen.«

Während seine Freunde sich stritten, hatte Arlo seinen Kompass hervorgeholt. Die Nadel drehte sich immer noch langsam im Kreis. Aber als er sich umdrehte, spürte er etwas: ein ganz leichtes Surren. Nicht Norden. Das war etwas völlig anderes.

Beim Üben in der Auffahrt hatte er gelernt, die Phantomvibrationen zu ignorieren. Jetzt erkannte er, dass sie etwas Reales anzeigten: Wege in die Long Woods.

Hier zeigte ihm der Kompass den Weg nach draußen.

»Wie sicher bist du dir?«, fragte Connor. »Auf einer Skala von eins bis zehn.«

Arlo war ehrlich. »Vielleicht sechs oder sieben. Ich weiß, dass da etwas ist, aber vollkommen sicher bin ich mir nicht.«

»Soweit wir wissen, zeigt der Kompass tiefer in die Long Woods hinein«, sagte Jonas. »Wenn er sich irrt, sind wir schlimmer dran als vorher.«

»›Schlimmer‹ ist wahrscheinlich gerade auf dem Weg hierher«, sagte Indra. »Wir können nicht hierbleiben. Es ist zu gefährlich.«

Wu trat vor. »Warum diskutieren wir das überhaupt? Denkt dran, was Arlo mit dem Seil gemacht hat! Denkt an sein Schnipslicht eben! Keiner von uns kann das. Ich nicht, ihr nicht, Connor nicht. Nicht mal Christian könnte das. Und ich wette, die Feuerwerker beim Lagerfeuer gestern auch nicht. Niemand kann, was Arlo kann. Wenn er sagt, dass er uns vielleicht hier rausholen kann, dann glaube ich ihm. Ich muss nicht verstehen, wie oder warum. Ich muss nur wissen, in welche Richtung ich den Schlitten ziehen soll. Weil er uns nach Hause bringt. So einfach ist das.«

Indra drehte sich zu Arlo um. Connor machte es genauso. Selbst die Zwillinge schauten ihn an. Der Streit war damit beendet.

Wu deutete auf Arlos Kompass. »In welche Richtung geht's?«

Arlo zeigte es ihnen. Es war nicht die Richtung, aus der sie gekommen waren, aber dort spürte er die Vibration.

»Okay. Dann lasst uns gehen.« Wu nahm seine Jacke vom Schlitten, zog sie an und schloss den Reißverschluss. Ein Truppmitglied nach dem anderen schnappte sich seine Jacke.

Dann, auf drei, hoben sie den Schlitten an und trugen ihn zum nächsten Schneefeld.

Arlo wickelte das Schleppseil um seinen Handschuh. Dann warf er einen letzten Blick zurück ins Tal und auf den brennenden Baum. Wie lange war er dort gewesen? Eine Stunde? Zwei? Er hatte das Gefühl, dass es noch viel mehr zu erkunden gab. Aber es war Zeit, nach Hause zu gehen.

Als sie einmal in Bewegung waren, fanden sie schnell zurück in ihren Rhythmus. Arlo konnte die Ski und die Schuhe im Schnee hören.

In der normalen Welt benutzten Ranger ihren Kompass, um einen entfernt gelegenen Orientierungspunkt anzupeilen – einen bestimmten Baum, eine Hügelspitze, einen Felsbrocken –, und dann in gerader Linie darauf zuzugehen. Aber in den Long Woods funktionierte das nicht. Hier gab es keine geraden Linien. Die Wege wanden sich. Alle paar Schritte spürte Arlo, dass sich die Vibration verlagerte. Ein umgestürzter Baumstamm links oder rechts des Wegs konnte den Unterschied machen.

Traf man dann die falsche Entscheidung, kam man vom Weg ab. Umzukehren war unmöglich.

Arlo, der vorn, am Seil, ging, konnte die Gesichter der anderen nicht sehen, war sich aber sicher, dass sie an seiner Route zweifelten. An ihrer Stelle wäre er genauso skeptisch gewesen. Einmal bogen sie scharf rechts ab, dann, gleich darauf, genauso scharf nach links in einen scheinbar gewöhnlichen Wald. Doch kaum dass sie eine kleine Anhöhe erklommen hatten, wurde ihnen klar, dass der Pfad sie zu etwas Bemerkenswertem geführt hatte.

Eine Brücke aus blankem Eis spannte sich über einen reißenden Fluss. Sie sah aus, als wäre sie gerade breit genug für ihren Schlitten. Notfalls ins Wasser zu fallen, war keine Option: Gleich zu ihrer Linken stürzte sich der Fluss über eine gewaltige Klippe. Von hier aus konnte man kilometerweit sehen – hundert Kilometer weit vielleicht –, bis zu dem Punkt, wo sich der Horizont und der purpurfarbene Himmel trafen.

Ringsum hingen Eiszapfen von den Bäumen und funkelten im Licht. Julie formte mit ihren Händen einen Rahmen. »Ich wünschte, ich hätte meine Kamera dabei.«

»Ich bin mir sicher, dass Kameras hier nicht funktionieren«, sagte Connor. »Sonst würde man ständig Bilder aus den Long Woods sehen.«

Indra stimmte ihm zu. »Es ist ein Wunder hoch zehn.«

Jonas sprach das Offensichtliche aus: »Wir sind definitiv nicht über diese Brücke gekommen.«

»Ich weiß«, sagte Arlo. »Aber das ist der Weg zurück. Ich kann es spüren.«

Wu hob das Schleppseil auf. »Mehr muss ich nicht wissen. Dass mir bloß keiner ins Wasser fällt.«

Dafür, dass sie aus blankem Eis war, war die Brücke weniger glatt, als Arlo erwartet hätte. Die gefrorene Gischt des Flusses bot ihren Schuhen ein wenig Halt. Und sie waren auch nicht die Ersten, die die Brücke an diesem Tag überquerten. Indra entdeckte Spuren in der Eisdecke. »Ein Hexluchs«, sagte sie. »Seht ihr, dass er sechs Beine hat? Ich wette, dass er sich in diesem Moment in den Bäumen versteckt und uns beobachtet.«

Nach einem Schreckmoment, als der Schlitten der Brückenkante gefährlich nahe kam, gelangten sie sicher hinüber. Arlo führte sie über die nächste Anhöhe. Doch kurz darauf hielt er verwirrt an.

»Wo lang?«, fragte Connor.

»Ich weiß nicht. Es ist weg.«

»Was meinst du, ›weg‹?«, fragte Jonas. »Haben wir uns verlaufen?«

»Ich weiß nicht. Es fühlt sich anders an.«

Indra zog ihren eigenen Kompass hervor. »Er dreht sich nicht mehr! Ich glaube nicht, dass wir noch in den Long Woods sind.«

Connor schaute auf seinen eigenen Kompass.

Arlo lief schnell den Weg zurück, den sie gekommen waren. Von der kleinen Anhöhe aus sah er nichts als gewöhnliche Bäume. Der Fluss und die Brücke waren weg. »Sie hat recht!«, rief er. »Wir sind zurück.«

»Aber wo genau sind wir?«, fragte Jonas.

»Bitte nicht in Kanada«, sagte Julie.

Wu entfernte sich ein Stück weit vom Schlitten, um zwischen den Bäumen nach etwas zu sehen. Plötzlich kriegte er große Augen. »Leute! Leute! Kommt her!« Als sie näher gekommen waren, sagte er: »Hier sind wir dem Bären begegnet. Erinnert ihr euch, dass ich mal musste? Das ist der Baum, an dem ich gepinkelt habe.«

»Woher weißt du das?«, fragte Indra.

»Weil ich immer meine Initialen schreibe.« Er zeigte nach unten, wo gelb HW im Schnee zu lesen. »Henry Wu.«

»Du bist ekelhaft«, sagte Indra und umarmte ihn.

Connor sah auf die Uhr. »Es ist noch nicht mal vier. Wir können es immer noch rechtzeitig ins Ziel schaffen.«

Die sechs Mitglieder des Blauen Trupps sahen einander lange an. Sie hatten den Bären, die Drude und die Longs Woods überlebt und das Derby darüber völlig vergessen.

Sie waren erschöpft. Sie mussten essen und schlafen. Das war nicht der Moment für sinnlosen Stolz.

Julie sprach als Erste. »Tun wir's. Lasst uns die Roten schlagen.«

DIE ZIELLINIE

Es wurde dunkel. Die Schatten auf dem Schnee wurden schwächer, verblassten zu einem verwaschenen Grau. Ein kalter Wind kam auf. Arlo zog den Reißverschluss seiner Jacke bis zum Kinn. Die Metallzähne zwickten, aber das machte ihm nichts aus. Es lenkte ihn von seinen schmerzenden Füßen und den verklebten Augen ab, die noch immer vom Rauch im Tal brannten.

Selbst ohne den Kompass war er sich sicher, dass sie in die richtige Richtung liefen. Er konnte Dutzende Skispuren im Schnee erkennen. Aber die Straße kam ihm endlos vor.

Sie konnten es hören, bevor sie es sahen. Gleich hinter der nächsten Biegung jubelten Hunderte Ranger und Erwachsenen, Trommeln schlugen. Sie waren fast da.

»Lass uns das letzte Stück laufen«, sagte Connor. Alle stimmten zu.

Die Ranger des Blauen Trupps zapften ihre letzten Energiereserven an und bogen im vollen Spurt um die letzte Kurve des neunundvierzigsten Derbys.

Achtundzwanzig der dreißig Trupps waren schon im Ziel.

Sie standen um das Lagerfeuer und tranken heiße Schokolade. Ein Mädchen der Grünen sah den Blauen Trupp zuerst aus dem Wald kommen. Sie versammelte ein paar Ranger, um zu jubeln. Offenbar war auch ein bisschen Mitleid im Spiel.

Ein paar Mitglieder des Roten Trupps sahen zu ihnen herüber. Sie sagten keinen Ton.

Die Ziellinie war ein leuchtend rotes Brett im Schnee. Der Blaue Trupp lief, bis der Schlitten es vollständig überquert hatte.

Sie waren verschwitzt, durchgefroren und unbeschreiblich müde. Arlo wollte nichts mehr, als in einem heißen Bad einzuschlafen. Aber eine Sache war vorher noch zu tun.

Connor winkte sie herbei. Sie formten einen wilden Haufen. Sie beugten sich vor und steckten die Köpfe zusammen. »Ein letztes Mal«, sagte er. »Mit allem, was wir haben.«

Sie stellten sich in einer Reihe auf. Arlo, der kleinste Ranger, stand am Ende. Mit heiseren Stimmen brüllten sie:

Klatscht und stampft, wir wollen es wagen!
Der Blaue Trupp ist nicht zu schlagen!
Schneller als ein Schneeschuhhase,
stärker als ein Grizzlybär,
stets vorweg um eine Nase,
der Blaue Trupp macht's allen schwer!

Als sie gerade ihren zweiten Becher heiße Schokolade tranken, gesellte sich Indra zu Arlo und Connor. »Das hier habe ich in dem Schuppen gefunden. Ich wollte nicht, dass die anderen davon erfahren.«

Sie reichte Connor eine angelaufene silberne Halskette. Auf einem winzigen Anhänger standen die Initialen KC.

Connor erkannte die Kette. »Sie gehört Katie. Ich kann mich nicht erinnern, dass sie sie getragen hat, aber es stand in allen Vermisstenanzeigen. Ihr Großvater hat sie ihr geschenkt.« Er wollte sie Indra zurückzugeben.

»Nein. Du solltest sie haben.«

Connor zuckte mit den Schultern. »Sie sollte sie haben. Ich gebe sie ihren Eltern.« Er steckte sie in die Jackentasche. »Sie würde sie wahrscheinlich gar nicht wollen. Sie mag es nicht, wenn man sie Katie nennt. Sie sagt, es sei nie ihr richtiger Name gewesen.«

Arlo musste sich in Erinnerung rufen, dass Katie in Connors Augen gar nicht verschwunden war. Sie lebte nur in einem anderen Land, das zufälligerweise eine andere Welt war. Connor hatte sich an den Gedanken gewöhnt. Er hatte das Geheimnis so lange bewahrt, dass es ihm gar nicht mehr wie ein Geheimnis vorkam.

Sie sahen den letzten Trupp die Ziellinie überqueren. Der Moment für die Ergebnisse war gekommen. Alle Ranger versammelten sich am Lagerfeuer. Wu, Julie und Jonas waren schon dort.

»Ich habe mich umgehört und glaube, wir haben eine Chance, Dritter zu werden«, sagte Wu. »Nicht Dritter der Kompanie, sondern Dritter von allen.«

Arlo war verwirrt. »Wie ist das möglich? Wir waren als Vorletzter im Ziel.«

»Man kriegt vier Punkte für das Überqueren der Ziellinie«,

sagte Indra und zählte mit den Fingern mit. »Plus drei Punkte für das Absolvieren der Stationen in der richtigen Reihenfolge. Das sind sieben von zehn Punkten. Das Team, das zuerst ins Ziel gekommen ist, kann nur drei Punkte mehr bekommen haben als wir.«

»Was sie nicht haben«, sagte Wu. »Die Roten waren die Ersten, aber sie sind vor den Knoten zu den Signalen gefahren, also haben sie drei Punkte verloren. Und ich habe gehört, dass sie die Knoten vermasselt haben. Sie haben einen Schotstek statt eines Palsteks geknüpft.«

»Oh Mann, ich würde so gerne gegen sie gewinnen«, sagte Jonas.

Julie schüttelte den Kopf. »Ich möchte nur eine Flagge bekommen. Nach allem, was wir heute durchgemacht haben, wäre ich gern unter den ersten drei.«

»Es wird auf den Teamgeist ankommen«, sagte Indra. »Wir wissen, dass wir einundachtzig Punkte haben. Letztes Jahr hatten die Dritten neunzig. Wenn wir neun von zehn kriegen, könnten wir es schaffen.«

Der bärtige Betreuer stieg auf eine Trittleiter. Im schwindenden Tageslicht konnte Arlo die Tattoos an seinem Hals erkennen, zum größten Teil wurden sie von seinem mächtigen Bart überdeckt. Die Menge wurde still. Der Mann rief: »Ranger! Möge euer Weg sicher sein!«

Alle antworteten wie aus einem Mund: »Möge unser Ziel wahrhaftig sein!«

»Vor achtundvierzig Jahren fuhren die ersten Ranger in diesen Bergen um die Wette. Sie nannten es das Derby. Es war kein Rennen, in dem es um Kilometer und Minuten ging, vielmehr ging es um Willen und Überzeugung, es sollte um die

Werte gehen, die der Ranger-Eid formuliert: Treue, Mut, Güte und Wahrhaftigkeit. Während die Hindernisse immer andere sind, sind die Werte, mit denen wir uns ihnen stellen, zeitlos.«

Arlo dachte an das Tal und ihren Kampf mit der Drude. Es waren keine Knauten und Schnipslichter gewesen, die ihnen das Leben gerettet hatten. Es war ihr Zusammenhalt. Keiner von ihnen war vollkommen treu, tapfer, gütig oder wahrhaftig – aber das mussten sie auch nicht sein. Zwischen den Mitgliedern des Blauen Trupps gab es genug Treue, Tapferkeit, Güte und Wahrhaftigkeit.

Der Betreuer schaute auf sein Klemmbrett. »Dieses Jahr haben dreißig Trupps am Rennen teilgenommen. Glückwunsch an alle, die ins Ziel gekommen sind. Und jetzt ist es an der Zeit, die ersten drei Trupps mit Flaggen auszuzeichnen.« Indra griff nach Arlos und Wus Händen. Es war so weit. Wenn sie einen Preis gewonnen hätten, dann wäre es dieser. Arlo hielt die Luft an.

»Dritter, mit neunzig Punkten, ist der Elch-Trupp aus der Cheyenne-Kompanie.«

Jubel brandete auf. Arlo sah hinüber, als eine Gruppe aus Wyoming sich ihren Weg zur Leiter bahnte. Einer der Jungen war blind und hielt sich beim Gehen am Ärmel seines Freundes fest. Der Betreuer reichte ihnen eine schwarze Flagge, die mit einem bronzenen Faden bestickt war. Sie hielten sie hoch und stießen ihren Truppruf aus.

Arlo hatte keinen Kopf dafür. Er versank tief in sich selbst und war auf eine Weise enttäuscht, die ihn selbst erstaunte. Vor ein paar Minuten noch hätte er es noch nicht einmal für möglich gehalten, Dritter zu werden. Und jetzt, da die Chance vertan war, schmerzte ihn der Verlust.

Klammheimlich schwor er sich, nie wieder irgendwas zu wollen. Nie wieder so zu hoffen. Es tat zu weh.

Arlos Blick kreuzte sich versehentlich mit dem von Russell Stokes. Russell wischte sich eine fiktive Träne aus den Augen und formte mit den Lippen ein tonloses *Buuhuu.*

Wu bemerkte es. »Achte nicht auf ihn. Er ist ein Idiot.«

Arlo schüttelte es ab. Es war dumm, sich über einen verpassten dritten Platz zu ärgern, nachdem man fast umgebracht worden war.

Sobald der Elch-Trupp zur Seite trat, kletterte der Betreuer zurück auf die Leiter. »Auf dem zweiten Platz, mit einundneunzig Punkten: der Blaue Trupp der Pine-Mountain-Kompanie!«

Arlo musste sich verhört haben. Bestimmt hatte der Betreuer »Grüner Trupp« oder »Roter Trupp« gesagt. Aber dann sah er Indra und Wu auf und ab hüpfen, Connor war sprachlos. Er hatte die Augen weit aufgerissen, Jonas und Julie schrien.

»Wir müssen zehn Punkte für unseren Teamgeist bekommen haben!«, rief Indra. »Das gibt es sonst nie.«

Connor führte sie durch die Menge. Der Betreuer stieg von der Leiter und reichte ihnen eine schwarze Flagge mit einem silbern gestickten Derbylogo. Connor reichte sie weiter. Sie bestand nur aus Stoff und Faden, kam ihnen aber wie ein unschätzbar wertvolles Kunstwerk vor.

Sie stellten sich in einer Reihe auf und ließen noch einmal ihren Trupppruf erschallen. Diesmal waren sie nicht im Takt. Wu stampfte, als er hätte klatschen müssen. Arlo rief »Grizzlybär«, wo er »Schneeschuhhase« hätte rufen müssen. Aber das machte nichts. Sie hatten ihre Flagge für den zweiten Platz.

Der Trupp versammelte sich neben den Wyoming-Elchen. Es war Zeit, den Sieger zu verkünden.

Arlo ahnte, dass es der Rote Trupp sein würde. Er hatte das Feld beim ersten Rennen geschlagen.

»Auf dem ersten Platz, mit dreiundneunzig Punkten, der Gewinner des neunundvierzigsten Derbys: der Grüne Trupp der Pine-Mountain-Kompanie.«

Wu schnappte nach Luft. Connor sah Indra an, die schnell rechnete. »Sie müssen an jeder Station die volle Punktzahl bekommen haben, plus Teamgeist.« Arlo zog die Handschuhe aus, um lauter klatschen zu können, als der Grüne Trupp zur Leiter ging, um seine Flagge für den ersten Platz entgegenzunehmen. Sie war größer als die anderen, das Logo mit goldenem Faden gestickt.

Der Truppruf des Grünen Trupps war wesentlich anspruchsvoller, er enthielt Kanonteile, vorgetragen in perfekter Harmonie. Es hatte bestimmt Monate gedauert, das zu lernen. Als sie fertig waren, jubelten die Ranger wieder.

Arlo sah Russell Stokes halbherzig klatschen und begriff, warum der Rote Trupp nicht unter den ersten dreien gelandet war.

Teamgeist hieß, nicht nur für sich selbst zu jubeln. Teamgeist hieß, das Gute zu unterstützen.

Ehrengericht

Arlos Dad wollte Käsemakkaroni. »Stopf einfach das Handy rein. Ich finde schon einen Weg, sie zu essen.«

Jaycee lächelte. »Du bist eklig.« Sie führten einen Videochat mit ihm auf ihrem Handy. Zur Abwechslung waren die Essenszeiten umgekehrt. In Colorado war es Mittagessenszeit, in China gab es gerade Frühstück.

»Arlo, ich zähle auf dich. Die Käsemakkaroni hier sind schrecklich. Es ist, als hätte jemand ein Bild von ihnen gesehen und nicht gewusst, wie sie schmecken sollen. Im Ernst. Die Schachtel schmeckt besser als der Inhalt.«

Arlo nahm das Handy. Er hielt es fest, während er sich eine Gabel Käsemakkaroni in den Mund schob und eine Riesenshow beim Kauen machte.

»Du folterst mich. Sag bloß nicht, dass es lecker ist.«

»Es ist so gut. So käsig.«

Ihr Dad tat, als würde er sich mit seinen Essstäbchen erstechen.

Sie aßen an einem langen Klapptisch im Keller der Kirche. Sie waren beim zwei Mal im Jahr stattfindenden Ranger-Dinner, zu dem jeder etwas mitbrachte, hauptsächlich »Aufläufe und Salate«, wie Arlo feststellte.

Seine Mom hatte, wie vier andere Familien auch, überbackene Makkaroni gemacht. Arlo probierte von allen einen Löffel. Er konnte beim besten Willen keinen Unterschied feststellen, obwohl seine Mom »Regierungskäse« aus dem Lebensmittelhilfeprogramm verwendet hatte. »Bitte hör auf, ihn Regierungskäse zu nennen«, sagte sie. »Es ist ganz normaler Käse. Sie geben ihn nur an Familien, die ein bisschen Unterstützung brauchen.«

Mit dem Kellnern im Restaurant und der Buchhaltung in der Werkstatt brachte seine Mom genug Geld nach Hause, um einen Großteil aller Kosten abzudecken. Aber es gab immer wieder Überraschungen. Eines Morgens wachten sie auf und stellten fest, dass der Ofen ausgegangen und die Rohre eingefroren waren. Die nächsten Tage musste Arlo Schnee zu Trinkwasser schmelzen und mit einem Schlafsack in seinem Bett schlafen. Es war, als ob man drinnen zeltete.

Mitch, der Mechaniker, hatte geholfen, alles zu reparieren. Er zeigte Arlo, wo die Absperrventile waren und wie man die Rohre auf Lecks überprüfte. »Es kann ein winzig kleines Loch sein. Aber wenn der Druck zu hoch ist, platzt es auf.«

Mitch war übers Wochenende zu seiner Tochter nach New Mexico gefahren. Arlo fragte sich, ob seine Mom ihn heute Abend wohl eingeladen hätte, wäre er in der Stadt gewesen.

Sein Dad wollte seine Freunde kennenlernen, also schwenkte Arlo die Kamera zu Indra hinüber, die mit den beiden Dr. Srinivasaraghavan-Jones' (Indras Mutter war Psychologin) zusammensaß. Indra fragte Arlos Dad nach einem Falter, den es laut Flurbuch nur in Asien gab. »Der Falter ist weniger interessant als der Kokon«, sagte sie. »Man kann einen Tee daraus kochen, der Skorpione abwehrt.«

»Warum sollten Skorpione Tee trinken?«, fragte Wu.

Wus Vater nahm das Telefon und redete auf Chinesisch mit Arlos Dad. Arlo hatte keinen blassen Schimmer, was sie sagten, aber sie nickten und lachten viel.

Unterdessen hockte Wus Großvater mürrisch am Ende des Tischs und stocherte in einer Portion Limettenauflauf herum. Arlo fragte Wu, ob etwas nicht in Ordnung sei.

»Er hat geglaubt, wir würden ihn wieder mit dem Schlitten ziehen. Das ist der einzige Grund, warum er gekommen ist. Er mag keine großen Menschenmengen.«

Arlo verstand. Ein paar Tage vorher hatte er Onkel Wade eingeladen. Sozusagen. »Am Sonntagabend ist Ehrengericht, nur falls du kommen möchtest.« Wade hatte sich eine Limo aus dem Kühlschrank geholt und den Kopf geschüttelt. »Das ist echt nicht mein Ding.« Dann verschwand er nach draußen.

Wade verbrachte fast die ganze Zeit in seiner Werkstatt. Seit dem Vorfall mit dem Nachtmahr hatte Arlo sie nicht mehr betreten. Er war neugierig, was sein Onkel machte, wollte das zarte Pflänzchen ihrer Freundschaft aber nicht überstrapazieren.

War Freundschaft überhaupt das richtige Wort? Arlo hatte keine anderen Onkel, also war er sich nicht sicher, was als normal galt. Aber Wade hatte weniger etwas von einem Elternteil als von einem großen, griesgrämigen Kind. Arlo war überzeugt, dass Wade Geheimnisse hatte, die weit über den Inhalt seiner Werkstatt hinausreichten, wusste aber nicht, ob er jemals dahinterkommen würde.

Wus Eltern gaben Jaycee das Handy zurück. Als sie nach

Benjy gefragt wurde, seufzte sie. Arlo wusste, dass sie gestritten hatten, verstand allerdings nicht, was genau passiert war. Als er Jaycees Teil der Unterhaltung am Küchentelefon gelauscht hatte, waren Sätze wie »Du hörst mir nicht zu« und »Das habe ich aber anders gehört« und »Warum, glaubst du, habe ich das gemeint?« alles, was Arlo mitgekriegt hatte.

Arlo hatte unendlich großes Mitleid mit Benjy.

Auf der anderen Seite des Tischs redete Arlos Mom mit Indras Eltern über langweilige Dinge wie Schlaglöcher und Studiengebühren. Aber dann fragte Indras Dad: »Also, Celeste, warum hast du dich entschlossen, nach Pine Mountain zurückzukehren?«

Arlo spitzte die Ohren. Er tat, als würde er immer noch essen, aber jede seiner Gehirnzellen hatte es sich zum Ziel gemacht, alle übrigen Gespräche auszublenden und nur der Antwort seiner Mutter zu lauschen.

»Ihr kennt doch die Situation mit Clark« – Clark war Arlos Dad – »und der Regierung, nicht wahr? Ich nehme an, das ist Stadtgespräch.« Indras Eltern nickten. »Es waren ein paar verrückte Jahre. Nachdem Clark nach China gegangen ist, sind wir oft umgezogen, weil, wie sich herausgestellt hat, Buchhalterinnen, deren Mann vor dem FBI geflüchtet ist, nur höchst ungern eingestellt werden. Oder als Mieterin einer Wohnung ausgewählt werden. Lehrer sagen deiner Tochter vor der ganzen Klasse, dass ihr Vater ein Verräter ist.«

»Das tut mir leid«, sagte Indras Mom und legte Arlos Mom die Hand auf den Arm.

Er warf einen Blick zu Jaycee hinüber, die glücklich mit ihrem Vater videotelefonierte.

»Versteht mich nicht falsch – ich bin stolz auf Clark«, fuhr seine Mom fort. »Er steht ein für das, was richtig ist. Und irgendwann werden das auch alle einsehen. Trotzdem war es nicht leicht.« Sie trank einen Schluck von dem Orangenpunsch in ihrem Pappbecher. »Aber du wolltest wissen, warum wir nach Pine Mountain gekommen sind. Im Grunde habe ich eines Tages die Nerven verloren.«

Arlo verkrampfte sich vor Spannung. Seine Mom war dabei, die Frage zu beantworten, die er für unbeantwortbar gehalten hatte. Was war tatsächlich passiert?

»Ich habe als Aushilfsbuchhalterin in Chicago gearbeitet«, erzählte sie. »Sie hatten mich in diesem winzigen Zimmer untergebracht, von dessen Fenster aus man den Parkplatz überblicken konnte. Eines Abends also, es war kurz nach sechs an einem Dienstag, gingen plötzlich die Lichter aus. Das ist komisch, dachte ich. Ich ging nach vorne und stellte fest, dass alle schon gegangen waren. Sie hatten vergessen, dass ich noch hinten saß. Ich hatte keinen Schlüssel. Ich hatte nicht die Alarmcodes. Ich war nur eine Aushilfe. Ich wusste nicht, wen ich anrufen sollte. Ruft man in einem solchen Fall die Polizei? Es ist kein Notfall, aber etwas in der Art. Ich musste Jaycee vom Training und Arlo vom Hort abholen und ich musste Abendessen machen und da stand ich eingesperrt in diesem schrecklichen Büro und kam nicht raus.«

»Und was hast du gemacht?«, fragte Indras Vater. Arlo beugte sich vor.

»Ich habe einen Stuhl durch das Fenster geschmissen. Ich bin rausgeklettert, in den Wagen gestiegen und habe meine Kinder abgeholt. Ein paar Tage später sind wir hierhergezogen.«

Indras Mutter lächelte und nahm ihre Hand. »Warum bist du nicht früher gekommen?«

Arlo beobachtete die Reaktion seiner Mom. Sie schien sich an etwas erinnern zu wollen, wie an ein Wort, das ihr auf der Zunge lag. Aber sie kam nicht drauf. »Ich weiß nicht. Pine Mountain, dachte ich, wäre der letzte Ort, an dem ich landen würde. Ich kann nicht erklären, warum, aber ich hatte diese Angst davor. Als ob hier etwas begraben wäre. Aber ganz ehrlich, es ist fantastisch. Ich bin lange nicht mehr so glücklich gewesen.«

Arlo wollte sich über den Tisch lehnen und seine Mutter umarmen, aber dann hätte er zugeben müssen, dass er gelauscht hatte. Also beobachtete er stattdessen, wie Indras Mom ihr die Hand drückte. Er wischte sich mit dem Ärmel über die Augen. Er war sich ziemlich sicher, dass Wu es bemerkt hatte.

Christian stand auf einem Stuhl und verkündete, dass es an der Zeit sei, mit der Zeremonie zu beginnen. Alle begannen, die Tische abzuräumen, sodass die Trupps sie auf die fahrbaren Ständer zurückstellen konnten. Jaycee gab Arlo das Handy. »Dad will mit dir reden.«

Arlo ging in eine ruhige Ecke. Sein Dad holte die Kamera ein bisschen näher zu sich heran. »Heda. Falls die Verbindung unterbrochen wird, möchte ich dir nur schnell sagen, wie stolz ich auf dich bin. Es ist toll, was du da geschafft hast.«

»Danke.«

»Ich verspreche dir, dass ich eine Möglichkeit finde, dich und deine Schwester wiederzusehen.«

»Und Mom.«

»Und deine Mutter. Ich weiß, dass die letzten Jahre schwer

waren. Aber wir Finchs sind stark. Wir kommen da durch.« Arlo nickte. »Gib niemals auf, okay? Du verlierst nur, wenn du es nicht mehr versuchst.«

Nach dem Ranger-Eid saß Arlo bei seinem Trupp. Es war seltsam, sich bei einem Treffen hinzusetzen. Normalerweise hatten sie keine Stühle. »Sie sind hauptsächlich für die Eltern«, sagte Wu. »Erwachsene können nicht so lange stehen. Sie haben schwache Knochen.«

Christian trat auf die winzige Bühne.

»Bevor wir heute Abend anfangen, möchte ich noch etwas sagen. Wie einige von euch wissen und viele von euch wahrscheinlich vermutet haben, fange ich mit meinem Bären an.« Indra warf Arlo und Wu einen Hab-ich's-doch-gesagt-Blick zu. »Ich habe alles getan, was ich in Pine Mountain tun kann, und wenn die Schule beendet ist, mache ich mich auf, um meine Ausbildung abzuschließen. Ich möchte euch allen danken, dass ich der Pine-Mountain-Kompanie als Marschall dienen durfte. Es war mir eine Ehre.«

Inmitten des Gemurmels rief Russell Stokes, was alle dachten: »Wer übernimmt?«

»Das entscheidet der Rat der Truppführer.« Von einem Moment auf den anderen wurde plötzlich viel geflüstert. Alle hatten eine Meinung.

Diana Velasquez, die Truppführerin der Grünen, stand auf und salutierte. »Für Christian! Möge sein Weg sicher sein.«

Die Ranger antworteten im Chor: »Möge sein Ziel wahrhaftig sein.«

Die anderen Grünen schlossen sich Dianas Salut an. Indra stand als Nächste auf. Connor tat es ihr ein bisschen verlegen nach. Arlo, Wu und die Zwillinge standen auch auf.

Kurz danach folgte der Senior-Trupp. Nur der Rote Trupp verharrte auf seinen Stühlen. Arlo konnte sehen, dass einige von ihnen die Augen verdrehten. Russell tat, als müsste er sich übergeben.

Die Erwachsenen und die anderen Gäste applaudierten, nicht ganz sicher, wie der richtige Ablauf war.

Indra beugte sich vor und flüsterte Arlo und Wu zu: »Diana wird so was von Marschall werden wollen. Das ist so klar.«

»Was ist mit Tyler vom Roten Trupp? Ich weiß, dass er möchte«, sagte Wu. »Oder einer von den Senioren?«

Indra stimmte ihm zu. »Es wird schwierig.«

Arlo konnte sich die Kompanie ohne Christian gar nicht vorstellen. Auch wenn er erst seit ein paar Monaten dabei war, war er sich sicher, dass niemand die Aufgabe so gut erfüllen würde. Er wollte nichts ändern: nicht hier, nicht zu Hause, nicht in der Schule. Er hatte das Gefühl, dass er gerade erst herausgefunden hatte, wie alles lief. Und nun wurden die Regeln umgeschrieben.

Es war an der Zeit, die Abzeichen und Ränge zu verleihen. Die Trupps waren der Reihe nach dran, standen auf der Bühne, während der Truppführer die Aufnäher austeilte.

Der Senior-Trupp kam zuerst dran. Zwei Jungs hatten ihre Fährtenleser-Abzeichen bestanden, ein Mädchen mit dicken Brillengläsern hatte sich ihre Aufnäher für Schlangenkunde und Rindenerkennung verdient. Allerdings wirkte sie dennoch nicht glücklich. »Sie hat ihren Widdertest nicht bestanden«, flüsterte Indra. »Sie muss es noch mal versuchen.«

Arlo geriet plötzlich in Panik, es war die gleiche Angst, die ihn überkam, wenn ein Lehrer einen unangekündigten Test austeilte. Seine Prüfung war gut gelaufen, zumindest glaubte er das. Er hatte den Dunklen Gang auf Anhieb geschafft, obwohl er die schwierigste Figur (den Stern) gezogen hatte. Er hatte den Ranger-Eid aufgesagt und erklärt, was er bedeutete. Er hatte richtig salutiert und alle Knoten gebunden. Ihm fiel nichts ein, was er falsch gemacht haben könnte, und dennoch hatte nie jemand unmissverständlich gesagt, dass er bestanden hatte.

Als Nächster war der Rote Trupp dran. Sie murmelten und hetzten durch die Präsentation, als seien sie zu cool, sich etwas daraus zu machen. Russell Stokes nahm seine Aufnäher für Bannkreise und Bogenschießen entgegen. Kwame Wilson bekam seinen Wolf. Seine Mutter stand hinter Arlo und schoss jede Menge Handyfotos.

Kwane war einer der Ranger bei Arlos Prüfung gewesen, hatte ihm aber keine Frage gestellt. Vielleicht weil er wusste, dass er ohnehin mit Nein stimmen würde. Arlo sah zu Connor hinüber, der drei Plätze weiter saß. Er hielt alle neuen Aufnäher für den Trupp in der Hand. War einer davon Arlos Eichhörnchen? Er war sich sicher, dass Connor ihm gesagt hätte, wenn er durchgefallen wäre. Falls er es sagen durfte.

Als Nächstes kam der Grüne Trupp dran. Statt einfach die Namen und Abzeichen vorzulesen, hatte Diana Velasquez ein Gedicht daraus gemacht. An manchen Stellen war es clever (»Schau, so kundig knüpfte Hope ihr Tau an das Floß im Bau«), aber letzten Endes ermüdend. Die Erwachsenen applaudierten lauter als die Ranger.

Der Blaue Trupp war als Letzter an der Reihe. Connor tat

nichts Ausgefallenes, als er Wu seine Aufnäher für Späh- und Wegekunde und den Zwillingen ihre für Signale und Fährtenlesen überreichte. Indra bekam die gleichen vier und stieg zur Eule auf. Als Connor ihr den Aufnäher gab, konnte Arlo den nächsten in seiner Hand erkennen: Eichhörnchen. »Herzlichen Glückwunsch«, sagte Connor und schüttelte ihm die Hand.

Der Eichhörnchen-Aufnäher war brandneu und noch ganz steif. Arlo fuhr mit dem Daumen über die Fäden, die ein Eichhörnchen und seine Eichel bildeten, und dachte an Onkel Wades alte Aufnäher, die er am ersten Abend entfernt hatte. Er warf einen Blick ins Publikum, wo seine Mom applaudierte. Seine Schwester hielt das Handy hoch, damit sein Dad zusehen konnte.

Alle Aufnäher waren verteilt, aber Connor war noch nicht fertig. »Wir haben noch einige Sonderpreise zu vergeben.« Er zog ein paar Steine aus seiner Tasche. Arlo erkannte, dass es die roten Steine waren, die Connor zum Bau der Bannkreise im Tal des Feuers verwendet hatte.

»Zuerst haben wir den Preis für die Unermüdlichste, was in diesem Fall so viel wie ›unaufhaltsam‹ heißt. Die Gewinnerin ist Indra Srinivasaraghavan-Jones.« Er reichte ihr einen Stein. Sie lächelte. Beide salutierten.

»Als Nächstes zeichnen wir das optimistischste Mitglied unseres Trupps aus. Ein Preis, der nur an Henry Wu gehen kann.« Der Rest des Trupps jubelte, als Wu seinen Stein entgegennahm.

»Der Preis für Übereinstimmung geht an – wow, wir haben hier tatsächlich einen Gleichstand: Jonas und Julie Delgado.« Die Zwillinge nahmen gleichzeitig ihren Stein entgegen.

Dann, ohne ein weiteres Wort, tauschten sie die Steine. Einige der Eltern lachten.

Connor hielt den letzten Stein in die Höhe. »Als Letztes haben wir den Sonderpreis für Heldenmut und Allgemeine Tapferkeit. Der geht ohne Frage an Arlo Finch.« Arlo nahm den Stein entgegen und salutierte mit ihm in der Hand. Connor salutierte zurück.

»Trupp … abgetreten!«

EIN BESUCHER

»Wie süß. Ich mag den Schwanz.« Jaycee gab Arlo seinen Eichhörnchen-Aufnäher zurück. »Glückwunsch.«

»Danke.« Sie standen vor der Kirche und warteten auf ihre Mom, die noch einmal zurückgegangen war, weil sie die Auflaufform vergessen hatte. Die meisten Autos hatten den Parkplatz bereits verlassen.

Jaycees Handy summte. Sie las die Nachricht. Ein Blick zu Arlo …

»Ist schon gut«, sagte er. »Meinetwegen kannst du Benjy ruhig anrufen.«

Jaycee entwirrte ihre Kopfhörer und zog von dannen.

Der Mond war silbern, ein abgeschnittener Fingernagel in einem Meer aus Sternen. Arlo starrte ihn an.

Er war sich der Größe des Monds dort oben auf einmal sehr bewusst. Die dunkle Seite war immer da, auch wenn das Licht sie nicht enthüllte. Er stellte sich vor, wie er dort oben stand und auf die Erde blickte. Würde er das Land da unten überhaupt erkennen? War »da unten« überhaupt der richtige Ausdruck?

Der Mond war der Mond. Die Erde war die Erde. Sie waren miteinander verbunden, aber es gab kein »über« oder »unter«. Es war ein Nebeneinander und zusammen drehten sie sich für immer in der Dunkelheit.

»Schöner Mond heute Nacht.« Ein Mann stand neben ihm. Arlo hatte ihn nicht näher kommen hören. Er war klein für einen Erwachsenen und hatte einen Bart mit hochgezwirbelten Spitzen. Er trug eine Wolljacke, Lederstiefel und eine Fellmütze. »Das ist mal ein Jägermond, wenn ich je einen gesehen habe.«

Arlo kannte den Mann nicht, andererseits kannte er die meisten Ranger-Eltern nicht. »Eigentlich ist ein Jägermond voll.« Jeder Ranger wusste das. Es stand im Flurbuch.

»Versuch, bei Vollmond zu jagen und du gehst hungrig nach Hause. Dein Essen sieht dich kommen.« Er hatte einen leichten Akzent. Arlo konnte ihn nicht zuordnen, aber er klang altmodisch. »Herzlichen Glückwunsch übrigens. Tolles Ding, was du da abgeliefert hast.«

Arlo hatte vergessen, dass er den Aufnäher in der Hand hielt. »Fast jeder hat das Eichhörnchen.«

»Nicht das. Das Ding im Wald. Das war einzigartig.« Der Mann sah zu ihm hinüber. Seine Augen waren blass, fast silbern. Es war nicht nur das Mondlicht.

»Sie sind einer von denen, oder?«, fragte Arlo. Der Mann lächelte. Seine Zähne waren makellos weiß. Und spitz. »Sie sind einer aus dem Volk hinter den Long Woods.«

Der Mann schüttelte den Kopf. »Ich bin keiner aus dem Volk. Ich werfe mich nur manchmal in Schale.«

»Was sind Sie?«

»Du kannst mich Fox nennen.« Da war kein »Mister« vor

seinem Namen – wenn es überhaupt ein Name war. Fox – Fuchs –, vielleicht war das seine wahre Gestalt.

»Was wollen Sie?«

»Den Helden kennenlernen! Tolles Ding, eine Drude zu besiegen. Mich hat sie beinahe den Schwanz gekostet, als ich noch ein Welpe war.«

Arlo drehte sich um und sah ihn geradewegs an. »Warum hat sie versucht, mich zu töten?«

»Wegen der Belohnung.« Er rieb sich die Finger. »Auf deinen Kopf ist ein Preis ausgesetzt, Arlo Finch. Zumindest war es so. Jetzt glauben manche, dass du lebendig mehr wert bist als tot.«

»Warum? Was wollen sie?«

»Etwas Verborgenes. Etwas, das du finden könntest. Aber mehr davon zu einer anderen Jahreszeit. Wenn es wärmer ist, komme ich wieder.«

Er ordnete den Kragen seines Mantels, bereit zu gehen.

Arlo griff den Mann am Arm. »Bin ich immer noch in Gefahr?«

Fox lachte. »Ein Eichhörnchen ist immer in Gefahr.« Er schob Arlos Hand von seinem Ärmel. »Aber verlieren Sie nicht den Mut, Mr Finch. Es bleibt spannend.«

Der Mann trat einen Schritt vor und drängte sich an ihm vorbei. Mit einem Windstoß war er verschwunden. Arlo drehte sich um und sah seine Mutter kommen. Sie hatte die Auflaufform.

»Bist du bereit?«, fragte sie.

Arlo nickte. Das war er.

Dieses Buch ist allen Pfadfindern und Entdeckern gewidmet – sowohl jenen, mit denen ich aufgewachsen bin, als auch denen, die mich jeden Tag inspirieren.

– J. A.

Wahrhaftig, tapfer, gütig, treu,
Hüter zugleich von Alt und Neu.
Ich hüte die Wildnis,
schütze die Schwachen,
markiere den Weg,
will es richtig machen.
Geister des Waldes, seid bereit,
höret meinen Ranger-Eid.

So verdienst du dir deine Ranger-Abzeichen

Um über den Rang eines Eichhörnchens hinauszukommen, musst du dir bestimmte Abzeichen verdienen. Hier sind einige Beispiele:

Rindenerkennung

Die Geschichte eines Waldes steht in der Baumrinde geschrieben. Lerne wie man die geheime Sprache der Bäume und der mystischen Kreaturen, die sie bevölkern, entschlüsselt

.

Orientierung

Die Grundlagen der Orientierung beherrschst du bereits. Lerne, wie du mithilfe deines Ranger-Kompasses Abkürzungen durch die Long Woods finden kannst.

Monsterkunde

Kenntnisse über die Lebens- und Ernährungsgewohnheiten der Waldmonster helfen dir zu verhindern, dass dein unvergessliches Abenteuer ein grausiges Ende nimmt.

Feuermachen

Erlerne den sicheren Umgang mit klassischen Lagerfeuern und unheimlichen Narrenfeuern.

Schlangenkunde

Von der gewöhnlichen Klapperschlange bis zur zweiköpfigen Natter – als Ranger bekommst du es mit allen möglichen Kriechtieren zu tun. Du solltest in der Lage sein, sie zu identifizieren und bei Bedarf zu verjagen.

Erste Hilfe

Unfälle können immer passieren. Lerne, alltägliche Verletzungen, Erfrierungen, Hitzschläge und durch Giftflechten hervorgerufene Lähmungserscheinungen zu behandeln.

Das Abenteuer geht weiter ...

Das Schuljahr ist zu Ende und die Sommerferien haben begonnen. Arlo und den Rangern der Pine-Mountain-Kompanie stehen zwei Wochen voller Bogenschießen und Kanufahrten im Camp Rote Feder bevor – ach ja, und dem uralten Monster, das in den eisigen Tiefen des Sees haust, wollen sie auch auf die Schliche kommen.
Doch noch bevor sie überhaupt in den Bus steigen, bringt eine schwerwiegende Entdeckung Arlo, Indra und Wu erneut in Gefahr. Mächte von außerhalb der Long Woods sind hinter einem mysteriösen Gegenstand her, den nur Arlo aufspüren kann. Darüber hinaus scheinen sich die sonst so friedliebenden Waldgeister gegen ihn verbündet zu haben.
Neue Gesichter und unerwartete Abgänge sorgen für zusätzliche Dynamik im Blauen Trupp. Am Ende ist es jedoch das Rätsel um den lang verschollenen Gelben Trupp, das Arlo auf die andere Seite des Mondlicht-Sees und in ein neues spannendes Abenteuer führt. Dabei kommt er Onkel Wades Geheimnis auf die Spur – und plötzlich ist nichts mehr, wie es einmal war …

Arlo Finch (2) Im Bann des Mondsees
(ISBN 978-3-401-51231-0).